岩波文庫

30-031-1

# 詞花和歌集

工藤重矩校注

岩波書店

# 凡例

一　本書は、新日本古典文学大系『金葉和歌集　詞花和歌集』(岩波書店、一九八九年。以下、「新大系版」と略記)のうちの『詞花和歌集』(工藤重矩校注)に基づき、注などを改編して文庫化した。

二　底本には、新大系版と同じく国立歴史民俗博物館蔵伝為忠筆本(高松宮家旧蔵)を用いた。

三　本文の作成は左の方針に拠った。

1　字体は、仮名・漢字ともに通行の字体を用いた。

2　仮名遣いは歴史的仮名遣いに統一した。底本が歴史的仮名遣いと異なる場合には、底本の仮名遣いを(　)にいれて右側に傍記した。

3　底本の本文を改めた場合は、その旨を注に記した。改訂理由のうち「他本により」は、「解説」の「主要参考文献」の影印・翻刻に掲出した諸本がほぼ一致している場合で、それ以外の場合は根拠とした伝本名を具体的に記した。ただし、底本では「侍」「給」等、動詞に送り仮名を付さないことが多いが、これらは

「侍り」「給ひ」のように送り仮名を付す通行の表記に従った。その場合、特に注には記さない。

4　連体修飾の格助詞「の」は補っていない。例えば、「堀河院御時」は「堀河院の御時」と、「〇〇家歌合」は「〇〇の家の歌合」と読むべき表記だが、このような省略表記は、写本に多くみられる慣例的表記法なので(もとより「の」を表記することも多い)、とくに「の」を補記することはしない。

5　「太后・大后」「太宰・大宰」「堀河・堀川」には底本自体に両様の表記が見られるが、本文・注ともに「太后」「太宰」「堀河」に統一し、底本の表記がこれと異なる場合は、底本の表記を注に記した。なお、官名「太宰・大宰」は正倉院文書の時代から両様の表記が併存し、官名を「大宰」と、地名を「太宰」と使い分けるのは昭和三〇年代以降に日本史研究者によって行われ始めた便宜的用法である。

6　仮名には、校注者の見解により適宜濁点を施し、漢字を当てて読解の便をはかった。漢字を当てた場合、もとの仮名を振り仮名の形で残した。

7　反復記号「ゝ」「ゞ」「〱」は、原則として底本のままとした。ただし、当該箇所に仮名・漢字を当てた場合は、反復記号を振り仮名の位置に残した。

8　難読漢字や新たに振り仮名を付した人名については、(　)にいれて歴史的仮名遣いで読みを記した。
①人名の読みは概ね諸辞書・事典等にみられる読みに従った。
②女性人名は訓読みが不明なので、便宜的に音読みを付した。
③官職名は音読みとした。これも便宜の処置である。
9　詞書には、読点を施し、詞書の漢文体の箇所(歌題)には読みやすさを考慮して訓点を施した。
10　底本には若干の異文傍記・勘注があるが、それらは翻刻の対象外とし、必要に応じて注で言及した。
四　本文の歌番号は『新編　国歌大観』のそれに一致する。
五　注は、和歌の大意、語釈(〇)、参考事項(▽)の順に掲げた。語釈に引用した和歌はその語の理解の補助となることを旨として選んだ。参考事項には必要に応じて和歌全体の理解の参考となる留意事項や和歌を記した。
六　人名の解説は、注では必要最小限に留め、他は巻末の「人名索引」(工藤重矩作成)に譲った。

# 目　次

# 詞花和歌集

# 詞花和歌集巻第一　春

堀河院《（ほりかはゐん）》御時、百首歌たてまつり侍りけるに、春立《はるた》つ心《こゝろ》をよめる　　大蔵卿匡房《（まさふさ）》

1　こほりゐし志賀《しが》の唐崎《からさき》うちとけてさゞ波《なみ》よする春風《かぜ》ぞふく

寛和二年内裏歌合に霞をよめる　　藤原惟成《（これしげ）》

2　きのふかもあられ降《ふ》りしは信楽《しがらき》の外山《とやま》のかすみ春めきにけり

天徳四年内裏歌合によめる　　平兼盛《（かねもり）》

3　ふるさとは春めきにけりみ吉野《よしの》の御垣《みかき》が原《はら》をかすみこめたり

1 氷が張りつめていた志賀の唐崎はすっかり氷も解けて、細波をうち寄せる春風が吹いている。○堀河院御時…　長治二(一一〇五)、三年頃に堀河天皇に奉献された。百首歌は百首を単位として詠まれた歌。堀河院 ↓人名。○春立つ　春部を「立春」で始めるのは古今集の伝統。後撰集・後拾遺集は「正月一日」が巻頭。○志賀　今の大津市。志賀は天智朝の古京。○うちとけて　春風に氷が解けること、「孟春の月、…東風凍を解く」(礼記)による。○さゞ波　小さな波、さざら波(新撰字鏡)。「さざ波」は「志賀」の縁語。▽影響歌「氷ゐし水の白波岩越えて清滝川に春風ぞ吹く」(秋篠月清集)。

2 昨日だったかなあ、冬の訪れを告げる霰が降ったのは。なのに、気づけば今日はもう信楽の外山に霞が立って、すっかり春めいてしまったなあ。○寛和二年…　花山天皇の寛和二年(九八六)六月十日に催行された。○信楽　滋賀県の地名。聖武朝に都が置かれた。○外山　山なみの里に近い辺り。「深山」「奥山」の対。冬は深山に、春は外山に早く訪れる。「深山には霰降るらし外山なるまさきの蔓色付きにけり」(古今・神遊歌)。○五句　「けり」は、その事にあらためて気づいたという気持。▽類想歌「昨日こそ早苗とりしかいつの間に稲葉そよぎて秋風の吹く」(古今・秋上・読人しらず)。

3 古里はすっかり春めいてしまったなあ。それもそのはず、吉野の御垣が原を霞が立ちこめている。○天徳四年…　村上天皇の天徳四年(九六〇)三月三十日に催行された。○ふるさと　奈良の古京。奈良での詠である「み吉野の山の白雪積もるらし古里寒くなりまさるなり」(古今・冬・是則)を春に換えた趣き。「ふるさと」を吉野離宮とする説もある(顕昭注)。○御垣が原　地名を「垣根」に取りなし「籠む」を縁語とする。吉野山は古今集以来春の遅い所として詠まれる。▽前歌の「外山」の霞に対し深山である吉野山の霞を配した。

初《はじ》めてうぐひすの声《こゑ》を聞《き》きてよめる

4 たまさかにわが待《ま》ちえたるうぐひすの初音《はつね》をあやな人やきくらむ

道命《(だうみやう)》法師

題不知

5 雪きえばゑぐの若菜《わかな》も摘《つ》むべきに春さへはれぬ深山辺《みやまべ》の里《さと》

曽祢好忠《(よしただ)》

冷泉院《(れいぜいゐん)》春宮《(とうぐう)》と申《まう》しけるとき、百首歌たてまつりけるによめる

6 春日《かすが》野に朝《あさ》なく雉《きじ》のはねお《(を)》とは雪のきえまに若菜《わかな》摘《つ》めとや

源重之《(しげゆき)》

鷹司《たかつかさ》殿七十賀《(ななそぢのが)》の屏風に、子日《(ねのひ)》したるかた描《か》きたる所《ところ》によめる

7 万代《よろづよ》のためしに君《きみ》が引《ひ》かるれば子《ね》の日《ひ》の松《まつ》もうらやみやせむ

赤染衛門《(あかぞめゑもん)》

題不知

8 子《ね》の日《ひ》すと春《はる》の野ごとにたづぬれば松《まつ》に引《ひ》かるゝこゝちこそすれ

新院《(しんゐん)》御製

4　私が待ちに待ってやっとのことでかなえられた鶯の初音を、不都合にも、他の人も聞いているのだろうか。○たまさかに　ここでは、やっとの意。○あやな　ひたすら待った自分とそうでない者とが同時に初音を聞くのは筋が通らないとの気持。六〇と類似の心情。

5　雪が消えたならば、えぐの若菜も摘むことができるのだが、春になってさえ晴れずに雪の降る深山近くの里だ。○ゑぐ　芹の類。実態には諸説ある。↓三四九。○若菜　正月七日には七種の若菜を食す。「深山には松の雪だに消えなくに都は野辺の若菜摘みけり」(古今・春上・読人しらず)。

6　春日野で朝鳴いている雉の羽音は、雪の消えている所で若菜を摘め、ということなのだろうか。○冷泉院　↓人名。○春宮　東宮。皇太子。○春日野　大和国(奈良県)。早春に若菜を摘む所として詠まれる。▽「春の野に朝鳴く雉の妻恋ひに」(古今六帖・雉)など、春の野の雉は妻恋いに鳴くと詠まれるが、その雉の羽音を若菜摘みを促すと詠んだところが新しい趣向。

7　万代までも生きる例としてあなたが引かれることになると、子の日の松も自分のお株を奪われてあなたを羨むでしょうか。○鷹司殿…　藤原道長の嫡妻源倫子の邸。転じて倫子(↓人名)。七十賀は長元六年(一〇三三)十一月。○子日　正月初子の日に野に出て小松を引き若菜を摘み延齢を願う行事。○二・三句　屏風絵中の人物をさすが、倫子を寓し祝意をこめる。画中の人物は老いないので、万代を生きた例として引かれることになるとの理屈。「引く」は子の日の「松」の縁語。

8　子の日の野遊をしようとして、春の野をあちらこちらと訪れてゆくと、小松を引きに来たのに、逆に松に引きまわされている気持がすることだ。○新院　崇徳院(↓人名)。○子の日　↓七。○松に引かる、「鶯の声に誘引せられて花の下に来たる」(白氏文集)の趣き。松を引くはずが、松に引かれるというユーモア。▽底本に「依御定止了」と書入がある。初奏時に崇徳院に依って削除を指示された歌(被除歌・除棄歌)。↓解説。

梅花《ノ》遠薫《クル》といふことをよめる

9 吹《ふ》きくれば香をなつかしみ梅《むめ》の花《はな》ちらさぬほどの春風《かぜ》もがな

源　時綱《ときつな》

梅《むめ》の花《はな》をよめる

10 梅の花《はな》にほひを道《みち》のしるべにてあるじもしらぬ宿《やど》にきにけり

右兵衛督公行《きんゆき》

題不知

11 とりつなぐ人もなき野《の》ゝ春駒《はるこま》は霞《かすみ》にのみやたなびかるらむ

藤原盛経《もりつね》

春駒《こま》をよめる

12 真菰《まこも》草つのぐみわたる沢辺《さはべ》にはつながぬ駒《こま》もはなれざりけり

俊恵《しゆんゑ》法師

13 萌《も》えいづる草葉《くさば》のみかは小笠原駒《をがさはらこま》のけしきも春めきにけり

僧都覚雅《かくが》

9 風が吹いてくると、風が運んでくる梅の香りが慕わしいので、(風は吹いてほしいが、吹けば花は散ってしまう、だから)花を散らさない程度の春風があったらなあ。○梅花遠薫　「霞たつ春の山辺は遠けれど吹きくる風は花の香ぞする」(古今・春下・在原元方)の趣き。▽春風への相反する思い。

10 梅の花の匂いを道案内として、主人が誰かも知らない家に、いつのまにか来てしまったことだ。○右兵衛督　底本「左兵衛督」を他本により訂す。○しるべ　「花の香を風の便りにたぐへてぞ鶯誘ふしるべにはやる」(古今・春上・紀友則)。○きにけり　気が付いたら来ていたとの気持。▽題昭は「遥に人家を見て花あれば便(すなは)ち入る。貴賤と親疎とを論ぜず」(和漢朗詠集・白楽天)と同趣という。

11 捕まえ繋ぐ人もいない放し飼いの馬は、春の野に棚引いている霞にだけは牽(ひ)かれるのであろうか。○春駒　駒は馬の雅語。牧の馬は春になると放し飼いにされる。「厭はるる我が身は春の駒なれや野飼ひがてらに放ち捨てつる」(古今・誹諧歌・読人しらず)。○たなびかる　霞が「たな引く」の意に、「駒」の縁で「牽く」を掛ける。▽野の霞の中に群れる馬を霞に繋がれているのかと推測した。底本に「依御定止了」と書入があり、崇徳院による被除歌。

12 真菰草が一面に角のような芽を出した沢辺では、繋いでいない馬も離れないのだなあ。○真菰草　水辺に生ずるイネ科の多年草。○つのぐみ　「角」に、そういう状態になるの意の接尾語「ぐむ」が付いた語。▽淀の御津の牧の情景か。二の霞に対して真菰草を配した。影響歌「真菰草つのぐみにけり津の国の沢辺に駒のいばゆなるかな」(為忠家初度百首・藤原忠成)。

13 春めいたのは萌え出る草葉だけではない。小笠原の牧の馬も野飼いに放たれて、すっかり春らしくなったなあ。○小笠原　甲斐国(山梨県)。小笠原御牧があった。「都までなつけて引くは小笠原へみの御牧の駒にぞありける」(貫之集)。▽冬の間は柵の中で繋ぎ飼いであった馬が牧の野に放たれた。それが春の来たしるし。

天徳四年内裏歌合に柳をよめる　平兼盛

14 佐《さ》保《ほ》姫《ひめ》の糸《いと》そめかくる青柳《あをやぎ》を吹《ふ》きな乱《みだ》りそ春のやまかぜ

贈左大臣《ぞうさだいじん》の家に歌合し侍りけるによめる　源季遠《すゑとほ》

15 いかなれば氷《こほり》は解《と》くる春風《かぜ》に結《むす》ぼゝるらむ青柳《あをやぎ》の糸《いと》

故郷ノ柳をよめる　源道済《みちなり》

16 ふるさとの御《み》垣《かき》の柳《やなぎ》はる〲とたが染《そ》めかけしあさみどりぞも

題不知　源頼政《よりまさ》

17 深《み》山《やま》木のそのこずゑとも見《み》えざりしさくらは花《はな》にあらはれにけり

京極前太政大臣《きやうごくのさきのだいじやうだいじん》家に歌合し侍りけるによめる　康資王母《やすすけのおほきみのはは》

18 くれなゐの薄《うす》花ざくらにほはずはみな白《しら》雲とみてや過《す》ぎまし

14 佐保姫が染めて懸けている青々とした柳の糸を、吹き乱すな、春の山風よ。〇佐保姫　五行説により大和国(奈良県)の東方(春の方角)にある佐保山を春の女神に取りなした。兼盛の頃初出の歌語。〇青柳　柳の枝を糸に喩えること、六朝詩にあり、万葉集以来頻用される。「染め懸く」「乱り」は「糸」の縁語。▽「鶯の糸に縒(よ)るてふ玉柳吹きな乱りそ春の山風」(後撰・春下・読人しらず)による。

15 春風が吹けば氷は解けるのに、その春風によって、どういうわけで結ばれるのだろう、青柳の糸は。〇贈左大臣　藤原長実(→人名)。〇家に　底本「に」なし。東北大学本により補う。〇氷は解くる→一。〇結ぼゝる　未だ芽が出ない様。「糸」の縁語。芽ぶくのは「解く」という。「春来れば柳の糸も解けにけり結ぼほれたる我心かな」(拾遺・恋三・読人しらず)。▽「解く」と「結ぼほる」とを対語仕立とした機智。「浅緑春の薄ら氷(ひ)解くるより結び変へたる青柳の糸」(康資王母集)。

16 古里となった奈良の都の御垣の柳は遥々と連なっているが、一体誰が染めて懸けた浅緑の糸なのだ。〇ふるさと　奈良の都。→三。〇はるぐ　「遥々」に、染色の縁で「張る」を響かす。〇下句　「たが…ぞも」は「誰が脱ぎかけし藤袴ぞも」(古今・秋上・素性)によるか。

17 深山の繁った木々に埋れて、これが桜の木だとも見えなかった梢は、花が咲いて、その姿があらわれたことだ。▽影響歌「深く浅きもみぢ葉流る飛鳥河淵瀬は色にあらはれにけり」(林葉集)。

18 薄紅の桜の花がもし薫らないなら、一面どれも白雲だと見て、桜と気付かずに通り過ぎただろうが。〇京極前太政大臣…　藤原師実(→人名)。康資王母は「筑前」の名で参加。〇にほはずは　「にほふ」は咲き映えるの意で用いることが多いが、ここでは薫るの意。康資王母の経信(→人名)宛て手紙に「薄紅の桜の薫りいでたるに立ち止まり」と自解がある。「消え果てぬ雪かと見ゆる山桜匂はざりせばいかで知らまし」(重之集)と同趣。〇白雲と　→三・二四。

この歌を、判者大納言経信《(つねのぶ)》、紅《くれなゐ》の桜《さくら》は詩には作《つく》れども歌に
詠《よ》みたることなむなきと申《ま》しければ、朝《あした》にかの康資《やすゝけ》の王《(おほきみ)》の
母《はゝ》のもとへ言《い》ひつかはしける

京極前太政大臣

19 白《しら》雲は立《た》ちへだつれどくれなゐの薄花《うすはな》ざくらこゝろにぞ染む

返し

康資王母

20 白《しら》雲はさも立《た》たばたてくれなゐのいまひとしほを君《きみ》し染《そ》むれば

同《おな》じ歌合によめる

一宮紀伊《(いちのみやのきい)》

21 朝《あさ》まだきかすみなこめそ山ざくらたづねゆくまのよそめにもみむ

大蔵卿匡房

22 白雲とみゆるにしるしみ吉野《よしの》の吉野《よしの》の山《やま》の花《はな》ざかりかも

承暦二年内裏後番歌合によめる

大納言公実《(きんざね)》

23 山《やま》ざくらを《(お)》しむにとまるものならば花《はな》は春《はる》ともかぎらざらまし

19 白雲が立って間を遮っているけれど、「紅の薄花桜」のすばらしさは心に染み通りました。○この歌　一八。○判者　歌合で歌の優劣を判定する役。経信(→人名)は一八の歌と三の歌とを引分けとし、それを不服とした康資王母と経信との間で手紙による応酬があった。○紅の桜は…この指摘に対し康資王母は和歌の例を経信への手紙の中で示している。○朝に　歌合の翌朝に。○京極前太政大臣　藤原師実(→人名)。底本、作者表記なし。他本により補う。○五句　「染む」は「紅」の縁語。▽初・二句に経信の無理解を寓す。

20 白雲はいかようにも立つのであれば立ってもかまわない。雲でじゃまされても、「紅の薄花桜」をあなたがもう一入(ひとしお)色濃く染めて下さいましたので。○ひとしほ　染色で染汁に一度浸すこと。「ひとしほ」「染む」は「紅」の縁語。▽理解してほしい方にはしてもらえたとの、師実への感謝の歌。

21 朝早くから霞は山の桜を隠すな。桜を求めて行くその途中の遠目にも見ようと思う。○かすみ　古今集以来、霞は山桜を隠すものとして詠まれる。「山桜我が見に来れば春霞峰にも尾にも立ち隠しつつ」(古今・春上・読人しらず)。○よそめにも　近付いてからはもとより、遠くからも、との気持。

22 白雲だと見えることで、それとはっきりわかる。あれは吉野の山の花盛りだなあ。○白雲→一八・二四。○み吉野の　「み吉野の吉野の山の桜花白雲とのみ見え紛ひつつ」(後撰・春下・読人しらず)。▽歌合で康資王母の歌と番(つが)えられた(→一八)。無名抄に俊恵(→人名)の評として「これこそはよき歌の本」「たけ高く遠白きなり」とある。

23 惜しむことで山の桜がもし散らずに留まるものであるなら、桜の花は春の物とも限らないであろうが。(そうもゆかないから、春にしか見られないのが残念だ。)○承暦二年　一〇七八年。白河朝。○ば…まし　反実仮想の語法。「待てと言ふに散らでしとまるものならば何を桜に思ひ増さまし」(古今・春下・読人しらず)に類似。▽歌合本文では作者は大江匡房。

遠山ノ桜といふことをよめる　前斎院出雲《(さきのさいゐんのいづも)》

24 九重《こゝのへ》にたつ白《しら》雲とみえつるは大内山《おほうちやま》のさくらなりけり

題不知　戒秀《(かいしう)》法師

25 春ごとにこゝろを空《そら》になすものは雲《くも》ゐにみゆるさくらなりけり

白河《しらかは》に花見《み》にまかりてよめる　源俊頼《(としより)》朝臣

26 白河《しらかは》の春のこずゑを見《み》わたせば松《まつ》こそ花《はな》の絶《た》え間《ま》なりけれ

処〻花を尋《たづ》ぬといふことをよませたまひける　白河院《(しらかはゐん)》御製

27 春《はる》くれば花《はな》のこずゑに誘《さそ》はれていたらぬ里《さと》のなかりつるかな

橘俊綱《(としつな)》朝臣の伏見《ふしみ》の山庄にて、水辺ノ桜花ノといふことをよめる　源師賢《(もろかた)》朝臣

28 池水《いけみづ》のみぎはならずはさくらばな影《かげ》をも波《なみ》にを《(お)》られましやは

24 宮中に幾重にも重なって立っている白雲だと見えたのは、実は大内山の桜だったのだなあ。○九重　雲が八重九重に重なり立つの意に、「大内山」の縁で「宮中」の意を掛ける。○白雲 →一八・三。○大内山　京都市右京区、仁和寺の後背の山。「大内」の語から宮中に取りなす。○なりけり　そのことに今初めて気が付いたとの用法。▽「白雲の九重に立つ峰なれば大内山といふにぞありける」(大和物語三五段・藤原兼輔)による。

25 春が来るごとに心をそわそわとうわの空にさせる物は、空高くに見える山の桜だったのだなあ。○二・三句　うわの空。心ここにあらずの状態。「雲ゐ」の縁語。○なりけり　心がうわの空になる原因に初めて思い当ったとの気持。▽高い山の桜が心を空に誘って、それで心が「そら」になるのだとの興。

26 白河の春の木々の梢を見わたすと、一面の桜の花の中で、松の緑こそが花の途切れ目なのだなあ。○白河　京都市東北部、鴨川の東の白河流域一帯。桜の名所。▽はかなく散る桜花に比して、絶えるはずのない常磐の松こそが「絶え間」だという所に矛盾の面白味を見出した。影響歌「塩釜の浦の浪風月さえて松こそ雪の絶えまなりけれ」(拾遺愚草)。

27 春が来ると、花の咲いた桜の梢に誘われて、あちらこちらと行きめぐるので、春には訪れない里はなくなってしまったなあ。

28 桜の木のある所がもし池の汀でなかったならば、桜の花の影さえも波に折られはしなかっただろうに。○俊綱 →人名。○伏見の山庄　伏見は山城国(京都府)。山庄は山荘。別荘。俊綱の山荘のことは三九・九一にも見える。度々歌会が催された。○四・五句　池水に桜の花影が映っているのを、花を波に折られたと取りなした。「影」は「水」の縁語。▽類想歌「浦近き高峰《たかね》を風の渡らずは波に紅葉の折られましやは」(月詣集・十月・藤原範綱)。

一条院《(いちでうゐん)》御時、奈良《なら》の八重桜《やへざくら》を人のたてまつりて侍りけるを、そのを《(お)》り御前に侍りければ、その花《はな》をたまひて、歌よめと仰《おほ》せられければよめる

伊勢大輔《(いせのたいふ)》

29 いにしへの奈良《なら》のみやこの八重《やへ》ざくらけふ九重《こゝのへ》ににほひぬるかな

新院の仰《おほ》せにて百首歌たてまつりけるによめる

右近中将教長《(のりなが)》

30 ふるさとにとふ人あらば山《やま》ざくら散《ち》りなむのちを待《ま》てとこたへよ

人〱あまた具《ぐ》して、桜花を手《て》ごとにを《(お)》りて帰《かへ》るとてよめる

源　登平《(なりひら)》

31 さくら花手《ばなて》ごとにを《(お)》りて帰《かへ》るをば春《はる》の行《ゆ》くとや人はみるらん

題不知

道命法師

32 春ごとにみる花《はな》なれど今年《ことし》より咲《さ》きはじめたる心ちこそすれ

29 昔の都である奈良の都の八重桜が、今日はこの九重の中でまさに一層美しく咲きほこっていることです。〇九重　八重にまさる「九重」の意に「内裏」の意を掛ける。さらに「此処の辺」を掛けるとする説もある。〇下句　「折りて見るかひもあるかな梅の花けふ九重のにほひまさりて」(拾遺・雑春・源寛信)の下句に似る。▽小倉百人一首に採られた歌。「いにしへ」「けふ」、「八重」「九重」と対語で構成。八重桜が九重に咲くとの言葉のあやが一首の眼目。家集等によれば、奈良の扶公僧都が中宮彰子に奉った桜で、紫式部がその取入れ役を新参の伊勢大輔に譲ったともいう。この即興詠に道長をはじめ「万人感歎し、宮中鼓動す」という(袋草紙)。この歌を本歌取する歌は多い。

30 もしも古里で私のことを尋ねる人がいたならば、「山桜が散ってしまう後を待て」と答えよ。(桜が散らぬうちは帰らぬつもりだから。)〇新院の…　新院(崇徳院)が康治二年(一一四三)頃下命、久安六年(一一五〇)詠進完了。〇ふるさと　永く離れているので、我が家を古里と言った。▽顕昭は「古里にとふ人あらばもみぢ葉の散りなむ後を待てと答へよ」(千載・秋下・素意法師)の紅葉を花に換えた歌だと指摘する。共に構文は「わくらばに問ふ人あらば須磨の浦に藻塩たれつつわぶと答へよ」(古今・雑下・在原行平)による。

31 桜の花を手に手に折り取って帰るのを見て、春が行くのだと、人は思うだろうか。〇手ごとに　「見てのみや人に語らむ桜花手ごとに折りて家づとにせむ」(古今・春上・素性)による。〇下句　他人は(…を見て)…と思うだろうか、という意の表現類型。▽「帰る」のを逆に「行く」と見るという言葉のあやが面白さのねらい。

32 春々ごとに見る同じ花ではあるが、今年から咲き始めたような新鮮な感じがするなあ。▽道命阿闍梨集では「人の亡せ給へる所の花を見て、三首」のうちの一首で、去年までとまったく違って見える感慨を詠じた歌。しかし詞花集では、春々ごとに感じる新鮮な美しさとして読まれるように配列されている。

帰雁《ル》をよめる

33 ふるさとの花《はな》のにほひやまさるらん静《しづ》心なく帰《かへ》る雁《かり》かな

贈左大臣母《ぞうさだいじんのはは》

34 なかくに散《ち》るを見《み》じとや思《おも》ふらん花《はな》のさかりに帰《かへ》るかりがね

源　忠季《ただすゑ》

桜花の散《ち》るを見《み》てよめる

35 さくら花《ばな》ちらさで千世もみてしがな飽《あ》かぬこゝろはさてもありやと

藤原元真《もとざね》

天徳四年内裏歌合によめる

36 さくら花《ばな》かぜにし散《ち》らぬものならば思《おも》ふことなき春にぞあらまし

大中臣能宣《よしのぶ》朝臣

太皇太后宮《たいくわうたいごうぐう》賀茂《かも》の斎《いつき》ときこえ給ひける時、人ゝまゐ《い》りて鞠《まり》つかうまつりけるに、硯《すゞり》の箱《はこ》の蓋《ふた》に雪をいれて出《いだ》されて侍りける敷紙《しきがみ》に書《か》きつけて侍りける

37 さくら花《ばな》ちりしく庭《には》をはらはねば消《き》えせぬ雪となりにけるかな

摂《せっ》津《つ》

33 故郷の花の美しさの方が、ここの花より勝っているのだろうか。落ちついた心もなく帰ってゆく雁だなあ。○贈左大臣母　藤原長実の母(→人名)。○ふるさと　雁の故郷は胡北の地と考えられていた。○静心なく　「久方の光のどけき春の日に静心なく花の散るらむ」(古今・春下・紀友則)による語。▽花の咲く春に雁が北へ帰る理由を考えた。「春霞立つを見捨てて行く雁は花なき里に住みやならへる」(古今・春上・伊勢)の逆を想像。同想歌「行く方の花のにほひや勝るらむ春来るごとに帰る雁がね」(六条斎院歌合・丹波)。

34 (散るまで見てつらい思いをするよりは)むしろ花の散るのを見まいと思うのだろうか。花の盛りに北へ帰る雁だ。○かりがね　雁。「雁が音」の意だが、万葉集時代から雁の異名として用いられた。▽桜が散るのを惜しむ人間の心を雁に投影し、花盛りに帰る理由を想像した。

35 桜の花を散らさないで千年の間も見ていたいものだ。それでもまだ飽き足りないと思う心が有るかどうかと(知りたいので)。▽類想歌「世とともに散らずもあらなむ桜花飽かぬ心はいつか絶ゆべき」(天徳四年内裏歌合・平兼盛)。

36 桜の花が風にも散らないものであるなら、何の心配事もない春なのであろうが。(必ず風に散ってしまうので、春は物思いの季節だ。)

37 桜の花がたえまなく散り積もる庭を掃かないでいたので、それが消えることのない雪となってしまったのですねえ。○太皇太后宮…　令子内親王(→人名)。賀茂斎院の期間は寛治三年(一〇八九)―承徳三年(一〇九九)。底本表記「太皇大后宮」。○鞠つかうまつりけるに　蹴鞠をした時に。○硯の箱の蓋　菓子を盛ったりなど、今の盆の如くに用いた。後二条師通記に「雪は硯の蓋に盛り」とある(和歌大系脚注)。○はらはねば　掃除しないので。掃ハラフ(名義抄)。○消えせぬ雪　落花を雪に喩えた(→四三)。「足引の山路に散れる桜花消えせぬ春の雪かとぞ見る」(拾遺・春・読人しらず)。▽花は雪、雪は花という二重の見立ての機智。

住《す》み荒《あら》したる家の庭《には》に桜花のひまなく散《ち》り積《つ》もりて侍りけるを見《み》てよめる

源俊頼朝臣

38 掃《は》く人もなきふるさとの庭《には》の面《おも》は花《はな》ちりてこそ見《み》るべかりけれ

橘俊綱朝臣の伏見《ふしみ》の山庄にて、水辺落花《ノ》といふことをよめる

源師賢朝臣

39 さくら咲《さ》く木《こ》の下《した》水は浅《あさ》けれど散《ち》りしく花《はな》の淵《ふち》とこそなれ

藤原兼房《(かねふさ)》朝臣の家にて、老人惜《ム》レ花《ヲ》といふことをよめる

藤原範永《(のりなが)》朝臣

40 ちる花《はな》もあはれとみずや石上《いそのかみ》ふりはつるまでを《(お)》しむこゝろを

庭の桜《さくら》の散《ち》るを御覧《らむ》じてよませたまひける

花山院《(くわざんゐん)》御製

41 我宿《やど》のさくらなれども散《ち》るときはこゝろにえこそまかせざりけれ

桜花の散《ち》るを見《み》てよめる

源俊頼朝臣

42 身にかへてを《(お)》しむにとまる花ならば今日《けふ》やわが世《よ》のかぎりならまし

38 掃き清める人さえもいない荒れた家の庭の地面は、花が散ってから見るのがよいのだなあ。〇住み荒したる家　荒れるにまかせて住んでいる家。〇ひま　隙間。〇ふるさと　詠者を男と仮構して、その通っていた女の家を古里と言ったか。「見し人も住み荒らしてし古里に」（玉葉・秋上・崇徳院）。▽散木奇歌集の詞書「落花満庭といへる事をよめる」。類想歌「花のみな散りての後ぞ山里のはらはぬ庭は見るべかりける」（千載・春下・源俊実）。

39 桜の花の咲いている木の下を流れる川は浅いけれど、花が川に散り積もって、花の淵となっているなあ。〇俊綱朝臣の…↓六。〇木の下水　木々の繁みの中を流れる小川。〇花の淵　花びらが散り積もっているさまを「水」の縁で「淵」と見立て、「浅し」と対語。「春来れば木のもとごとの桜水花の淵とも見えわたるかな」（源賢法眼集）。▽影響歌「鈴鹿川八十瀬の浪の春の色は降り敷く花の淵とこそなれ」（拾遺愚草）。

40 はかなく散る花さえもが、かわいそうと思わないだろうか、思うにちがいない。老いてしまってまでも、花が散り終るまで惜しむその心を。〇兼房　↓人名。〇石上　「ふり」の枕詞。大和国。石上の布留（ふる）は桜の名所。「石上布留の山辺の桜花植ゑけむ時を知る人ぞなき」（後撰・春中・遍昭）。〇ふりはつる　「降り」（花が散る）に「経り」（老いる）を掛ける。

41 我が家の桜ではあるが、花の散る時期は思いどおりにはできないのだなあ。▽「我が宿の物なりながら桜花散るをばえこそ留めざりけれ」（貫之集）による。

42 もし桜花が我が身と引き換えにして惜しむことで散らずに残る花であるのなら、今日が我が命の最期であろうか。（しかし、身に替えたとしても留め得る花ではないので、今日もこうして花が散るのを見ている。）▽参考歌「身にかへてあやなく花を惜しむかな生けらば後の春もこそあれ」（拾遺・春・藤原長能）。

43 落花満ッレ庭ニといふことをよめる

庭《には》も狭《せ》に積《つ》もれる雪とみえながらかを(ほ)るぞ花《はな》のしるしなりける

花園左大臣《（はなぞののさだいじん）》

44 題不知

散《ち》る花《はな》にせきとめらるゝ山《やま》川の深《ふか》くも春のなりにけるかな

大中臣能宣朝臣

45 寛和二年内裏歌合によめる

一重《ひとへ》だにあかぬにほひをいとゞしく八重《やへ》かさなれる山《やま》吹のはな

藤原長能《（ながよし）》

46 麗景殿女御《（れいけいでんのにょうご）》家歌合によめる

八重《やへ》さけるかひこそなけれ山吹《やまぶき》の散《ち》らば一重《ひとへ》もあらじとおもへば

読人しらず

47 堀河院御時、百首歌たてまつりけるによめる

こぬ人を待《ま》ちかね山《やま》のよぶこ鳥《どり》おなじこゝろにあはれとぞきく

太皇太后宮肥後《（たいくわうたいごうぐうのひご）》

43 庭も狭しと降り積もっている雪だと目には見えていながら、香るのが花である証拠だったのだなあ。〇花園左大臣　源有仁(→人名)。〇上句 →三七。〇かをるぞ花の →六。▽類似構文歌「梢には吹くとも見えで桜花薫るぞ風のしるしなりける」(金葉・春・源俊頼)。

44 散る花に塞きとめられている山中の川の流れが深くなるように、春は深くなってしまったことだ。〇山川の深く　水面に散る花びらが岩間にかかり、堰となって、浅い渓流が深く淀むさま。三句まで当季(暮春)の景により「深く」を導く序詞。▽類想歌「水底に沈める花の影見れば春の深くもなりにけるかな」(延喜十三年亭子院歌合・坂上是則)。

45 一重でさえも見飽きない美しさなのに、ますますもって美しく八重にも重なっている八重山吹の花だなあ。〇寛和二年… →二。▽「一重」「八重」の対語のあや。類想歌「我宿の八重山吹は一重だに散り残らなむ春の形見に」(拾遺・春・読人しらず)。

46 八重に咲いたききめもないのだなあ。山吹の花が散ったならば、一重も残らないだろうと思うと。〇麗景殿女御　村上天皇女御の荘子女王(→人名)。〇かひ　山吹の「山」の縁で「峡」を響かす。▽前歌と同じく「八重」「一重」のあや。「吹く風にとまりもあへず散る時は八重山吹の花もかひなし」(延喜十三年亭子院歌合・藤原興風)によるか。

47 来ない人を待ちきれなくて呼ぶ、待兼山の呼子鳥の鳴き声を、同じ気持の私は、それを聞いて、しみじみかわいそうと思います。〇堀河院御時… →一。〇太皇太后宮　底本表記「大皇大后宮」。〇待ちかね山　待兼山。摂津国(大阪府)。待ちきれないの意を掛ける。〇よぶこ鳥　実体不詳。古今伝授三鳥の一つ。晩春の鳥。「呼ぶ」を掛ける。▽「来ぬ人をまつちの山のほとぎすおなじ心に音こそなかるれ」(拾遺・恋三・読人しらず)による。

新院位におはしましゝ時、牡丹をよませ給ひけるによみ侍りける

関白前太政大臣《くわんぱくさきのだいじやうだいじん》

48 咲《さ》きしより散《ち》りはつるまで見《み》しほどに花《はな》のもとにて二十日《はつか》へにけり

老人惜《ム》レ春《ヲ》といふことをよめる

橘　　俊成《としなり》

49 老《お》いてこそ春のを(お)しさはまさりけれいまいくたびも逢《あ》はじと思《おも》へば

三月尽日、上《うへ》のをのこどもを御前に召《め》して、春暮《はるく》れぬる心《こゝろ》をよませさせ給《たま》ひけるに、よませ給ひける

新院御製

50 を(お)しむとてこよひかきおく(を)言《こと》の葉《は》やあやなく春のかたみなるべき

48 咲いた時から散り終るまで見ていた間に、気がつけば、花のそばで二十日も経ってしまったのだなあ。○新院位に…　崇徳院(→人名)。在位は保安四年(一一二三)―永治元年(一一四一)。○牡丹　和名、ふかみ草。平安後期から和歌の素材となった。○関白前太政大臣　藤原忠通(→人名)。▽「花開き花落つる二十日。一城の人皆な狂へるが若(ごと)し」(白氏文集・牡丹芳)による。類想歌「咲きしより散るまで見れば木のもとに花も日数も積もりぬる哉」(千載・春下・白河院)。

49 年老いてこそ春が去るのを惜しむ心はより深くなるものなのだなあ。もうあと幾度も春には廻りあわないだろうと思うと。▽「春ごとに花の盛りはありなめどあひみむことは命なりけり」(古今・春下・読人しらず)の面影がある。「繰り返し暮れ行く春を惜しむかな今幾度も逢はじと思へば」(江帥集)は、前後未詳ながら影響関係にある。

50 春を惜しむということで、今宵書き残すこの言の葉(和歌)が、理不尽なことに、春の形見であってよいものだろうか。○三月尽日　三月最後の日。春が終る日。三月尽は後撰集に初めて見え、和漢朗詠集に三月尽・九月尽として定着した。○上のをのこ　殿上人。○新院　→四八。○かきおく　「書き」に「掻き」を掛け、葉を掻き集め置くイメージを添えるか。○言の葉　和歌をいう歌語。○下句　「言の葉」を草木の葉に取りなし、「花」ではなくて言の「葉」が春の形見となることを「あやなし」(わけがわからない、の意)と言った。▽春を惜しむ和歌だけを残して空しく春の過ぎゆく無念さをユーモラスに表現した。影響歌「今日とても変らぬ苔の衣こそあやなく春の形見なりけれ」(万代集・夏・大僧都覚弁)。

# 詞花和歌集巻第二　夏

51
卯月の一日《ひとひ》の日よめる
増《ぞう》基《き》法師
今日《けふ》よりはたつ夏衣《なつごろも》うすくともあつしとのみや思ひわたらむ

52
題不知
源俊頼《としより》朝臣
雪の色《いろ》を偸《ぬす》みてさける卯《う》の花《はな》はさえでや人に疑《うたが》はるらむ

53
斎院長官にて侍りけるが、少将になりて、賀茂祭《(かもの)まつり》の使《つかひ》して侍りけるを、珍《めづら》しきよし人の言《い》はせて侍りければよめる
大蔵卿長房《(ながふさ)》
年《とし》を経《へ》てかけし葵《あふひ》はかはらねど今日《けふ》のかざしはめづらしきかな

51 夏になる今日からは、裁ち着る夏衣は薄くても、あついとばかり思い続けるのだろうか。〇たつ夏衣　夏が「立つ」に「裁つ」を掛ける。旧暦四月一日は夏の衣更の日で、単衣となる。〇あつし　「暑し」に「衣」の縁で「厚し」を掛け、「薄く」と対語。この修辞が一首の眼目。▽類想歌「一重なる蟬の羽衣夏はなほ薄しといへど暑くぞありける」(後拾遺・夏・能因法師)。

52 雪の白い色をまねて咲いている卯の花は、雪のようには冷たくなくて、おかしいなと、人から疑われるだろうか。〇偸みて　「偸む」は似ていることの比喩表現。〇卯の花は　底本「うのはなを」を他本により訂す。卯の花は後撰集以来雪に喩えられた。〇さえで　「さゆ」は凍る、冷えるの意。〇疑はる　「偸む」と対語。▽「雪の色を奪ひて咲ける卯の花に小野の里人冬ごもりすな」(金葉集・夏・公実。初度本では「偸みて咲ける」)。「偸」「疑」には漢詩では比喩表現の用法がある。「空しく峻嶮を偸めども豈(あ)に松を生ぜんや」(和漢朗詠集・雲・都在中)は、夏雲は険しい嶺に似せているが松は生じないの意。「秋雪の洛川を廻るかと疑ふ」(和漢朗詠集・九日付菊・紀長谷雄)は、盃に浮かぶ白菊は洛水に舞う秋の雪かと思うの意。偸・疑の比喩表現と原義の重層による俳諧味が狙い。

53 長年にわたって賀茂の祭にはいつも懸けてきた葵は、同じ葵で変らないけれど、(立場が替って勅使となった)今日の葵の挿頭(かざし)は新鮮な感じがしますね。〇斎院長官…　賀茂の斎院の諸事を掌る斎院司の長官。長房は永承三年(一〇四八)四月任。いつまで在任か未詳。〇少将になりて　長久四年(一〇四三)九月任右少将、永承六年正月転左少将。史実としては任少将の方が早い。斎院長官退任後に、少将として使となったか。〇賀茂祭の使　賀茂の祭は四月の中の酉の日に行われ、近衛の中・少将が勅使に立つ。〇人の　斎院の関係者であろう。〇年を経て　↓一五四。〇かけし葵　祭の日は二葉葵と桂とを鬘(かずら)とし、挿頭にさし車の簾などに飾った。▽斎院の女性たちを葵の挿頭に寓し、その美しさを称讃した挨拶の歌。

神祭《まつり》をよめる　　源　兼昌《かねまさ》

54 さか木とる夏《なつ》の山路《やまぢ》やとほから〈を〉むゆふかけてのみ祭《まつ》る神かな

郭公《ほととぎす》を待《ま》ちてよめる　　周防内侍《すはうのないし》

55 むかしにもあらぬわが身《み》にほとゝぎす待《ま》つこゝろこそ変《かは》らざりけれ

関白前太政大臣《くわんぱくさきのだいじやうだいじん》の家にて、郭公の歌お〈を〉の〳〵十首づゝよませ侍りけるによめる　　藤原忠兼《ただかね》

56 ほとゝぎす鳴《な》く音《ね》ならでは世《よ》の中《なか》に待《ま》つこともなきわが身なりけり

題不知　　花山院御製《くわざんゐん》

57 今年《ことし》だにまつ初声《はつこゑ》をほとゝぎす世《よ》には古《ふる》さで我《われ》にきかせよ

山寺《やまでら》にこもりて侍りけるに、郭公の鳴《な》き侍らざりければよめる　　道命法師《だうみやう》

58 山里《やまざと》のかひこそなけれほとゝぎすみやこの人《ひと》もかくや待《ま》つらむ

54 榊を採る夏の山道が遠いのだろうか。いつも夕暮方になってから、榊に木綿を懸けて神を祭ることよ。○神祭　四月には賀茂祭の他にも諸社の祭がある。○さか木　古くから祭神の木とされ、坂樹・賢木・榊の漢字を当てる。○ゆふかけて「木綿（ゆふ）懸けて」に「夕かけて」を掛ける。木綿は楮（こうぞ）の皮を裂いて白糸の如くにし幣帛としたもの。▽上句で下句の事象の理由を想像した。三と同構文。

55 昔とは違ってしまった我が身にも、ほととぎすを待つ心は変らないものなのだなあ。○郭公　ホトトギスは万葉集では霍公鳥、平安和歌では郭公・時鳥、漢詩では杜鵑・子規等の字をあてることが多い。漢詩では春の鳥だが、本朝では夏の鳥。▽類似構文歌「昔にもあらぬなぐさの浜千鳥跡ばかりこそ変らざりけれ」（清輔集）。

56 ほととぎすの鳴く声を待つほかには、この世には待つこともない我が身だったのだなあ。○関白前太政大臣　藤原忠通（→人名）。○待つこともなき　暗に不遇を嘆き訴えた。○なりけり　世に捨てられた我が身を改めて確認する気持。▽類想歌「ほととぎす鳴く音ならずは世の中に待つこともなき我が身とを知れ」（風情集）。

57 せめて今年だけでも、いつも待ち続けている初声を、ほととぎすよ、世間に鳴き古さないでまっ先に私に聞かせよ。○まつ初声　「先づ」に「待つ」を掛ける。ほととぎすの初声を誰よりも早く聞くのが当時の風雅。○古さで　「五月こば鳴きも古（ふ）りなむほととぎすまだしき程の声を聞かばや」（古今・夏・伊勢）。

58 山の家にいる効きめもないなあ。ほととぎすの初声を都にいる人もこんな気持で待っているのだろうか。○上句　「山」の縁で「峡」を響かす。ほととぎすは山から出て来るので、山里（山辺の家）では早く聞けるかと期待したが、その効果（かい）が無いの意。▽「山里のかひもあるかなほととぎす今年も待たで初音聞きつる」（袋草紙・良暹）。

題不知

能因法師《のういん》

59 山彦《びこ》のこたふる山《やま》のほとゝぎす一声《こゑ》なけば二声《ふたこゑ》ぞきく

藤原伊家《これいへ》

60 ほとゝぎすあかつきかけて鳴《な》く声《こゑ》を待《ま》たぬ寝《ね》覚《ざめ》の人やきくらむ

大納言公教《きんのり》

61 待《ま》つほどは寝《ぬ》る夜《よ》もなきをほとゝぎす鳴《な》く音《ね》は夢《ゆめ》のこゝちこそすれ

閑中郭《ノ》公といふことをよめる

源俊頼朝臣

62 鳴《な》きつとも誰《たれ》にか言《い》はむほとゝぎす影《かげ》よりほかに人しなければ

題不知

待賢門院堀河《たいけんもんゐんのほりかは》

63 昆陽《こや》の池《いけ》におふる菖蒲《あやめ》のながき根《ね》はひく白糸《しらいと》の心ちこそすれ

59 山彦が答える山のほととぎすは、一声鳴くと二声を聞くことだ。〇一声　ほととぎすは一声だけ鳴くものとされた。「二声と聞くとはなしにほととぎす夜深く目をも覚ましつるかな」(後撰・夏・伊勢)。▽「一声鳴けば二声」の面白さ。二声聞くのが風流人の願望。

60 ほととぎすが暁方になって鳴くその声を、待ってもいなかった人が、ふと目を覚まして、今聞いているだろうか。〇あかつきかけて　底本表記「あか月」。「深山いでて夜半にや来つるほととぎす暁かけて声の聞ゆる」(拾遺・夏・平兼盛)。▽たまたま寝覚めて聞く人がいる無念さ。四と同想。

61 その鳴き声を待っている間は寝る夜もないのに、ほととぎすの鳴く声は、まるで夢の中の事のような気がする。〇待つほどは　底本「人」を他本により「ほど」に訂す。〇寝る夜もなきを　今日か今日かと幾日も寝ずに夜を明かしたのにの意。ほととぎすは和歌では夜から暁にかけて鳴くものとして詠まれる。▽眠っていないのに夢の心地という不合理の興趣。

62 ほととぎすが鳴いたと誰に話そうか、誰もいない。自分の影より外に人はいないので。〇閑中郭公　「閑中」は訪れる人もなく独り幽居する状態。

63 昆陽の池に生えている菖蒲の長い根は、蚕屋(こや)で紡ぎ引く白糸のような気がする。〇昆陽の池　摂津国。兵庫県伊丹市の辺り。地名の「昆陽」に「蚕屋」を掛け、「白糸」を導く。「ながき」「ひく」は「糸」の縁語。〇菖蒲　五月五日端午には、菖蒲・蓬等で薬玉を作り、部屋に懸け腰にさして避邪の具とした。根は不老長寿の仙薬で、細削して菖蒲酒とした。〇白糸の心ち　菖蒲の地下茎は白くはないが、細根は白い。「玉の緒の長き世契れ白糸に紛ふあやめの根は細くとも」(拾遺愚草員外)。▽昆陽、即ち蚕屋の池だから根は白糸だとの戯れ。

64 土御門右大臣《(つちみかどのうだいじん)》の家に歌合し侍りけるによめる

よもすがら叩《たゝ》く水鶏《ゝひな》は天《あま》の戸《と》をあけてのちこそお《(を)》とせざりけれ

源頼家朝臣《(よりいへ)》

65 題不知

さみだれの日をふるまゝに鈴鹿《すゞか》河八十瀬《やそせ》の波《なみ》ぞ声《こゑ》まさるなる

皇嘉門院治部卿《(くわうかもんゐんのぢぶきやう)》

66 堀河院《(ほりかはゐん)》御時、百首歌たてまつりけるによめる

わぎもこが蚕屋《こや》の篠屋《しのや》のさみだれにいかでほすらん夏引《なつひき》の糸《いと》

大蔵卿　匡房《(まさふさ)》

67 右大臣《(うだいじん)》の家の歌合によめる

さみだれに難波《なには》堀江《ほりえ》のみをつくし見《み》えぬや水《みづ》のまさるなるらん

源　忠季《(ただすゑ)》

68 郁芳門院《(いくはうもんゐん)》の菖蒲の根合《ねあはせ》によめる

藻《も》塩《しほ》やく須磨《すま》の浦《うら》人うちたえていとひやすらんさみだれの空《そら》

中納言　通俊《(みちとし)》

64 一晩中戸を叩いていた水鶏は、天の戸を開けて後は音がしなくなったのだなあ。○土御門右大臣　源師房(↓人名)。○叩く　水鶏の鳴声は戸を叩く音に聞こえる。「叩く」「開く」は「戸」の縁語。○三・四句　「明け」に「開け」を掛ける。夜が明けることを天の岩戸の故事により「天の戸を開けて」と言った。▽夜が明けて鳴きやんだのを、戸が開いたので叩くのをやめたのだと取りなした。

65 五月雨の日が続くにつれて、鈴鹿河の瀬々の波音が高くなるのが聞こえる。○さみだれ　「五月雨」に「乱れ」を、日を「経る」に「振る」を掛け、「鈴」の縁語。○鈴鹿河　伊勢国(三重県)。「八十瀬」は数多くの瀬。「ふりそめて幾日になりぬ鈴鹿河八十瀬も知らぬ五月雨の頃」(新勅撰・夏・藤原俊成)。

66 愛する人の蚕屋の、その篠で葺(ふ)いた粗末な小屋に降り続く五月雨の中で、どのようにして乾すのだろう、夏引の糸は。○堀河院…↓一。底本表記「堀川院」。○蚕屋の篠屋　養蚕用の篠葺きの小屋。○さみだれ　「糸」の縁で「乱れ」を掛け、また篠の乱れを表す。○夏引の糸　夏に繭から採った糸。▽影響歌「五月雨は蚕屋の篠屋にあらずともこれも乾しあへぬささがにの糸」(後鳥羽院御集)。

67 五月雨で難波の堀江の澪標(みおつくし)が見えないのは、さては水かさが増しているのだろうか。○右大臣　源雅定(↓人名)。○難波堀江　仁徳天皇の代に開削された(日本書紀)。澪標は難波津の海中に立てられた水路標識。○なるらん　底本四文字なし。他本により補う。

68 藻塩を焼く須磨の浦人は、ひたすら厭わしいと思っているだろうか、五月雨の空を。○郁芳門院　白河天皇皇女媞子内親王(↓人名)。○菖蒲　底本表記「昌蒲」。○根合　端午の日に菖蒲の根の長さを競う遊び。○藻塩やく　製塩のため海水を汲み掛けた藻を焼くこと。○須磨　「須磨の浦に藻塩垂れつつ」(古今・雑下・在原行平)による。○うちたえて　全く、すっかりの意の副詞。浦に人影の絶えているさまを掛けるか。○いとひ　「厭ふ」に「糸」を掛け、「たえ」「みだれ」は縁語。

藤原通宗《(みちむね)》朝臣歌合し侍りけるによめる　良暹《(りやうせん)》法師

69 五《さ》月やみ花《はな》たちばなに吹《ふ》く風《かぜ》はたが里《さと》までかにほひゆくらん

世を背《そむ》かせ給ひてのち、花《はな》たちばなを御覧《らむ》じてよませ給ひ
ける　花山院御製

70 宿《やど》ちかく花《はな》たちばなは掘《ほ》り植《う》ゑ《(へ)》じむかしをしのぶつまとなりけり

なでしこの花を見《み》てよめる　藤原経衡《(つねひら)》

71 うすくこく垣《かき》ほににほふなでしこの花《はな》の色《いろ》にぞ露《つゆ》もおき《(を)》ける

贈左大臣の家に歌合し侍りけるによめる　修理大夫顕季《(あきすゑ)》

72 種《たね》まきしわがなでしこの花《はな》ざかりいく朝露《あさつゆ》のおき《(を)》てみつらん

寛和二年内裏歌合によめる　大弐高遠《(たかとほ)》

73 なく声《こゑ》もきこえぬものゝかなしきは忍《しの》びに燃《も》ゆるほたるなりけり

69 五月の闇夜に橘の花を吹く風は、誰の家まで匂ってゆくのだろうか。○通宗　→人名。○五月やみ　五月雨の頃の闇夜。○花たちばな　花の咲いた橘。▽類想歌「我が宿の花橘に吹く風を誰が里よりと誰ながむらむ」(千載・夏・平親宗)。

70 家の近くには花橘を移し植えまい。たしかに花橘の香は昔の人を思いだすきっかけとなるものだった。○世を背かせ給ひて　寛和二年(九八六)六月退位出家。○花たちばな　底本表記「はなたち花」。○掘り植ゑ　他所から掘ってきて植えること。移植。○下句「五月待つ花橘の香をかげば昔の人の袖の香ぞする」(古今・夏・読人しらず)による。○つま　端緒。「宿」の縁で、軒の「端」を響かす。○けり　改めて確認する気持。▽類想歌「宿近く梅の花植ゑじあぢきなく待つ人の香に誤たれけり」(古今・春上・読人しらず)。

71 薄くまた濃く、垣に美しく咲いている撫子の花の色と同じ色に、露も置くのだなあ。○なでしこ　撫子。一名、とこなつ(常夏)。漢名、瞿麦。晩夏の花。○二句「あな恋し今も見てしが山がつの垣ほに咲ける大和撫子」(古今・恋四・読人しらず)による。

72 私が種をまいた撫子は今花盛りだ。朝露の置いたその花を、幾朝起きては見たことだろう。○贈左大臣　藤原長実(→人名)。○種　血縁をいう「胤」の意を添える。○わがなでしこ　「撫子」に「撫でし子(慈しみ育てた子)」を掛ける。○おきて　露が「置き」に、幾朝「起き」を掛ける。「菊の花咲きぬる時は目かれせず幾朝露のおきて見つらむ」(顕季集)は下句が同じ。▽作者顕季は贈左大臣長実の父親。我が子の「花盛り」を寓するであろう。

73 泣く声も聞こえないとはいえ、悲しい思いをしているものは、忍ぶ思いの火で燃える蛍だったのだなあ。○寛和二年… →二。○四句　掛詞により「忍火」という火に取りなし、「燃ゆる」といった。▽類似構文歌「篝火の影となる身のわびしきはなかれて(流・泣)下に燃ゆるなりけり」(古今・恋一・読人しらず)。

六条右大臣《ろくでうのうだいじん》の家に歌合し侍りけるによめる

読人不知《よみびとしらず》

74
五月《さ》やみ鵜川《うかは》にともす篝火《かゞり》の数《かず》ますものはほたるなりけり

水辺納涼《ノ》といふことをよめる

藤原家経朝臣《いへつね》

75
風《かぜ》ふけば川辺《かはべ》すゞしく寄《よ》る波《なみ》の立《た》ちかへるべき心ちこそせね

題不知

曽祢好忠《よしただ》

76
杣川《そまがは》のいかだの床《とこ》のうきまくら夏《なつ》はすゞしきふしどなりけり

長保五年入道前太政大臣《にふだうのさきのだいじやうだいじん》の家に歌合し侍りけるによめる

源　道済《みちなり》

77
待《ま》つほどに夏《なつ》の夜《よ》いたくふけぬればをしみもあへぬ山の端《は》の月

題不知

曽祢好忠

78
川上《かはかみ》に夕立《ゆふだち》すらし水屑《みくづ》せく簗瀬《やなせ》のさ波《なみ》たちさわぐなり

74 五月の闇夜に、鵜飼をしている川で燃やす篝火の数が増してゆくと見えたのは、実は蛍の火だったのだなあ。○六条右大臣　源顕房（→人名）。○五月やみ　→六九。○鵜川　鵜飼をする川。万葉集に数例あり、平安後期に再び頻用された語。○篝火　漁者が鉄を以て篝を作り火を盛り水を照らす類のもの（和名抄）。▽同想歌「漁火の浮べる影と見えつるは浪のよる（寄る・夜）照る蛍なりけり」（寛和二年内裏歌合・藤原惟成）。

75 風が吹くと、川辺は涼しく波が打ち寄せるので、その波が立つようには立って帰ろうという気が起らない。○納涼　夕涼み。○寄る波の「立ちかへる」の序詞的働き。

76 杣川の流れに浮かんだ筏を枕に寝るのはつらいが、それも夏だけは涼しい寝床なのだなあ。○杣川　杣木を筏に組んで流し運ぶ川。杣は植樹林、またその木。○床　筏を組んだ木を「とこ」と言い、「まくら」「ふしど（臥処）」はその縁語。○うきまくら　「浮き」に「憂き」を掛ける。▽「杣川の岩間涼しき暮ごとに筏の床を誰馴らすらむ」（秋篠月清集）。

77 月の出を待っているうちに短い夏の夜はひどく更けてしまったので、東の山の端に月は出たけれど、その月を十分に愛惜するひまもない。○入道前太政大臣　藤原道長（→人名）。○ふけぬれば　夜ふけて出る月は有明月。配列からして六月下旬の月。夏の終りは近い。▽影響歌「暮るるかと見る程もなく明けにけり惜しみもあへぬ夏の夜の月」（顕季集）。

78 川上で夕立がしているにちがいない。水屑が堰（せ）き止められた簗瀬に、さざ波が立ち騒ぐ音がする。○夕立　和歌では夕立は晩夏の景物。「夕立ちて夏は去ぬめりそほちつつ秋の境にいつか入るらむ」（古今六帖・一・夕立）。○水屑　川に流れる木の葉・ごみの類。○簗瀬　魚漁の簗を立てた瀬。○さ波　さざ波と同義か。或いは好忠の造語か。▽「…らし。…けり（なり）」は下句の事実により上句の事象を推定する構文（→一三八）。

閏六月七日よめる　太皇太后宮大弐《たいくわうたいこうぐうのだいに》

79 つねよりも嘆《なげ》きやすらむたなばたは逢《あ》はまし暮《くれ》をよそにながめて

題不知　相模《さがみ》

80 下《した》もみぢひと葉づゝ散《ち》る木《こ》のしたに秋《あき》とおぼゆる蟬《せみ》の声《こゑ》かな

曽祢好忠

81 虫《むし》の音《ね》もまだうち解《と》けぬ草《くさ》むらに秋《あき》をかねても結《むす》ぶ露かな

79 常の年よりももっと嘆いているだろうか、織女は、常の年ならば逢っていたであろうこの七日の夕暮を、今年は無縁のものと眺めながら。○太皇太后宮　底本表記「太皇大后宮」。○たなばた「たなばたつめ（棚機つ女）」の略。織女。○下句　初・二句に係る倒置法。「て」は状態を表す助詞。▽六月に閏月が加わったので、七月七日の牽牛・織女の逢瀬が一箇月延びた。その織女の心を想像しての詠。

80 下葉の黄葉が一葉また一葉と散る木の蔭で、秋が来たと感じられる蟬の声だなあ。○秋とおぼゆる　蟬は夏の終りから初秋のものとされていた。「蟬は黄葉に鳴く漢宮の秋」（和漢朗詠集・蟬・許渾）。▽影響歌「峰に吹く風にこたふる下紅葉一葉の音に秋ぞ聞ゆる」（拾遺愚草）。

81 虫の声もまだ聞こえない草むらに、秋が来ないうちからはやくも結んでいる露だ。○うち解けぬ　秋の虫がまだ鳴かない状態。「結ぶ」と対語。「氷だにとまらぬ春の谷風にまだうちとけぬ鶯の声」（拾遺・春・源順）によるか。○四句「（秋）をかねて」は、（秋）を予期して、（秋）が実現する前から、の意。「久しくもにほはんとてや梅の花春をかねても咲きそめにけん」（貫之集）。▽叢の露に秋の気配が濃い。「漠々たる暗苔は新雨の地。微々たる涼露は秋欲（ならんとす）る天」（千載佳句・晩夏・白楽天）の趣き。

# 詞花和歌集巻第三　秋

題不知

82 山城《やましろ》の鳥羽《とば》田《た》の面《おも》を見《み》わたせばほのかに今朝《けさ》ぞ秋風《かぜ》はふく

曽祢好忠《よしただ》

津の国に住《す》み侍りけるころ、大江の為基《ためもと》任果《は》てゝ上《のぼ》り侍りにければ、いひつかはしける

83 君《きみ》すまばとはましものを津の国《くに》の生田《いくた》の森《もり》の秋《あき》のはつ風《かぜ》

僧都清因《しやういん》

七月七日、式部大輔資業《すけなり》がもとにてよめる

84 を《お》ぎの葉《は》にすがく糸《いと》をもさゝがにはたなばたにとや今朝《けさ》は引《ひ》くらむ

橘　元任《もとたふ》

82 山城の国の鳥羽の地の田面を見渡すと、稲葉の上をほのかに今朝は秋風が吹くことだ。○鳥羽田　京都市伏見区の辺りの田圃。「鳥羽田」は好忠の新造語か。平安後期には多用される。○ほのかに　「田」の縁で「穂」を響かすか。○今朝ぞ　立秋の日の朝。秋の部が「風」で始まるのは古今集以来の伝統。「孟秋の月…涼風至る」(礼記)。▽下句に「昨日こそ早苗取りしかいつのまに稲葉そよぎて秋風の吹く」(古今・秋上・読人しらず)の面影がある。「山城の鳥羽田の早苗とりもあへず末越す風に秋ぞほのめく」(秋篠月清集)はこの好忠の歌と古今集の歌とを取合せたか。

83 もしあなたが津の国に住んでいるのなら、尋ねようものを。摂津の国の生田の森の秋の初風が吹くにつけても。○為基　→人名。○任果てて　国司の任期が終って。永祚元年(九八九)のこと。○二句　「ば…ましものを」は反実仮想の語法。尋ねられなくて残念との心。「とふ」の主語を為基とする解釈もある(顕昭注所引忠兼説)。○生田の森　神戸市中央区生田神社の辺り。▽これまでのように、初秋風が吹くにつけても、あなたの思いを聞きたかったのに、今はそれができなくて残念ですとの心。風雅の友と離れ離れになった寂しさ。

84 荻の葉に巣を懸けるその糸をも、蜘蛛は織女に貸そうと思って、七月七日の今朝は引くのだろうか。○資業　→人名。○をぎ　荻。薄に似た草。○さゝがに　蜘蛛の異名。○下句　「たなばた」は織女(→七九)。七夕の日は、庭の机上に針・糸・布・琴等を供え、竹に五色の糸を結び、裁縫技芸の巧みを願った。糸布等を供えることを「貸す」と言った。蜘蛛が巣を懸けるのを、人と同様に織女に「糸」を供えているのかと疑った。

85 御髪落《おほむぐしおろ》させ給ひての七月七日よませ給ひける
たなばたに衣《ころも》もぬぎて貸《か》すべきにゆゝしとやみむ墨染《すみぞめ》の袖
花山院《くわざんゐん》御製

86 承暦二年内裏歌合によめる
たなばたにこゝろは貸《か》すと思《おも》はねど暮《く》れゆく空《そら》はうれしかりけり
藤原顕綱《あきつな》朝臣

87 題不知
いかなればとだえそめけむ天《あま》の河《かは》あふ瀬《せ》に渡《わた》すかさゝぎの橋《はし》
加賀左衛門《かがのさゑもん》

88 新院《しんゐん》の仰《おほせ》にて百首歌たてまつりけるによめる
天《あま》の河《かは》よこぎる雲《くも》やたなばたの空薫物《そらだきもの》のけぶりなるらん
左京大夫顕輔《あきすけ》

89 寛和二年内裏歌合によめる
おぼつかな変《かは》りやしにし天《あま》の河年《かはとし》にひとたび渡《わた》る瀬《せ》なれば
大中臣能宣《よしのぶ》朝臣

85 織女に、着ている衣を脱いででも貸すのがあたりまえなのだが、却って縁起が悪いと思うだろうか、私の墨染の衣を。○御髪落させ給ひ　出家のこと→七〇。○上句　→八四。○墨染の袖　黒い僧衣。▽同想歌「たなばたの苔の衣をいとはずは人なみなみに貸しもしてまし」(金葉・秋・能因法師)。

86 織女に心まで貸したとは思わないが、暮れてゆく空を見るのは、織女と同じように嬉しいものなのだなあ。○上句　衣や糸を貸す(→八四・八五)のになぞらえて「心を貸す」と戯れた。「たなばたに心を貸して天の河浮きたる空に恋ひや渡らむ」(能宣集)。▽七夕の夕暮れの何となくうきうきする心。

87 どういうわけで七月七日以外は絶えることになったのだろうか。織女と彦星との逢瀬に天の河の川瀬に渡す鵲(かささぎ)の橋は。○あふ瀬　天の河の「瀬」に、逢う折の意の「せ」を掛ける。○かさゝぎの橋　七月七日に鵲が天の河に並んで橋となり、その上を織女が渡って行くとされた。「烏鵲河を塡(うづ)めて橋と成し織女を渡す」(淮南子、白氏六帖・鵲)。「とだえ」「わたす」は「橋」の縁語。

88 天の河を横ぎる雲は、織女がたいている空薫物の煙なのであろうか。○新院の…　→三〇。底本「の」なし。他本により補う。○空薫物　一面に漂い薫るようにたく香。彦星の訪れを待つ準備の薫香。「空」は「天の河」の縁語。▽天の河の雲は織女の衣に喩えることが多い。空薫物の煙に喩えるのは新趣向。本来天の河を渡るのは織女だが、本朝では彦星が河を渡ると詠むことが多い。

89 不安だなあ。浅瀬の場所が変ってしまったのではなかろうか。天の河は一年に一度だけ渡る瀬なので。○おぼつかな　河を渡ろうとする牽牛の思い。待つ織女の思いとする解釈もある。▽和歌では渡河は鵲橋・舟・板橋・徒歩と様々だが、ここでは浅瀬を歩み渡ると想定。

七夕によめる

90 天《あま》の河玉橋《かはたまはし》いそぎ渡《わた》さなむ浅瀬《あさせ》たどるも夜のふけゆくに

修理大夫顕季《あきすゑ》

橘俊綱《としつな》朝臣の伏見《ふしみ》の山庄にて、七夕《たなばた》の後朝の心をよめる

91 逢《あ》ふ夜《よ》とは誰《たれ》かは知《し》らぬたなばたのあくる空《そら》をもつゝまざらなん

良暹《りやうせん》法師

92 たなばたの待《ま》ちつるほどの苦《くる》しさとあかぬ別《わか》れといづれまされり

藤原顕綱朝臣

題不知

93 天《あま》の河《かは》かへらぬ水《みづ》をたなばたはうらやましとや今朝《けさ》はみるらん

祝部成仲《なりなか》

三条太政大臣《さんでうのだいじやうだいじん》の家にて八月十五夜に、水上ノ月といふことをよめる

94 水《みづ》きよみ宿《やど》れる秋《あき》の月さへや千代《ちよ》まで君とすまむとすらむ

源　順《したがふ》

90 天の河に急いで橋を渡してほしい。浅瀬を求めて探り探り渡るにつけても、夜がふけてゆくので。○玉橋　玉は接頭語。「久方の天の河に上つ瀬に玉橋渡し…」(万葉集・巻九)。○浅瀬たどる　「天の河浅瀬白波たどりつつ渡り果てねば明けぞしにける」(古今・秋上・紀友則)による。▽八九の心配が現実となったさま。類想歌「天の河去年の渡りの移ろへば浅瀬踏むまに夜ぞふけにける」(拾遺・秋・柿本人麿)。

91 二人が逢う夜だとは誰も皆知っている。七夕の翌朝は夜明けの空をも遠慮しないでゆっくりなごりを惜しんでほしい。○伏見の山庄 →二八。○七夕の後朝　七夕の翌日の別れの朝。この「たなばた」は織女ではない。○下句　「あくる(明・開)」「つつむ(慎・包)」は掛詞による対語。▽二星に呼びかけたとも、二星の立場で詠んだとも解し得る。

92 牽牛の訪れを待っていた時と、満ち足りぬままの別れとでは、織女の苦しさはどちらがまさっているだろうか。○苦しさと　底本「くるしさも」を他本により訂す。○あかぬ別れ　「朝戸開けて眺めやすらむたなばたの飽かぬ別れの空を恋ひつつ」(拾遺・雑秋・紀貫之)。▽牽牛が訪れるとの想定(→八八)。「来や来やと待つ夕暮と今はとて帰るあしたといづれまされり」(後撰・恋一・元良親王)によるか。

93 流れて還らぬ天の河の水を、織女はうらやましいと思って、今朝は見ているだろうか。○かへらぬ水　還流しない河水は厭うべき物だが、その水さえもの含意。「百川未だ有らず廻流する水。一老終に無し却少の人」(千載佳句・老・白楽天)。▽天の河を渡って「帰る」牽牛と流れて「還らぬ」河水との対比の興。

94 水が清らかなので、水面に宿っている秋の月までが、千代まであなたと共に澄みきった光でこの池に住もうとしているのだろうか。○三条太政大臣　藤原頼忠(→人名)。○すまむ　「澄」に「住」を掛け、「宿る」の縁語。▽貞元二年(九七七)八月十六日の宴での詠。頼忠への祝意を籠めている。

題不知

95 いかなればおなじ空《そら》なる月かげの秋《あき》しもことに照《て》りまさるらん

右大臣《うだいじん》

家に歌合し侍りけるによめる

96 春夏《はるなつ》は空《そら》やはかはる秋《あき》の夜《よ》の月しもいかで照りまさるらん

左衛門督家成《いへなり》

月を御覧《らむ》じてよませ給ひける

97 秋《あき》にまたあはむあはじも知《し》らぬ身はこよひばかりの月をだにみむ

三条院《さんでうゐん》御製

題不知

98 ありしにもあらずなりゆく世《よ》の中にかはらぬものは秋の夜《よ》の月

天台座主明快《みやうくわい》

関白前太政大臣《くわんぱくさきのだいじやうだいじん》の家にてよめる

99 秋《あき》の夜《よ》の月のひかりのもる山《やま》は木《こ》の下《した》かげもさやけかりけり

藤原重基《しげもと》

95 どういうわけで、同じ空にある月の光が、秋に限って格別に輝きが増すのだろうか。〇右大臣　源雅定(→人名)。〇いかなれば　「いかなれば…らん」は類型構文(→二九・三二)。▽基俊(→人名)は歌合判詞で「姿詞共に麗しく見所侍るめり」と評している。「久方の月の桂も秋はなほ紅葉すればや照りまさるらん」(古今・秋上・壬生忠岑)「照る月の秋しも殊にさやけきは散るもみぢ葉を夜も見よとか」(後撰・秋下・読人しらず)は既にこの歌の疑問に答えた形。

96 春や夏は空が秋と違っているだろうか、違ってはいない。それなのにどうして秋の夜の月に限って照りまさるのだろうか。▽九五と同想。類想歌「宵のまも空やは変るいかなればふけゆくままに月の澄むらん」(忠度集)。

97 再び秋に逢うだろうとも逢わないだろうともわからない我が身は、せめて今夜限りの月だけでも見よう。〇あはむあはじ　「別れては逢はむ逢はじぞ定めなきこの夕暮や限りなるらむ」(拾遺・別・読人しらず)。〇こよひばかり　いつまで生きているかわからない無常の世の嘆きを含意。▽三五二と同想。影響歌「老いぬれば今年ばかりと思ひこしまた秋の夜の月を見るかな」(新勅撰・雑一・藤原家隆)。

98 昔のようではなくなってゆくこの世の中で、変らないものは秋の夜の月だけだ。▽此の世の無常に月の美の不変を対比。上句は「ありしにもあらずなりゆく老いの世に恋の心は変らざりけり」(教長集)に、下句は「淵は瀬になるや飛鳥の河の辺に変らぬものは春の青柳」(重家集)に似る。

99 秋の夜の月の光が木の間から漏れてくる守山では、木蔭さえも清く明るいのだなあ。〇関白前太政大臣　藤原忠通(→人名)。〇もる山　近江国(滋賀県)。月光が「漏る」に地名「守(山)」を掛ける。〇下句　木の下は枝葉の蔭で暗いはずが、守山では意外にも明るかったとの驚き。▽守山の実態とは関わりなく、「守山」を月光が「漏る山」だと解釈した。

比叡《ひえ》の山の念仏に登《のぼ》りて、月を見《み》てよめる

良暹法師

100 天《あま》つ風《かぜ》雲ふきはらふ高嶺《たかね》にて入《い》るまでみつる秋《あき》の夜《よ》の月

京極前太政大臣《(きやうごくのさきのだいじやうだいじん)》家歌合によめる

源頼綱《(よりつな)》朝臣

101 秋の夜《よ》は月にこゝろのひまぞなき出《い》づるをまつと入《い》るをを《(お)》しむと

関白前太政大臣の家にて、八月十五夜の心《こゝろ》をよめる

藤原朝隆《(あさたか)》朝臣

102 引《ひ》く駒《こま》にかげをならべて逢坂《あふさか》の関路《せきぢ》よりこそ月は出《い》でけれ

左衛門督家成が家に歌合し侍りけるによめる

隆縁《(りゆうゑん)》法師

103 秋《あき》の夜《よ》の露もくもらぬ月をみてお《(を)》きどころなきわがこゝろかな

月を待つ心《こゝろ》をよめる

大江嘉言《(よしとき)》

104 秋《あき》の夜《よ》の月まちかねて思《おも》ひやるこゝろいくたび山を越《こ》ゆらむ

100 空の風が雲を吹きはらう高嶺で、西の山の端に入るまで見てしまった、その秋の夜の月よ。○天つ風「天つ風雲の通ひ路吹き閉ぢよ」(古今・雑上・遍昭)に始まる語。▽「天つ風雲吹き払ふ常よりもさやけさまさる秋の夜の月」(栄花物語・巻十九・藤原長家)によるか。「此山の念仏に罪障の雲晴て西方浄土を観ぜし心」を添える(季吟抄)。

101 秋の夜は月のせいで心のやすまる時もない。月が出るのを待ち、西の山に入るのを惜しむというわけで。○京極前太政大臣　藤原師実(↓人名)。

102 引く駒の鹿毛に月の影を並べて、月は山からではなく逢坂の関路から出るのだなあ。○関白前太政大臣　藤原忠通(↓人名)。○引く駒　八月十五日には信濃国(長野県)望月の牧の駒引が行われた。駒引は諸国の牧から進上される馬を天皇が南殿で御覧になる儀式。○かげ　馬の「鹿毛」に月光の「影」を掛ける。○逢坂　信濃からの馬は逢坂の関で留められ、近衛の中・少将が迎えに行く。これを駒迎えという。▽中秋の望月の影と望月牧の駒の鹿毛とが「かげ」を並べて関を出ると興じた。「逢坂の関の清水にかげ見えて今や引くらむ望月の駒」(拾遺・秋・紀貫之)による。

103 秋の夜の、すこしも曇らず、きらきらと露を照らす月を見ると、そわそわと落ちつきがなくなる私の心だなあ。○家成　↓人名。○露もくもらぬ　副詞「つゆ」に「露」を掛け、「おき」の縁語。「いはれ野の千草の花に乱れたるつゆも曇らぬ秋の夜の月」(続詞花集・秋上・隆縁法師)。

104 秋の夜の月の出を待ちきれなくて、その月を想像する私の心は、幾度東の山を越えたことだろう。○思ひやる　想像するの意だが、「思ひを遣る」と解して、「思ひ」が東の山を越えて月の方に飛んで行くと取りなした。▽月の出の遅きを嘆く心。影響歌「思ひやる心いくたび大原や小塩の山を行き帰るらむ」(重家集)。

月浮ブ二山水ニ一といふことをよめる

105 秋山《あきやま》の清水《しみづ》は汲《く》まじにごりなば宿《やど》れる月のくもりもぞする

藤原忠兼（ただかね）

寛和二年内裏歌合によませ給ひける

106 秋《あき》の夜《よ》の月にこゝろのあくがれて雲《くも》ゐにものを思ふころかな

花山院御製

題不知

107 ひとりゐてながむる宿《やど》の荻（をぎ）の葉に風《かぜ》こそわたれ秋《あき》のゆふぐれ

源道済（みちなり）

108 を（お）ぎの葉にそゝや秋風《あきかぜ》吹きぬなりこぼれやしぬる露《つゆ》の白玉《しらたま》

大江嘉言

109 秋《あき》ふくはいかなる色《いろ》の風《かぜ》なれば身にしむばかりあはれなるらん

和泉式部（いづみしきぶ）

105 秋の山の清水は汲むまい。それで水が濁ったなら、水に映っている月が曇ったりするといけない。○にごりなば　「結ぶ手のしづくに濁る山の井のあかでも人に別れぬるかな」(古今・別・紀貫之)の面影。○くもりもぞする　「もぞ」はそうなると困るとの気持。▽「照る月のうつれる影や濁るとて板井の清水結ばでぞ見る」(文治二年経房歌合・藤原定経)は本歌による。

106 秋の夜の月に心が浮かれ出て、うわの空で物思いをするこの頃だ。○寛和二年　諸本ともに二年だが、元年(九八五)の誤りであろう。○あくがれ　心が身体から離れ出る状態。心が月のある天空に飛んで行くと取りなした。「見る人の心は空にあくがれて月の影のみすめる宿かな」(続古今・秋上・源経信母)。

107 ひとりつくねんと物思いしている人の家の庭の荻の葉に、風が吹き渡ってゆく。秋のこの夕暮に。○ながむる宿　「いとどしく物思ふ宿の荻の葉に、秋と告げつる風のわびしさ」(後撰・秋上・読人しらず)などの趣き。○荻　→八四。○四句　人の訪れは無い、との含意。風が「渡る」は漢詩に由来する表現。○五句　「秋の夕暮」で結ぶ歌は後拾遺集時代から流行する。道済の歌はその初期の例。

108 荻の葉に、あれまあどうしよう、さやさやと秋風が吹いたようだ。こぼれ落ちてしまっただろうか、露の真珠は。○そゝや　驚き慌てた時に発する語。源氏物語の会話にも見える。「そゝ」に荻のさやぐ葉音を響かす。○白玉　真珠。露を真珠に比喩した。▽影響歌「いつしかと荻の葉向けの片寄りにそそや秋とぞ風も聞ゆる」(新古今・秋上・崇徳院)。

109 秋に吹くのはどのような色の風だからというので、身に沁みるほどしみじみと感じるのだろうか。○しむ　「沁む(染む)」は「色」の縁語。▽類想歌「吹く風は色も見えねど冬来れば独りぬる夜の身にぞしみける」(後撰・冬・読人しらず)。

110 み吉野《よしの》の《ゝ》象山《きさやま》かげにたてる松いく秋《あき》かぜにそなれきぬらん

曽祢好忠

111 を《(お)》ぎの葉《は》に露《つゆ》ふき結《むす》ぶこがらしのおと《(を)》ぞ夜寒《よさむ》になりまさるなる

藤原顕綱朝臣

霧をよめる

112 夕霧《ゆふぎり》にこずゑもみえず初瀬《はつせ》山いりあひの鐘《かね》のおと《(を)》ばかりして

源　兼昌《(かねまさ)》

法輪へ詣《まう》でけるに、嵯峨野《さがの》の《ゝ》花おもしろく咲《さ》きて侍りければ、見《み》てよめる

113 秋《あき》の野の花《はな》みるほどのこゝろをば行《ゆ》くとやいはむ留《と》まるとやいはん

赤染衛門《(あかぞめゑもん)》

賀茂の斎《いつき》ときこえける時、本院の透垣《すいがき》に朝顔《あさがほ》の花の咲《さ》き懸《かゝ》りて侍りけるをよめる

114 神垣《かみがき》に懸《かゝ》るとならば朝顔《あさがほ》もゆふかくるまでにほはざらめや

禖子内親王《(ばいしないしんわう)》

110 吉野の象山の山蔭に立っている松は、幾年の秋風に吹かれ続けてきたのだろうか。○象山 吉野にある山の名。○そなれ 「磯馴れ」で、波風にさらされるが原義だが、転じて「ただ物に馴るる」(色葉和難集)の意。

111 荻の葉に露を吹き結ぶ木枯しの風の音が、ますます夜の寒さがつのってくるように聞こえることだ。○こがらし 晩秋から冬にかけて吹く風。秋が来て荻の葉に吹いた涼風が(→一〇七・一〇八)、木枯しに変って、その風音でしだいに夜寒になってゆくことを知る。▽「荻の葉に露吹き結ぶ秋風も夕べぞ分きて身にはしみける」(源氏物語・蜻蛉)。

112 夕霧で梢さえも見えない、初瀬山は、山寺の入相の鐘の音だけがして。○初瀬山 大和国の歌枕。長谷寺がある。○いりあひ 夕暮時。日没イリアヒ(名義抄)。▽霧は、万葉集では春にも詠まれたが、平安和歌では、春は霞、霧は秋と季節を限った。

113 秋の野の花を見ている時の気持は、「心ゆく(満足する)」と言ったらよいものか、それとも「心とまる(心が残る)」と言ったらよいものか。○法輪 法輪寺。京都市西京区嵐山にある寺。嵯峨野はその参詣の途次にあたる。○下句 「行く」「留まる」の対照の面白さ。表現は「年の内に春は来にけり一年を去年とやいはむ今年とやいはむ」(古今・春上・在原元方)による。▽類想歌「足引の山辺の道はいかなれや行くと見れども過ぎがてにする」(躬恒集)。

114 神垣に懸かるということであるならば、朝顔だって木綿を懸ける夕方まで咲き続けないということはないでしょうよ。○賀茂の斎… 禖子内親王が斎院だったのは永承元年(一〇四六)八歳の年から康平元年(一〇五八)まで。○本院 紫野の斎院御所。「御所也。本院の名也。賀茂のいつきともいへり」(八雲御抄)。○朝顔 槿・桔梗ともされるが、平安和歌では蔓草の朝顔。○ゆふかくる 「木綿懸くる」に「夕かく」(夕方になるの意)を掛ける(→五四)。▽朝顔が夕方まで咲くとの掛詞のあやが興趣のねらい。

堀河院《(ほりかはゐん)》御時、百首歌たてまつりけるによめる

115 ぬしや誰《たれ》しる人なしに藤袴《ふぢばかま》みれば野《の》ごとに綻《ほころ》びにけり

隆源《(りゆうげん)》法師

白河院《(しらかはゐん)》、鳥羽殿にて前栽合《(せんざいあはせ)》せさせ給ひけるによめる

116 朝《あさ》な〳〵露《つゆ》お《(を)》もげなる萩《はぎ》の枝《え》にこゝろをさへも懸《か》けてみるかな

周防内侍《(すはうのないし)》

117 を《(お)》ぎの葉《は》に言《こと》とふ人もなきものを来《く》る秋ごとにそよとこたふる

敦輔王《(あつすけのおほきみ)》

題不知

118 秋の野の草《くさ》むらごとにお《(を)》く露《つゆ》は夜《よる》なく虫《むし》のなみだなるべし

曽祢好忠

119 八重葎《やへむぐら》しげれる宿《やど》はよもすがら虫《むし》の音《ね》きくぞとりどころなる

永源《(やうげん)》法師

115 持主は誰だろう。それを知る人もないままに、あたりを見てみると、藤袴はどの野辺にも咲き綻んでいるのだった。○堀河院御時…→一。○ぬしや誰　「主知らぬ香こそ匂へれ秋の野に誰が脱ぎかけし藤袴ぞも」（古今・秋上・素性法師）による。○しる人　「きる人」とする伝本もある。○藤袴　秋の七草の一つ。袴に見立てて詠む。○綻び　咲くの比喩表現。「袴」の縁語。「秋風に綻びぬらし藤袴」（古今・誹諧歌・在原棟梁）。▽藤袴の花が咲いたのを、持主不明のまま放置され綻びてしまった袴に見立てた。

116 朝ごとに露が懸かって重げに撓（たわ）んでいる萩の花の枝に、そのうえ心をまでも懸けて見ることだ。○白河院　→人名。○鳥羽殿　鳥羽にあった白河上皇の離宮。○前栽合　造作した小前栽に和歌を添え、その優劣を競う遊び。○懸けて　心に思うの意に載せるの意を重ねる。「露」の縁語。▽心の重みで枝が更に撓むとのユーモア。「露を重みいとどたわなる萩の枝に心をさへも懸くる今日かな」（散木奇歌集）の作者俊頼（→人名）と周防内侍とは活躍期が重なる。両歌には影響関係が有るであろう。

117 荻の葉にものを問う人もいないのに、秋が来るごとに「そよ、そよ」と答えることだ。○をぎ　→八四。○五句　葉のそよぐ音を荻の声と聞きなした。「一人していかにせましと侘びつればそよとも前の荻ぞ答ふる」（大和物語一四八段）。▽「問ふ」「答ふ」の対語構成。

118 秋の野の、どの草むらにも置いている露は、夜鳴いた虫の涙にちがいない。▽露を鳴く虫の涙に比喩すること→三三。

119 七重八重に葎が茂っている荒れた家は、他に何の趣きもないが、一晩中虫の声を聞けるのがとりえだなあ。○八重葎　葎は蔓草の一種。幾重にも絡まり茂るので「八重葎」という。荒れた家の象徴。「八重葎しげき宿には夏虫の声よりほかにとふ人もなし」（後撰・夏・読人しらず）。▽「我が宿は浅茅が原に荒れたれど虫の音聞くぞとり所なる」（嘉言集）によるか。

120 鳴《な》く虫《むし》のひとつ声《こゑ》にもきこえぬはこゝろ〴〵に物《もの》やかなしき

和泉式部

121 陸奥《みち》の国《くに》の任果《は》てて上《のぼ》り侍りけるに、尾張《おはり》の国《くに》の鳴海野《なるみの》に鈴虫《すゞむし》の鳴《な》き侍りけるをよめる

ふるさとに変《かは》らざりけり鈴虫《すゞむし》の鳴海《なるみ》の野べのゆふぐれの声《こゑ》

橘為仲《ためなか》朝臣

122 天禄三年女四宮《をんなしのみや》歌合によめる

秋風《あきかぜ》に露《つゆ》をなみだとなく虫《むし》のおもふこゝろを誰《たれ》にとはまし

橘正通《まさみち》

123 駒迎をよめる

逢坂《あふさか》の杉《すぎ》まの月のなかりせば幾《いく》きの駒《こま》といかでしらまし

大蔵卿匡房《まさふさ》

124 永承五年一宮《いちのみや》の歌合によめる

きく人のなどやすからぬ鹿《しか》の音《ね》はわが妻《つま》をこそ恋《こ》ひてなくらめ

出羽弁《いではのべん》

120 鳴いている虫の声が同じ声に聞こえないのは、虫にはそれぞれの心にそれぞれの悲しみがあるのだろうか。○物やかなしき 「秋の夜の明くるも知らず鳴く虫はわがごと物や悲しかるらむ」(古今・秋上・藤原敏行)による。▽「一つ声」「心々」の対比の興。虫の種類により鳴声が違う理由を考えた。「心にはひとつ御のりと思へども虫は声々聞こゆなるかな」(和泉式部続集)は同じ作者の同技巧の歌。

121 古里の鈴虫の声と変りはないのだなあ。鈴に縁のある鳴海野の夕暮に鳴く鈴虫の声は。○任果てて 国司の任期が終って。○鳴海野 尾張国の歌枕(現在の名古屋市緑区)。○鈴虫 今の松虫とされる。○上句 「鳴る」の語をもつ鳴海野の鈴虫は特別な鳴声かと期待したのに、との含意がある。「ふるさと」は、都の我が家。「ふる(さと)」は「振る」を掛けて「鈴」の縁語。○鳴海 「鳴る」は「鈴」の縁語。

122 秋風の吹く中で、涙を露となして鳴く虫の嘆き悲しむ心の中を、いったい誰に尋ねたらよいものだろう。○女四宮 村上天皇皇女規子内親王(→人名)。○露をなみだと 「風寒み鳴く秋虫の涙こそ草葉色どる露と置くらめ」(後撰・秋上・読人しらず)。→二八。○とはまし 「まし」は実現不可能であることを前提とする用法。▽虫に共鳴する我が身の孤独。

123 逢坂の関の杉の間から漏れ差す月が、もし無かったならば、どれ程の大きさの馬だと、どうして知ることができたであろうか。○駒迎 →一〇三。○逢坂 →三〇七。○幾き 「き」は馬の大きさを示す単位。「きは寸也、馬の長は三尺五寸を本体にて、その上に一寸余るをば一きと言ひ、七寸余るをば七きと言ふ也」(顕昭注)。「幾寸」に「幾騎」を掛けるか。▽月光で馬がよく見えるさまを反実仮想として表現した。

124 聞く人の心がどうして落ちつかなくなるのだろう。鹿の鳴く声は、他でもない自分の妻(牝鹿)を恋うて鳴くのであろうに。○一宮 後朱雀天皇皇女祐子内親王(→人名)。○こそ…らめ 逆接の用法。

125 題不知

秋萩《あきはぎ》を草《くさ》の枕《まくら》にむすぶ夜《よ》はちかくも鹿《しか》の声《こゑ》をきくかな

藤原伊家《(これいへ)》

126 九月十三夜に、月照ス㆓菊花ヲ㆒といふことをよませ給ひける

秋《あき》ふかみ花《はな》には菊《きく》の関《せき》なれば下葉《したば》に月ももりあかしけり

新院御製

127 関白前太政大臣の家にてよめる

霜枯《しもが》るゝはじめとみずは白菊《しらぎく》のうつろふ色《いろ》をなげかざらまし

源雅光《(まさみつ)》

128 題不知

今年《ことし》また咲《さ》くべき花のあらばこそうつろふ菊《きく》にめかれをもせめ

道命《(だうみやう)》法師

129 草枯《くさが》れの冬《ふゆ》までみよと露霜《つゆしも》のお《(を)》きて残《のこ》せる白菊《しらぎく》の花《はな》

曽祢好忠

125 秋萩を枕として結ぶ旅寝の夜は、すぐ近くに鹿の声を聞くことだ。○秋萩　萩と鹿の取合せは万葉集以来多い。萩を鹿の「花妻」とも言う。▽鹿が枕の萩を我が花妻かと、近づき来て鳴くとの心。

126 秋も深まったので、花にとっては菊の花がゆく秋の関所だから、菊の下葉にも月の光は漏れきて守り明かしたことだ。○新院　崇徳院(↓人名)。○菊の関　菊花が関所となって、花の季節の過ぎるのを留めるとの比喩。菊は花の中で最後に残る花(↓一二八)。○下葉　葉は下葉からまず散る。○守り　「漏り」を掛ける。「関」の縁語。▽九月十三夜を賞翫することは、延喜の頃に始まり、平安後期に流行した。

127 それが霜枯れの始まりだと、もし思わなかったなら、白菊が霜にうたれて変ってゆく色を嘆きはしないだろうが。○関白前太政大臣　藤原忠通(↓人名)。○うつろふ色　白菊が霜で紫に変るのを殊に賞翫した。「秋をおきて時こそありけれ菊の花移ろふからに色のまされば」(古今・秋下・平貞文)。▽美しい色変りが霜枯れの始まりであることの嘆き。影響歌「霜枯るる色とし菊を思はずは移ろひゆくも嬉しからまし」(林葉集)。

128 今年のうちに咲くはずの花がもし他にあるなら、色変りしてゆく菊から目を離すこともしようが。○めかれ　目を離すこと。「暮ると明くと目離れぬものを梅の花いつの人まに移ろひぬらむ」(古今・春上・紀貫之)。▽「是れ花の中に偏に菊を愛するにあらず。此の花開けて後更に花無ければなり」(和漢朗詠集・菊・元稹)を和歌に翻案した趣き。

129 草枯れして花のない冬までも見よとて、露も霜も置きながらも、枯らさずに取りのけて残している白菊の花だ。○露霜　露と霜。露のような霜とする解釈もある。○おきて　「置き」に「措き」(取りのける)を掛ける。「君がため心もしるく初霜のおきて残せる菊にざりける」(躬恒集)による。▽「それ菊に五美有り…霜を冒して穎を吐くは勁直を象どるなり」(芸文類聚・菊・鍾会菊花賦)。

宇治前太政大臣《うぢのさきのだいじやうだいじん》、白河にて、見ル二行客ヲ一といふことをよめる

堀河右大臣《ほりかはのうだいじん》

130 関《せき》こゆる人に問《と》はゞやみちのくの安達《あだち》のまゆみもみぢしにきや

武蔵国より上《のぼ》り侍りけるに、三河の国《くに》の両村山《ふたむら》の紅葉《もみぢ》を見《み》てよめる

橘　能元《よしもと》

131 いくらとも見《み》えぬもみぢの錦《にしき》かな誰《たれ》ふたむらの山といひけむ

寛治元年太皇太后宮《たいくわうたいごうぐう》の歌合によめる

大蔵卿匡房

132 夕《ゆふ》されば何《なに》か急《いそ》がむもみぢ葉《ば》の下照《したて》る山《やま》は夜《よる》も越《こ》えなん

題不知

曽祢好忠

133 山里《やまざと》は行《ゆ》き来ゝの道《みち》のみえぬまで秋《あき》の木の葉にうづもれにけり

130 白河の関を越えて来る人に尋ねたい。陸奥の安達の檀(まゆみ)はもう紅葉してしまったかと。○宇治前太政大臣　藤原頼通(→人名)。○白河　京都市の東北部。白川流域の地名。別荘白河院があった。○見行客　旅人を見るの意。家集では「関こゆる人を見る」が題。○堀河右大臣　藤原頼宗(→人名)。○関こゆる　場所を陸奥の白河の関(福島県白河市の関の森がその跡とされる)に仮想した。○安達　陸奥国の地名。安達太良山の麓の辺り。檀の産地。○まゆみ　檀の木。皮は紙の、木は弓の材料となる。和歌ではその紅葉を賞美する。▽京の白河から陸奥の白河の関を連想し、安達の檀の紅葉を想像した。あるいは、関は逢坂の関で、東国から帰京する旅人への問いかけとも解釈できる。

131 どれほどともわからない豊富な紅葉の錦だなあ。一体誰がわずか二むらの山と言ったのだろう。○両村山　尾張国山田郡両村(和名抄)。現愛知県豊明市。二村山。○錦　紅葉を錦に喩えること、漢詩にあり、古今集以来多用された。○ふたむら　地名に布を数える単位の「むら(疋)」を掛け、「錦」の縁語。▽両村の名を二疋(ふたむら)に取りなしての機智。類似の修辞「呉服部(くれはとり)綾に恋しくありしかばふたむら山も越えずなりにき」(後撰・恋三・清原諸実)。

132 夕方になったからといって、どうして道を急いだりしようか。紅葉があかく木の下を照らす山は夜でも越えられよう。○寛治元年　歌合本文では寛治三年(平安朝歌合大成五)。○太皇太后宮　後冷泉天皇の后藤原寛子(→人名)。底本表記「太皇大后宮」。○下照る　「桃の花下照る道に」(万葉集・巻十九・家持)による歌語。▽夕方になると紅葉が山道をあかく(赤く・明るく)照らす、だから、急ぐ必要はない、との理屈。類想歌「神無月しぐるるままに暗部山(くらぶやま)下照るばかり紅葉しにけり」(金葉・冬・源師賢)。

133 山里は行き来する道が見えなくなるほどに、秋の落葉に埋もれてしまったのだなあ。▽「秋は来ぬ紅葉は宿に降りしきぬ道踏み分けてとふ人はなし」(古今・秋下・読人しらず)の面影。

134 春より法輪にこもりて侍りける秋、大井河に紅葉《もみぢ》の隙《ひま》なく流《なが》れけるを見《み》てよめる

春雨《はるさめ》の綾《あや(を)》おりかけし水の面《おも》に秋《あき》はもみぢの錦《にしき》をぞ敷《し》く

道命法師

135 雨後落葉といふことをよめる

なごりなく時雨《しぐれ》の空《そら》は晴《は》れぬれどまだ降《ふ》るものは木の葉《は》なりけり

源俊頼《(としより)》朝臣

136 月の明《あか》き夜《よ》、紅葉《もみぢ》の散《ち》るをみてよめる

荒《あ》れはてて月もとまらぬわが宿《やど》に秋の木の葉《は》を風《かぜ》ぞふきける

平兼盛《(かねもり)》

137 一条摂政《(いちでうのせつしやう)》家障子に、網代《あじろ》に紅葉《もみぢ》の隙《ひま》なく寄《よ》りたるかた描《か》きたる所《ところ》によめる

秋《あき》ふかみもみぢ落《お》ちしく網代《あじろ》木は氷魚《ひを》のよるさへあかくみえけり

藤原惟成《(これしげ)》

138 初霜をよめる

初霜《はつしも》もおき《(を)》にけらしな今朝《けさ》みれば野べの浅茅《あさぢ》も色《いろ》づきにけり

大中臣能宣朝臣

134　春雨が綾を織り掛けた水面に、秋には紅葉の錦を敷くことだ。○法輪　法輪寺(→一三)。○大井河　桂川の上流、嵐山・小倉山の辺りの称。○両山は紅葉の名所。○上句　雨の降りそそぐ波紋を綾織物の紋様に見立てた。「水の面に綾織り乱る春雨や山の緑をなべて染むらむ」(伊勢集)による。○下句　川面の紅葉を錦に見立てること、「竜田川紅葉乱れて流るめり渡らば錦中や絶えなむ」(古今・秋下・読人しらず)など。▽春雨の綾織物と紅葉の錦との見立ての対比が修辞の眼目。

135　時雨の降った空はあとかたもなく晴れたけれど、いまも雨が降っていると思ったのは、木の葉の散り落ちる音だったのだなあ。○時雨　晩秋から初冬にかけて降る雨。○まだ　未だの意。また(再び)とする解釈もある。○なりけり　→一四。▽落葉の音を雨音に喩えること、漢詩題に「落葉声雨の如し」等がある。「秋の夜に雨と聞こえて降るものは風にしたがふ紅葉なりけり」(拾遺・秋・紀貫之)。影響歌「かき曇り時雨は程もなけれどもなごりに降るは木の葉なりけり」(待賢門院堀河集)。

136　すっかり荒れてしまって、月さえも留まろうとしない我が家に、風が吹いて秋の紅葉を屋根に葺くことだ。○上句　月が留まることなく西に移って行くのを「宿」の縁で「とまらぬ」と言い、その理由を宿が荒れ果てたからだと取りなした。「月も」に、人はもとよりの意をこめる。○ふきける　「葺く」に「吹く」を掛ける。紅葉が屋根に落ち積もった様。「散り果てて後さへ風をいとふかな紅葉を葺ける深山辺の里」(千載・冬・藤原盛雅)。▽荒れた家の屋根に紅葉の錦を葺く面白さ。

137　秋が深いので、紅葉が一面に落ち積もっている網代では、紅葉のあかさで、夜でも氷魚の寄るのがあかるく見える。○一条摂政　藤原伊尹(→人名)。○障子　一条摂政の家の障子。障子は襖。また屏風の類(和名抄)。○網代　川瀬に杭を打ち簗を掛けて氷魚を取るしかけ。山城・近江国に各一所を設け、九月から十二月三十日まで宮中に氷魚を貢献する(延喜式・内膳)。網代木はその杭。「深」「落ち」「氷魚」「寄る」は

139

雨中《ノ》九月尽といふことをよめる

いづかたに秋《あき》のゆくらんわが宿《やど》にこよひばかりは雨宿《あまやど》りせで

前大納言公任《きんたふ》

「網代」の縁語。○氷魚　白い小さな魚、白魚に似ていて長さ一、二寸のもの(和名抄)。○よるさへ　「寄る」に「夜」を掛ける。○あかく　明るく。「赤」を掛けて氷魚の白と対照。

138　初霜もどうやら置いたらしいなあ。今朝見ると、野辺の浅茅も色付いてしまっている。○浅茅　茅《ちがや》の歌語。▽影響歌「初霜は置きにけらしなひさぎ生ふる沢辺の茅原色づきにけり」(現存和歌六帖抜粋本・藤原家良)。

139　どこに秋は行くのだろうか。私の家にも今夜だけは雨宿りもしないで。○下句　今夜は昨日までと違って急いで素通りするとの意。結句を「雨宿りせよ」とする伝本もあり、その本文であれば、せめて今夜だけは雨宿りせよ、の意となる。上句の疑問との対応は「せで」の方が適切。▽秋を擬人化し、時雨の中を急ぎ足で去って行く秋を惜しむ心。「九月尽」の漢詩題は菅家文草からあるが、勅撰和歌集では後拾遺集に初めて見える。春の終りの「三月尽」と対をなす歌題。

# 詞花和歌集巻第四　冬

題不知

140 なにごともゆきて祈《いの》らむと思《おも》ひしに神無《な》月にもなりにけるかな

曽祢好忠（よしただ）

141 ひさぎおふる沢辺《さはべ》の茅《ち》原《はら》冬くればひばりの床《とこ》ぞあらはれにける

家に歌合し侍りけるに、落葉をよめる

142 こずゑにてあかざりしかばもみぢ葉の散《ち》りしく庭を掃《はら》はでぞみる

大弐資通（すけみち）

140 あらゆる事を参詣して祈ろうと思っていたのに、神様の留守になる神無月にいつのまにかなってしまったなあ。〇神無月　十月。神がいない月と取りなした。「十月には出雲の大社に神集まりて他国に神おはせぬ故に、神無し月と云也」(顕昭注)。▽類想歌「もみぢ葉をぬさとはいかで手向くらむ神無月にもなりぬと思ふに」(嘉吉三年前摂政家歌合・祝部成前)。

141 楸の生えている沢辺の茅萱の原は、冬が来ると、(茅萱が枯れて、それまで見えなかった)雲雀の巣床が姿をあらわしてしまうのだなあ。〇ひさぎ　楸。落葉喬木。沢辺や河原に生えるものとして詠むことが多い。〇茅原　茅(↓一三八)の生えている野原。〇ひばり　雲雀。雀に似てそれより大きい(和名抄)。雲雀は春の鳥。▽類想歌「住む閨(ねや)も木の葉隠れにせしわざも冬来て後ぞあらはれにける」(好忠集)。影響歌「結びおきし雲雀の床も草枯れてあらはれわたる武蔵野の原」(後鳥羽院御集)。

142 梢にある間にまだ見足りなかったので、紅葉の散り敷いている庭を掃かないで見ることだ。〇掃はで　↓三七・三八。▽「秋の庭は掃(はら)はずして藤杖を携へ　閑(しづ)かに梧桐の黄葉を踏みて行く」(和漢朗詠集・落葉・白楽天)の趣き。春の桜を掃かずに見るのと同趣。

題不知

143 いろ〳〵に染《そ》むる時雨《しぐれ》にもみぢ葉《ばゝ》はあらそひかねて散《ち》りはてにけり　左衛門督家成《いへなり》

144 山《やま》ふかみ落《お》ちてつもれるもみぢ葉のかわ《は》けるうへに時雨《しぐれ》ふるなり　大江嘉言《よしとき》

落葉埋《ムレ》水《ヲ》といふことをよめる

145 いまさらにお《を》のがすみかを立《たゝ》じとて木《こ》の葉の下《した》にをしぞ鳴《な》くなる　惟宗隆頼《たかより》

落葉声《こゑあ》有りといふことをよめる

146 風《かぜ》ふけば楢《なら》のから葉のそよ〳〵と言《い》ひあはせつゝいづち散《ゝ》るらん

題不知

147 外山《とやま》なる柴《しば》の立枝《たちえ》にふく風《かぜ》のおと《を》きくをり《お》ぞ冬はものうき　曾祢好忠

143 木々を様々な色に染める時雨に、もみじは抵抗しきれずに、すっかり散ってしまったのだなあ。○初句　黄色にも紅色にも。万葉集や新撰万葉集では黄葉の表記も多い。○時雨　時雨により木の葉が色付くと考えられていた(↓一三五)。○四句「時雨の雨まなくし降れば真木の葉も争ひかねて色付きにけり」(万葉集・巻十)。

144 山が深いので、散り落ちて積み重なっている紅葉の、その乾いた葉の上にどうやら時雨が降っているようだ。○ふるなり　落葉をうつ音により時雨が降っていると推定した。▽深山の庵に幽居して雨音を聴いている趣き。能因(↓人名)が藤原長能(↓人名)に和歌の詠み方を問うた時、この歌のように詠むのがよいと答えたという(袋草紙)。

145 今となってはもう水の上の栖(すみか)を離れまいというわけで、落葉に埋もれて鴛鴦が鳴いている。○をし　鴛鴦。雌雄決して離れず、人が一方を獲ると他方は思い死にするという。ここも番(つがい)の鴛鴦。○鳴くなる　姿は見えないが、鳴き声でそれと推定した。

146 風が吹くと、楢の枯葉が、そうだよ、そうだよと語らい合っては、次々といったいどこへ散ってゆくのだろう。○楢　柞(ははそ)、柏の類。○から葉　枯葉。底本「うら葉」を東北大学本等により訂す。○そよ〳〵　落葉の音を「そうよ」「そうよ」と言う、落葉同士の会話に取りなした。○言ひあはせ　相談する。嘆きあい、慰めあう趣き。「諸共にともなふ人のあらばこそ言ひあはせつつ慰めもせめ」(拾玉集)。▽後葉集では作者俊頼。

147 外山の柴の細い立枝を吹き過ぎる風の音を聞く、そんな時、冬という季節はいやだなあと思う。○外山　→二。○立枝　高く伸びている木の枝。○風の　底本「かせは」に「のイ」の傍記あり。傍記及び他本により訂す。▽「奥山に紅葉踏み分け鳴く鹿の声きく時ぞ秋は悲しき」(古今・秋上・読人しらず)を冬の外山に置き換えた(季吟抄)。

148
秋《あき》はなほ木《(をこ)》の下《した》かげも暗《くら》かりき月は冬《ふゆ》こそみるべかりけれ

読人不知《(よみびとしらず)》

149
東山に百寺拝《をが》み侍りけるに、時雨《しぐれ》のしければよめる

もろともに山めぐりする時雨《しぐれ》かなふるにかひなき身とはしらずや

左京大夫道雅《(みちまさ)》

150
旅宿ノ時雨といふことをよめる

庵《いほり》さす楢《なら》の木かげにもる月のくもるとみれば時雨《しぐれ》ふるなり

瞻西《(せんさい)》法師

151
天暦《(てんりやく)》御時、御屏風に、網代《あじろ》に紅葉《もみぢ》おほく寄《よ》りたるかた描《か》ける所《ところ》によめる

深山《みやま》にはあらしやいたく吹《ふ》きぬらん網代《あじろ》もたわにもみぢつもれり

平兼盛《(かねもり)》

152
鷹狩をよめる

あられふる交野《かたの》の、御野《みの》の、狩《かり》ころも濡《ぬ》れぬ宿《やど》かす人しなければ

藤原長能《(ながよし)》

148 秋は(月が明るいとはいえ)やはり木の葉でその下蔭は暗かった。月は(木の葉の落ちた)冬にこそ見るべきだったのだなあ。○木の下かげ ↓九九。▽類想歌「秋とのみいかなる人か言ひそめし月は冬こそ見るべかりけれ」(永承四年内裏歌合・藤原伊房)。

149 私と一緒に寺廻りをする時雨だなあ。生きている甲斐もない我が身だと知らないのか。(無駄に降らないで私から離れてゆけ。)○百寺 百の寺々を参詣し廻ること。○山めぐり 「山(=寺)廻り」に、時雨が山から山に移動しながら降るさまを重ねる。○ふる 「経る」に「降る」を掛ける。○かひ 「甲斐」に「山」の縁で「峡」を響かす。○身とは 底本「身とや」を他本により訂す。▽時雨を厭う気持を諧謔的に詠んだ。もとは連歌で、上句は道雅、下句は藤原兼綱の作(俊頼髄脳・袋草紙他)。

150 旅の仮庵を結んだ楢の木蔭に月影が漏れ来ていたが、その月が曇ったなと思っていると、どうやら時雨が降っているようだ。○庵さす 仮そめに宿る意の歌語。○楢 ↓一四六。○時雨 時雨は晴雨定めなく、天候が変りやすい。

151 奥山では山風がひどく吹いたのだろうか。川の網代もたわむほどに紅葉が流れ寄り積もっている。○天暦御時 村上天皇(↓人名)の御代。○網代 屏風絵は宇治の網代か。網代 ↓一三七。○あらし 山から吹き下す風。▽影響歌「深山には嵐吹くらし網代木に掻きあへぬまで紅葉積もれり」(散木奇歌集・落葉満網代)。

152 霰が降る交野の禁野では、蓑を借りて狩の衣としたことよ。濡れない宿を貸す人がいないので。○交野の御野 河内国(大阪府)交野の皇室御領。「御野」に「蓑」を掛ける。○狩ころも 「狩」に「借り」を掛け、「貸す」と対語。○濡れぬ 「ぬ」は打消助動詞の連体形。完了の終止形では倒置法として不自然な切り方になる。完了・打消の両義に解するのも助動詞の用法として不審。○下句 交野での狩の折の歌「一年に一度来ます君待てば宿かす人もあらじとぞ思ふ」(古今・旅・紀有常。伊勢物語八二段)による。

153
堀河院《ほりかはゐん》御時、百首歌たてまつりけるによめる
山ふかみ焼《や》く炭《すみ》がまのけぶりこそやがて雪げの雲《くも》となりけれ
大蔵卿匡房《まさふさ》

154
大和守にて侍りける時、入道前太政大臣《にふだうのさきのだいじやうだいじん》のもとにて、初雪をみてよめる
年《とし》をへて吉野《よしの》の山《やま》にみなれたる目《め》にめづらしきけさの初雪《はつゆき》
藤原義忠《のりただ》朝臣

155
題不知
ひぐらしに山路《やまぢ》の昨日《きのふ》しぐれしは富士《ふじ》の高嶺《たかね》の雪にぞありける
大江嘉言

156
奥山《おくやま》の岩垣《いはがき》もみぢ散りはてて朽葉《くちば》がうへに雪ぞつもれる
大蔵卿匡房

157
新院《しんゐん》位におはしまししし時、雪中眺望といふことをよませ給ひけるによみ侍りける
くれなゐに見《み》えしこずゑも雪ふれば白木綿《しらゆふ》かくる神無備《なび》の森《もり》
関白前太政大臣《くわんぱくさきのだいじやうだいじん》

153 山が深いので、炭を焼く窯の煙が、実はそのまま雪もよいの雲となるのだなあ。○堀河院御時…　→一。○雪げの雲　雪が降りそうな気配の雲。▽雪が深山に早く降るのは炭竈の煙が雪雲に変ったからだと気付き納得した心。類想歌「炭竈に立つ煙さへ小野山は雪げの雲と見ゆるなりけり」(堀河百首・源師時)。

154 幾年もずっと吉野の山で雪を見なれている目にさえ新鮮に見える今朝の初雪だ。○大和守にて…　義忠は権左中弁兼大和守の長久二年(一〇四一)冬に吉野川で水死(扶桑略記)。入道前太政大臣(藤原道長　→人名)は万寿四年(一〇二七)歿。義忠は道長生存中には大和守に任ぜられていない。詞書の誤りか。金葉集三奏本詞書「初雪をよめる」。○年をへて　義忠の父為文も大和守だった。若い頃から吉野を実見していたのであろう。○吉野の山　和歌では雪深い山として詠まれた。▽庭の雪を称美して間接的に邸主を讃えた。上句にやや愁訴の気配もある。影響歌「年を経てふりにし色は変らねど猶めづらしき今朝の初雪」(資通卿家歌合・作者不記)。

155 昨日一日中、山路がしぐれたのは、なんと、富士の高嶺では雪だったのだ。▽旅の山路での時雨の夜が明けて、眼前に富士の初雪を見たおどろき。

156 奥深い山の岩垣の紅葉はすっかり散って、朽葉の上に雪が積もっている。○岩垣もみぢ「奥山の岩垣もみぢ散りぬべし照る日の光見る時なくて」(古今・秋下・藤原関雄)による。岩垣紅葉は、壁のごとき岩の蔦、或いはその岩壁に生じた木の紅葉。▽人知れず紅葉は散り、人知れず雪の降り積もるさま。

157 紅葉で紅色に見えた梢も、雪が降ると、白木綿を掛けることだ、神無備(かんなび)の森は。○新院　崇徳院。→一四八。○関白前太政大臣　藤原忠通(→人名)。○木綿　→一五四。○神無備の森　大和国。紅葉の名所。▽神無備の森ゆえ、神を祭ると取りなして、白雪を白木綿に見立てた。社の雪を木綿に喩える例は多い。

題不知

158 待《ま》つ人の今《いま》もきたらばいかゞせむ踏《ふ》まゝくを《(お)》しき庭《には》の雪かな

和泉式部《(いづみしきぶ)》

歳暮の心をよめる

159 数《かず》ならぬ身にさへ年《とし》のつもるかな老《おい》は人をもきらはざりけり

成尋《(じやうじん)》法師

160 魂《たまゝ》まつる年《とし》の終《をは》りになりにけり今日《けふ》にや又《(また)》もあはむとすらむ

曽祢好忠

158 待っている人が、もし今来たらどうしよう。踏むのが惜しい庭の雪だこと。○踏ままく「まく」は助動詞「む」の未然形に体言化する接尾語「く」が付いたもの。▽「踏ままく惜しき」の句は後人に多く模倣された。「雪降れば踏ままく惜しき庭の面を尋ねぬ人ぞうれしかりける」(顕季集)は本歌による。

159 人並みでない我が身にまでも、年は積もることよ。老いは人を分けへだてしないものなのだなあ。▽年が明ければ、一つ齢を重ねる。世間の人が我が身を避けるようには、老いが我が身を避けてくれない嘆き。「数ならぬ身には積もらぬ年ならば今日の暮をも嘆かざらまし」(千載・冬・惟宗広言)は本歌によるか。

160 先祖の御魂を祭る、一年の終りの日になってしまった。はたして再びこの日に逢えるのだろうか。○魂まつる　十二月晦日には先祖の魂が帰ってくると考えられていた。「十二月つごもりの夜よみ侍りける　亡き人の来る夜と聞けど君もなし我が住む宿や魂無きの里」(後拾遺・哀傷・和泉式部)。「亡き人の来る夜とて魂祭るわざは、このごろ都にはなきを」(徒然草一九段)とあり、兼好法師の時代には既に衰微していたらしい。○下句　三五八と同じ言い回し。今日まで亡き人(先祖の霊)に逢おうとしているのだろうかとの解釈もある(季吟抄等)。「別れての後は知らぬをいかならむ時にかまたは逢はんとすらん」(千里集、詞書「不知何日又相逢(いったい何時の日に再び逢えるのだろうか)」)▽老いの嘆き。

# 詞花和歌集巻第五　賀

161
一条院《いちでうゐん》上東門院《じやうとうもんゐん》に行幸せさせ給ひけるによめる

入道前太政大臣《にふだうのさきのだいじやうだいじん》

君が世《よ》にあふくま河《がは》のそこきよみ千年《ちとせ》を経《へ》つゝすまむとぞ思《おも》ふ

162
正月一日子産《こう》みたる人に襁褓《むつき》つかはすとてよめる

伊勢大輔《いせのたいふ》

めづらしく今日《けふ》たちそむる鶴《つる》の子《こ》は千代《ちよ》のむつきを重《かさ》ぬべきかな

163
一条左大臣《いちでうのさだいじん》家の障子に、住吉《すみよし》のかた描《か》きたる所《ところ》によめる

大中臣能宣《よしのぶ》朝臣

過《す》ぎきにしほどをばすてつ今年《ことし》より千代《ちよ》は数《かぞ》へむ住吉《すみよし》の松《まつ》

161 我が君の御代に生き逢って、阿武隈河が底まで清らかなので千年を経ても澄み続くように、私もこの清らかな御代にいつまでも住みたいと思うのです。〇一条院… 一条院 ↓人名。寛弘五年(一〇〇八)十月、中宮彰子所生敦成親王の五十日の祝に行幸があった。〇上東門院 彰子の里第。土御門大路の南、京極大路の西にあり、土御門殿とも京極殿とも称された(拾芥抄)。〇入道前太政大臣 藤原道長(↓人名)。〇あふくま 「逢ふ」に陸奥の地名「阿武隈」を掛ける。〇すまむ 「澄む」に「住む」を掛ける。「清し・澄む」は濁りなき清明の御世を寓す。▽類想歌「君が代にあふくま河の水清み底にぞ見ゆる万代の影」(寛和二年内裏歌合・藤原道長)。

162 珍しくも正月一日の今日、始めて巣立つ鶴の子は、きっと千年も正月を重ねるにちがいありませんね。〇襁褓 産着。「襁褓。和名ムツキ。小児の被(きもの)なり」(和名抄)。〇たちそむる 「立ち」に「襁褓」の縁で「裁ち」を掛ける。〇鶴 千年の寿を保つとされた。〇むつき 「睦月」に「襁褓」を掛ける。「たち」「重ぬ」は「襁褓」の縁語。▽千年の長寿を予祝した。

163 これまでの過ぎてきた年は捨てた。今年から新しく千歳の年を数えるであろう、住吉の松は。〇一条左大臣 源雅信(↓人名)。〇障子 ↓一三七。〇住吉 摂津国。絵柄は住吉神社と浜辺の松であろう。〇千代は数へむ 底本「ちよのかすつむ」に「はかそへんイ」の傍記あり。傍記及び他本により訂す。「へ・つ」の誤写に起因する本文異同。「波和(なご)き浦に生ひいづる小松こそ継ぎ継ぎ君が千代は数へむ」(能宣集)。〇住吉の松 ↓一七〇・一七一。▽「今年より」に邸主である左大臣への祝意がこもる。前歌の「鶴」に「松」を配した。

長元八年宇治前太政大臣《(うぢのさきのだいじやうだいじん)》家歌合によめる

能因《(のういん)》法師

164 君《きみ》が世は白《しら》雲か丶る筑波《つくば》嶺《ね》のみねのつゞきの海《うみ》となるまで

題不知

赤染衛門《(あかぞめゑもん)》

165 さか木葉《ば》を手《て》に取《と》り持《も》ちて祈《いの》りつる神の代《よ》よりもひさしからなん

三条太政大臣《(さんでうのだいじやうだいじん)》の賀の屛風の絵《ゑ》に、花見《み》て帰《かへ》る人描《か》きたる所《ところ》によめる

中務《(なかつかさ)》

166 あかでのみ帰《かへ》ると思《おも》へばさくら花《ばな》を《(お)》るべき春ぞ尽《つ》きせざりける

ある人の、子三人に冠《かぶり》せさせたりける又の日、いひつかはしける

清原元輔《(もとすけ)》

167 松島《まつしま》の磯《いそ》に群《む》れゐる蘆鶴《あしたづ》のお《(を)》のがさま〴〵みえし千代《ちよ》かな

164 あなたの御命は、白雲のかかる筑波山のその嶺々の連なりが海と変る時まで続くことです。○長元八年　一〇三五年。○宇治前太政大臣　藤原頼通(→人名)。○筑波嶺　筑波山。常陸国(茨城県)の歌枕。▽「君が世は…の…まで」は長寿を祈る賀歌の類型構文。筑波の嶺々が海となることは永久にない。だから、君の命は永久に続くとのことほぎ。

165 榊の葉を手に取り持って祈った、あの神々の命よりももっと久しくあってほしい。○上句　さか木　→一五四。天照大神が天の石屋に籠った時、真榊に玉・鏡・幣を付け、それを太玉命《ふとたまのみこと》が「取り持」ったという故事(古事記、日本書紀)による。第三句を「いのりくる」とする伝本もあり、その本文では古事記等の故事は不要。いずれの場合でも、上句は「神」に係る序詞的働き。○神の代　神の寿命。▽「君がため松の千年も尽きぬべしこれよりまさん神の代もがな」(後撰・賀・読人しらず)。

166 いつも見足りないままで帰るのだなと思ったら、なるほど桜花を折り見ることのできる春はいつまでも終らないのであったなあ。○三条太政大臣　藤原頼忠(→人名)。○賀　算賀。長寿の祝。四十歳から十年毎に行う。▽いつ絵を見ても、画中の人々が満開の桜を見捨てて帰って行くのを不審に思ったが、画中の春は永遠に春のままであることに気付いて、見飽きぬままに帰る理由がわかったとの心。前歌の常緑の榊に対し、永遠の春に咲く桜を配した。

167 松島の磯で群れている鶴のように、おのおのにそれぞれの千年の齢のしるしが見えたことでした。○冠　元服。○又の日　翌日。○底本「の」なし。他本により補う。○蘆鶴　葦辺にいる鶴。鶴の別名(和名抄)。○おのがさま〴〵　「今までに忘れぬ人は世にもあらじおのがさま〴〵年の経ぬれば」(伊勢物語八六段)による語。▽同歌が重之集に「むねたかが陸奥の国にて子ども三人が冠し侍りける又のあした」とあり、陸奥の地ゆえ松島を詠み、共に千年の齢を保つとされる松と鶴とを取合せて祝意としたとわかる。作者は陸奥にいた重之(→人名)か。

上東門院御屛風に、十二月つごもりのかた描《か》きたる所《ところ》によめる

前大納言公任《きんたふ》

168 一年《ひとゝせ》を暮《く》れぬとなにかをしむ《お》べき尽《つ》きせぬ千代《ちよ》の春を待《ま》つには

河原院に人〻まかりて歌合しけるに、松臨ㇾ池《ムニ》といふことをよめる

恵慶《ゑぎやう》法師

169 たれにとか池《いけ》のこゝろも思《おも》ふらむ底《そこ》にやどれる松《まつ》の千年《ちとせ》を

後三条院《ごさんでうゐん》住吉詣《まう》でによめる

読人不知《よみびとしらず》

170 君《きみ》が代《よ》のひさしかるべきためしにや神《かみ》も植《う》ゑ《へ》けむ住吉《すみよし》の松《まつ》

俊綱《としつな》朝臣に具《ぐ》して住吉《すみよし》に詣《まう》でゝよめる

大納言経信《つねのぶ》

171 住吉《すみよし》の現《あら》人神《がみ》のひさしさに松《まつ》もいくたび生《お》ひかはるらん

168 年が暮れてしまうといって、どうしてわずか一年を惜しんでよかろうか、惜しむべきではない。(明朝には春となり)尽きることのない、千年にもわたって廻り来る春を待つのだから。○上東門院御屏風　上東門院(→一六二)のために調製した屏風。○尽きせぬ　→一六六。▽「一年」と「千代」との対語構成。祝意をこめた屏風歌。

169 誰に譲ろうと、池の心も思っているのだろうか。池の底に影を宿している松のその千年の齢を。○河原院　賀茂川のほとり(六条坊門南)にあった源融の邸。融の歿後に宇多法皇が、後には安法法師が住み、歌人たちの交遊の場となった。○歌合　応和二年(九六二)九月庚申の夜に催された。○たれにとか　他の誰でもないあなたに、の意。院主安法法師を寿ぐ。○池のこゝろも　漢詩語「池心」により池を擬人化。「人も」の気持がこもる。○千年を　底本「ちとせは」を他本により訂す。

170 我が君の御命の久しくあるにちがいない証拠として神も植えたのだろうか、住吉の松は。○後三条院…　後三条院 →人名。譲位後の延久五年(一〇七三)二月に聡子内親王等と共に住吉参詣御幸があった(栄花物語・松の下枝)。○読人　栄花物語では「一品宮の女房」の作。▽影響歌「君がため千代まつ蔭に住吉の神や植ゑけむ岸の白菊」(大治三年西宮歌合・源忠季)。

171 住吉の現人神の齢の久しさには、千年の松も何度生え替わっているのだろうか。○俊綱 →人名。○具して　連れだって。○現人神　人の姿で現れる神。「日本紀云、現人神。和名アラヒトカミ」(和名抄)。「天くだる現人神の相生を思へば久し住吉の松」(拾遺・神楽歌・安法法師)。○生ひかはるらん　「久しくも思ほえねども住吉の松や再び生ひかはるらむ」(拾遺・恋二・藤原忠房娘)。底本「るらん」に「りけイ」の傍記がある。過去推量「けん」(東北大学本等)であれば、生えかわったことだろうの意。▽前歌と共に、住吉の神を以て賀の巻末歌とした。

# 詞花和歌集巻第六　別

172

参議広業《ひろなり》、絶《た》えてのち、伊予《いよ》の守《かみ》にて下《くだ》りたるに、いひつかはしける

みやこにておぼつかなさをならはずは旅寝《たびね》をいかに思《おも》ひやらまし

民部内侍《みんぶのないし》

173

道貞《みちさだ》、忘《わす》れてのち、陸奥《みち》の国《くに》の守《かみ》にて下《くだ》りけるに、つかはしける

もろともに立《た》ゝましものを陸奥《みちのく》の衣の関《せき》をよそにきくかな

和泉式部《いづみしきぶ》

172 もしも、あなたが都にいる時に、逢いたいのに逢えない不安に馴れていなかったなら、旅の空のひとり寝をどんなにか心配することでしょうが…。（もう馴れていますので、今度の旅も心配はしていません。）○広業　↓人名。○絶えて　愛人であった広業の訪れが絶えて。○伊予の守　広業は寛仁五年（一〇二一）に伊予権守を兼任。▽以下二首、地方官として下る旧夫との別れ。

173 （私たちの仲が昔のままでしたなら）一緒に旅立ったでしょうに。あなたの行く陸奥の国の衣の関を他人事として聞くことです。○道貞　橘道貞（↓人名）。和泉式部の旧夫。道貞の陸奥国赴任は寛弘元年（一〇〇四）三月。○忘れて　夫婦仲が絶えたの意。和泉式部の浮気が原因とされている。○立たまし　「衣」の縁で「裁」を掛ける。○衣の関　岩手県平泉の辺に在ったという関所。和歌では衣服の「衣」に寄せて詠む。男に肌を許さぬことを「衣の関」という。▽愛のあれこれも二人には今は無縁のことと思う寂しさ。

174
左京大夫顕輔《あきすけ》加賀守にて下《くだ》り侍りけるに、いひつかはしける
よろこびをくはへにいそぐ旅《たび》なれば思《おも》へどえこそとゞめざりけれ
源俊頼《としより》朝臣

175
橘則光《のりみつ》朝臣陸奥《みち》の国《くに》の守《かみ》にて下《くだ》り侍りけるに、餞《せん》し侍るとてよめる
とまりゐて待《ま》つべき身こそ老いにけれあはれ別れは人のためかは
藤原輔尹《すけただ》朝臣

176
もの申《ま》しける女《をむな》の、斎宮《さいぐう》の下《くだ》り侍りける供《とも》にまかりけるに、いひつかはしける
帰《かへ》りこむほどをばしらずかなしきは夜《よ》を長《なが》月の別《わか》れなりけり
藤原道経《みちつね》

177
大納言経信《つねのぶ》太宰帥にて下《くだ》りけるに、河尻にまかりあひてよめる
六年《むとせ》にぞ君《きみ》は来《き》まさむ住吉《すみよし》のまつべき身こそいたく老《お》いぬれ
津守国基《くにもと》

174 今度の旅は、任官の喜びを加えて加賀の国へと急ぐ旅なので、あなたのことを別れ難く思っているけれど、引きとめることができないのですよ。○顕輔　天永二年(一一一一)任加賀守。↓人名。○初・二句　加賀に急ぐの意に、賀《よろこび》を加えにの意を添えた。任官を「よろこびす」ともいう(枕草子)。▽加賀を「賀を加ふ」と訓読したところが眼目。俊頼の散木奇歌集には顕輔の返歌がある。

175 都に残ってあなたの帰京を待たねばならぬこの私こそが年老いてしまった。ああ、この別れの宴は他人のためではない。(あなたの帰りを待たずに死ぬかもしれぬ私自身のためなのだ。)○橘則光　↓人名。○餞　「餞。酒食して人を送るなり。馬の鼻むけ」(新撰字鏡)。▽類想歌「行末を待つべき身こそ老いにけれ別れは道の遠きのみかは」(千載・別・大江匡房)。

176 あなたの帰ってくる時期さえわからない。悲しい事というのは、ひとり寝の夜の長い、長月の別れだったのですねえ。○もの申しける女　恋仲であった女。○斎宮　↓人名。斎宮は原則として天皇の退位までは交代しないので、退任帰京の時期は不確定。伊勢下向は九月が例。○供　斎宮に仕える女房であろう。○夜を長月　「夜を長」に九月の異称「長月」を掛ける。○なりけり　改めて確認する気持を表す。

177 六年目にはあなたはお帰りになるでしょう。しかし、この住吉の松とともにお帰りを待つべき我が身の方がひどく老いてしまったことです。(再びお逢いできますかどうか。)○経信　嘉保元年(一〇九四)六月任太宰権帥、二年七月下向。時に八十歳。↓人名。○河尻　大阪市東淀川区江口あたり。瀬戸内海航路の起点。○六年　太宰府の任期は五年だが、上洛は六年目の春になる(顕昭注、季吟抄)。○住吉のまつ　「松」に「待つ」を掛ける。津守家は代々住吉神社の神官の家。▽一七五と類想。国基はこの時七十三歳。国基集では相手を「江中納言(大江匡房)」とする。匡房(↓人名)は経信の後任。下向時、五十八歳。年齢からは匡房の方が穏当。

178
常《つね》に侍りける女房の、日向の国《くに》へくだりけるに、餞給ふと
てよみ給ひける
一条院皇后宮《いちでうゐんのくわうごうぐう》
あかねさす日に向《むか》ひても思《おも》ひいでよみやこは晴れぬながめすらむと

179
弟子に侍りける童《わらは》の、親《おや》に具《ぐ》して人の国へまかりけるに、
装束《さうぞく》つかはすとて
法橋有禅《いうぜん》
別《わか》れ路《ぢ》の草葉をわけむ旅ごろもたつよりかねてぬるゝ袖《そで》かな

180
月ごろ人のもとに宿《やど》りて侍りけるが、帰《かへ》りける日、あるじ
にあひてよめる
玄範《げんぱん》法師
また来《こ》むと誰《たれ》にもえこそ言《い》ひお(を)かねこゝろにかなふいのちならねば

181
唐土《もろこし》へ渡《わた》り侍りけるを、人の諫《いさ》め侍りければよめる
寂昭《じやくせう》法師
留《とゞ》まらむ留《とゞ》まらじとも思《おも》ほえずいづくもつひ(ゐ)の住《すみ》かならねば

178 日向の国に下向して、照る日に向ったときにも思い出しなさいよ。都では心晴れぬ物思いをしているだろうと。○日向　宮崎県。○餞給ふ　餞は旅立つ人を送る宴、またその贈り物。ここは贈り物。○一条院皇后宮　藤原定子(→人名)。○あかねさす　「ひ」の枕詞。○日に向ひても　国名「日向」を詠み込む。一七四と同技法。○ながめ　「長雨」に物思いの意の「ながめ」を掛け、「日」と対語をなす。▽枕草子によれば、定子が乳母大輔命婦に賜った扇に「片つ方は日いとうららかにさしたる田舎の館など多くして、いま片つ方は京のさるべき所にて雨いみじう降りたる」絵が描かれ、自筆でこの歌が書かれていた。

179 別れとなる旅路の、その草葉を分けて濡れるであろう旅の衣は、裁ち縫うや早くも旅立つ前から私の涙で袖が濡れることだ。○具して　付き従って。○人の国　地方。遠い国。○たつ　旅に「立つ」に「裁つ」を掛ける。この掛詞は頻用された修辞。→一七三。▽童は稚児か。それ故、歌も恋愛めかしている。

180 もう一度来ましょうと、誰に対しても言い残すことができません。思いのままになる命ではありませんので。○下句　「命だに心にかなふ物ならば何か別れの悲しからまし」(古今・別・白女)による。▽再訪の約束はできないとの意だが、要するに長く世話になった家主へのお礼の挨拶。「誰にも」に家主への配慮が見える。「浮生を以て後会を期せんとすれば、先づ悲しむ石火の風に向ひて敲(う)つを」(和漢朗詠集・餞別・菅原道真)の趣き。

181 ここに留まろうとも、留まるまいとも思われません。この世のどこも終の住処ではないので。○つひの住か　最後の住処。ここでは死後の住処の意。「草枕人は誰とか言ひおきし終のすみかは野山とぞ見る」(拾遺・哀傷・源順)。▽現世は仮の宿だから(法華経・化城喩品)、究竟涅槃の地はどこに居ても同じことと、諫めを謝絶した。寂昭は長保五年(一〇〇三)入宋、彼の地に歿した。

182 人のもとに日ごろ侍りて、帰《かへ》る日、あるじにいひ侍りける

ふたつなきこゝろを君《きみ》にとゞめおきて(を)我《われ》さへわれに別れぬるかな

僧都清因《しやういん》

183 大納言経信太宰帥にて下《くだ》り侍りけるに、俊頼朝臣まかりければ、いひつかはしける

暮《く》ればまづそなたをのみぞ眺《なが》むべき出《い》でむ日ごとに思《おも》ひおこせ(を)よ

太皇太后宮甲斐《たいくわうたいごうぐうのかひ》

184 橘為仲《ためなか》朝臣陸奥《みち》の国《くに》の守《かみ》にて下《くだ》りけるに、太皇太后宮《たいくわうたいごうぐう》の台盤所よりとて、誰《たれ》とはなくて

東路《あづまぢ》のはるけき道《みち》を行きかへりいつかとくべき下紐《したひも》の関《せき》

185 修理大夫顕季《あきすゑ》太宰大弐にて下《くだ》らむとし侍りけるに、馬に具《ぐ》していひつかはしける

たち別《わか》れはるかにいきの松なればこひしかるべき千代《ちよ》のかげかな

権僧正永縁《やうえん》

182　二つとないただ一つの心をあなたのもとに留め置いて帰りますので、私までが私に別れてしまう気がしますよ。○ふたつなき　「二つなき心は君に置きつるをまた程もなく恋しきやなぞ」(拾遺・恋二・源清蔭)。▽身と心とを分けて考えるのは平安時代の常套。

183　日が暮れたなら、まっさきにあなたのいる西の方を眺めましょう。山から出る朝日を見るごとに、東にいる私を思い出して下さいよ。○経信…　太宰府下向のこと→一七七。底本表記「大宰帥」。○俊頼　経信の三男。→人名。▽類想歌「さし昇る朝日に君を思ひいでむ傾く月に我を忘るな」(金葉・別・藤原通俊)。

184　東国への遥かな道を行き、そして帰ってきて、いつ解き放つことができるのでしょうか、下紐の関所を。○橘為仲朝臣　為仲(→人名)は藤原寛子が皇后の時に皇后宮大進を務め、陸奥から帰京後は太皇太后宮亮を務めた。○太皇太后宮　藤原寛子(→人名)。底本表記「太皇大后宮」。○台盤所　食器類を置く部屋で、女房の侍所でもある。底本表記「大盤所」。○誰とはなくて　作者は前歌と同じ甲斐とも解し得るが、二九一の詞書からして「読人しらず」の歌。○行きかへり　「帰り」に重点のある言い方。「ゆきめぐり」とする伝本もある。歌意は同じ。○下紐の関　下裳を結び固めた紐を関所に見立てた語。衣の関(一七三)と同類。「解く」は「紐」の縁語。▽なじみの女房たちの戯れの挨拶。

185　旅立ち別れて遥かに行くのは、筑紫の生の松原ですから、これからは松にあやかって千歳を生きるあなたのお姿を恋しく思うにちがいありません。○顕季　天永二年(一一一一)任太宰大弐。→人名。底本表記「大宰大弐」。○馬に具して餞として贈った馬に和歌を添えて。○たち別れ　「たち別れいなばの山の峰に生ふる松としきかばいま帰りこむ」(古今・別・在原行平)による。○いきの松　「行き」に筑前の「生の松原」を掛け、遥かに生きるの意をも添える。「千代のかげ」は「松」の縁語。○かげ　姿の意の「かげ」に「松」の縁で「蔭」を響かせ、贈り物の馬の「鹿毛(かげ)」を詠み込む。顕季集の詞書には「鹿毛なる馬をおこせて」とある。▽修辞を

東《あづま》へまかりける人の宿《やど》りて侍りけるが、あかつきに立《た》ちけるによめる

くゞつなびく

186
はかなくも今朝《けさ》の別《わか》れのを《(お)》しきかないつかは人をながらへてみし

駆使して、かつ下句に賀意をこめた。顕季集には「返し」として「浪路分け遥かにいきの松なれば心づくし(尽くし・筑紫)に恋しかるべし」とある。

---

186 詮ないことに、今朝のこの別れが惜しいことです。いったいいつ人に永く逢い続けるということがあったでしょうか、そんなことはありはしなかった。(それなのに。)〇くゞつ　傀儡。あやつり人形。転じて、傀儡をあやつる芸人。女は売色を兼ねた。「女は則ち、…朱を施し粉を傅(っ)け、倡歌淫楽して以て妖媚を求む」(大江匡房・傀儡子記)。▽旅の宿での一夜限りの逢瀬と別れ。くぐつや遊女には和歌を巧みに詠む者もいて、幾人かの歌が勅撰集にも入集している。

# 詞花和歌集巻第七　恋上

恋《こひ》の歌《うた》とてよみ侍りける

関白前太政大臣《くわんぱくさきのだいじやうだいじん》

187 あやしくもわが身山木《やまぎ》のもゆるかな思《おも》ひは人につけてしものを

題不知

藤原実方《さねかた》朝臣

188 いかでかは思《おも》ひありともしらすべき室《むろ》の八《や》島《しま》の煙《けぶり》ならでは

隆恵《りゆうゑ》法師

189 かくとだに言《い》はではかなく恋《こ》ひ死《し》なばやがて知《し》られぬ身とやなりなん

187 不思議にも我が身は、春に深山の木の芽が萌えるように、燃えることよ。思いという火は人に付けたのになあ。○関白前太政大臣　藤原忠通(→人名)。○み山木　「身」に「深(山)」を掛ける。深山木は相手に顧みられない我が身の象徴。○もゆる　「萌ゆ」に「燃ゆ」を掛ける。○思ひ　「ひ」に「火」を掛け、思いを火に取りなす技法。「もゆる」「つけ」は「火」の縁語。○つけ　心をつく(思いを寄せる)の意に火を「付け」を掛ける。▽人に思火を付けたのに逆に我が身が燃えたとの俳諧歌的発想。影響歌「人知れぬ思ひは君に付けてしをなほ下燃えの我が心かな」(鳥羽殿北面歌合・源家俊)。

188 どうして心に思いの火があると知らせることができようか、できはしない。室の竈(かまど)の煙のような目に見える煙でなくては。○室の八島　室は周囲を土石で作った屋。竹取物語に「八島の鼎(かなへ)」の語が見える。大炊寮に「大八島竈神」があり、竈を「やしま」ともいう。和歌では十世紀後半から詠まれた。この歌はその最初期の例。小大君集に詠歌事情が詳しく、それによれば、この八島の煙は竈の煙か。ただし平安後期には下野国(栃木県)の歌枕として詠む例が多く、この歌についても竈説と下野地名説とが併存した(袖中抄等)。

189 せめて、私の気持はこうですとだけでも伝えたいのだが、それさえも言わないで、恋しいあまりにあっけなく死んだならば、このままあの人に気付かれない我が身となってしまうのだろうか。○初・二句　「かくとだにえやはいぶき(言ふ・伊吹)のさしも草さしも知らじな燃ゆる思ひを」(後拾遺・恋一・実方)。

堀河院《（ほりかはゐん）》御時、百首歌たてまつりけるによめる　大蔵卿匡房《（まさふさ）》

190 思《おも》ひかね今日《けふ》たてそむる錦木《にしきゞ》の千《ち》束《つか》も待《ま》たであふよしもがな

題不知　平　兼盛《（かねもり）》

191 谷川《たにがは》の岩間《いはま》をわけてゆく水のお《（を）》とにのみやは聞《き》かむと思《おも》ひし

春立ちける日、承香殿女御《（しようきやうでんのにようご）》のもとへつかはしける　一条院《（いちでうゐん）》御製

192 よとゝもに恋《こ》ひつゝすぐる年《とし》月は変《かは》れど変《かは》るこゝちこそせね

承暦四年内裏歌合によめる　藤原伊家《（これいへ）》

193 わが恋《こひ》は夢路《ゆめぢ》にのみぞなぐさむるつれなき人もあふとみゆれば

新院《（しんゐん）》位におはしましゝ時、上《うへ》のをのこどもを御前に召《め》して、寝覚《ねざめ》の恋といふことをよませさせ給ひけるによめる　左兵衛督公能《（きんよし）》

194 なぐさむるかたもなくてやゝみなまし夢にも人のつれなかりせば

190 恋しさに堪えかねて今日立て始める錦木が千束になるのも待たずに、あの人に逢うてだてがあったらなあ。○堀河院御時… ↓一。○今日陸奥産の幅の狭い布である「狭布(ふけ)」を掛ける。○錦木 「けふ」「そむる」「つか」は「錦」の縁語。奥州の習俗に、一尺程の木を錦に彩り、女の家の門に一日一束を立て、千束に満ちると女に逢えるという(奥義抄等)。

191 谷川の岩の間を分け流れてゆく水がその流れは見えず、音だけ聞こえるように、あなたを噂にだけ聞こうとは思ってもいませんでした。▽逢瀬を求める歌。類想歌「谷深み岩間を狭み山川の音にのみやは聞き渡るべき」(是則集)。

192 いつもいつもあなたを恋い続けて過ぎてゆくこの年月は、春が来て新しい年に変っても、変ったという気持はしないことだ。(私のあなたを思う心は変らないので。)○承香殿女御　左大臣藤原顕光の娘元子(↓人名)。○よとともに常にの意だが、「夜」を掛けて、共寝の求めを暗示。▽下句の言いまわしが眼目。女御への折をはずさぬ挨拶。

193 私の恋は夢の中の通い路によってだけ慰められることだ。あの冷淡な人も夢では逢うと見えるので。○承暦四年　実際は承暦二年の開催(↓三)。○つれなき人　男の訴えに反応を示さず、色よい返事をしない人。▽当時は、夢に相手が現われるのは、相手がこちらを愛している証拠と考えられていた。類想歌「夢をだにいかでかたみに見てしがな逢はでぬる夜の慰めにせむ」(拾遺・恋三・柿本人麿)。

194 慰めるすべもないままで終ってしまっただろうか。もし、夢の中でもあの人が冷淡だったなら。○新院　崇徳院。↓四八。○上のをのこ　殿上人。○寝覚の恋　恋しさのあまりに安眠できず、ふと目覚めたあとの恋の思い。▽前歌と同じく夢の逢瀬のみを慰めとする恋を反実仮想の形で詠んだ。二六七と同構文。

195
寛和二年内裏歌合によめる　藤原惟成《これしげ》
いのちあらばあふ世《よ》もあらむ世《よ》の中《なか》になど死《し》ぬばかり思《おも》ふこゝろぞ

196
左京大夫顕輔《あきすけ》が家にて歌合し侍りけるによめる　大納言成通《なりみち》
よそながらあはれと言《い》はむことよりも人づてならでいとへとぞ思《おも》ふ

197
題不知　覚念《かくねん》法師
恋《こ》ひ死《し》なば君《きみ》はあはれと言《い》はずともなか〳〵よその人やしのばむ

198
つれなき女《をむな》につかはしける　賀茂成助《なりすけ》
いかばかり人のつらさを恨《うら》みまし憂《う》き身のとがと思《おも》ひなさずは

199
左衛門督家成《いへなり》が家に歌合し侍りけるによめる　藤原頼保《よりやす》
いかならむ言《こと》の葉《は》にてかなびくべき恋《こひ》しといふはかひなかりけり

195 命さえあるならば、いつかは逢える時もあろう、男女の仲はそういうものなのに、どうして死ぬほどに恋しく思うこの心なのだろう。▽命が無ければ逢えないのに死ぬほど恋しいという矛盾。「命あり」と「死ぬ」の対語の興。影響歌「命あらば君に逢ふ世もあるべきになど死ぬばかり恋しかるらん」(承暦元年讃岐守顕季家歌合)。

196 逢おうとしないままで「心うたれます」と言うよりも、むしろ人伝てでなく「嫌い」と言ってほしいと思います。○顕輔 ↓人名。○ことよりも…とぞ思ふ　類型構文の一つ。「白露のおきて逢ひ見ぬことよりは衣返しつつ寝なむとぞ思ふ」(後撰・恋四・読人しらず)。○人づてならで「今はただ思ひ絶えなむとばかりを人伝てならで言ふよしもがな」(後拾遺・恋三・藤原道雅)。▽直接に逢ってほしいとの心。

197 もし私が恋い死にしたならば、たとえ当のあなたは「かわいそう」と言わないとしても、かえって無関係な人が私を偲ぶでしょうか。○あはれ「あはれとも言ふべき人は思ほえで身のいたづらになりぬべきかな」(拾遺・恋五・藤原伊尹)によるか。▽前歌と「あはれといふ」「よそ」を共通用語とする連接。類想歌「我ゆゑのながめと君は知らじかしなかなかよその人は問へども」(千五百番歌合・丹後)。

198 どんなにかあなたの冷たい仕打ちを恨んだことでしょう。もし、情けない運命である我が身に非があるせいだと、強いて思うことにしなかったならば。○つれなき女 ↓一九三。▽「憂し」は我が身を嘆く心。「つらし」は人を恨む心。人を恨まない、我が身を嘆く、という言い方で人を恨んだ。三一と同趣。

199 いったいどのような言葉によって靡くのであろうか。「恋しい」という言葉は効きめがなかったなあ。○家成 ↓人名。○なびく「(言の)葉」の縁語。「いかにせむ今日書きそむるたまづさになびくばかりの言の葉もがな」(重家集)。▽底本に「依御定止了」と書入がある。崇徳院による除棄歌。

題不知　　　　浄蔵《(じやうざう)》法師

200 わがためにつらき人をばお《(を)》きながらなにの罪《つみ》なき世《よ》をや恨《うら》みむ

女《をむな》をあひ語《かた》らひけるころ、よしありて津《つ》の国《くに》に長柄《ながら》といふ所にまかりて、かの女《をんな》のもとへいひつかはしける　　　　平兼盛

201 忘《わす》るやと長柄《ながら》へゆけど身にそひて恋《こひ》しきことはお《(を)》くれざりけり

題不知　　　　読人不知《(よみびとしらず)》

202 年《とし》をへて燃《も》ゆてふ富士《ふじ》の山《やま》よりもあはぬ思《おも》ひは我《われ》ぞまされる

203 わびぬればしひ《(ゐ)》て忘《わす》れんと思《おも》へどもこゝろよわ《(は)》くも落《お》つるなみだか

204 思《おも》はじと思へばいとゞ恋《こひ》しきはいづれか我《われ》がこゝろなるらん

200 私に対して恨めしい仕打ちをする人をさしおいて、何の罪があるわけでもない世間を恨んだりはしません。（恨むならあなたを恨みます。）▽大和物語一〇五段によれば、平中興の娘の物のけ調伏の験者として招かれ、娘との仲が噂になった頃の歌。

201 長く時がたてばあなたを忘れるかと思って長柄へ行ったけれど、恋しい気持は我が身にぴったり付き添って、後には留まっていないものなのですねえ。〇あひ語らひ　睦言を交わすの意もあるが、部立・配列からは単に懸想するの意。〇津の国　底本「つくくに」を他本により訂す。〇長柄　今の大阪市北区。〇二句　地名に、生き「長らへ」の意を掛ける。「しばしこそ思ひも出でめ津の国の長柄へ行かば今忘れなむ」（後拾遺・雑二・中宮内侍）。〇おくれ　後に取り残されるの意。「恋しさ」を擬人化した。▽同想歌「忘るやと出でてこしかどいづくにも憂さは離れぬ物にぞありける」（大和物語五九段）。

202 何年もずっと燃え続けているという富士の山よりも、恋しい人に逢えないで燃やす思いの火は、私の方がまさっているのだ。〇思ひ　「火」を掛ける（→一八七）。〇我ぞまされる　「きりぎりすいたくな鳴きそ秋の夜の長き思ひは我ぞまされる」（古今・秋上・藤原忠房）等、表現類型の一つ。▽新勅撰集・恋二に詞書「寛平御時后宮歌合の歌」として重出。

203 つらくてどうしようもなくなってしまったので、無理にも忘れようと思うけれど、意志の弱いことに、落ちてくる涙よ。▽「わびぬればしひて忘れむと思へども夢といふものぞ人頼めなる」（古今・恋二・藤原興風）と「つれなきを今は恋ひじと思へども心弱くも落つる涙か」（同・恋五・菅野忠臣）とを取合せた歌（顕昭注）。

204 思うまいと思うといよいよ恋しくなるのは、一体どちらが自分の本当の心なのだろう。〇いづれ　底本「いづち」を他本により訂す。

205
こゝろさへむすぶの神《かみ》やつくりけむ解《と》くるけしきもみえぬ君《きみ》かな

能因《（のういん）》法師

あだ〳〵しくもあるまじかりける女《をむな》を、いと忍《しの》びていはせ侍りけるを、世《よ》に散《ち》りて、わづらはしきさまに聞《き》こえければ、言《い》ひ絶《た》えてのち、年月経《へ》て、思《おも》ひあまりていひつかはしける

206
ひとかたに思《おも》ひ絶《た》えにし世《よ》の中《なか》をいかゞはすべきしづのをだまき

前大納言公任《（きんたふ）》

三井寺《でら》に侍りける童を、京に出《い》でばかならず告《つ》げよと契《ちぎ》りて侍りけるを、京へ出《い》でたりとは聞《き》きけれども、お《（を）》とづれ侍らざりければ、いひつかはしける

207
かげみえぬ君《きみ》は雨夜《あまよ》の月なれや出《い》でても人にしられざりけり

僧都覚雅《（かくが）》

さらに揺《ゆる》ぎげなき女《をんな》に、七月七日つかはしける

208
たなばたに今朝《けさ》ひく糸《いと》の露《つゆ》をお《（を）》もみたわ《（は）》むけしきを見《み》でややみなん

大納言道綱《（みちつな）》

205 体だけでなく心までもむすぶの神が造ったのだろうか。固く結ばれてうち解ける様子も見えない君の心だなあ。○むすぶの神　万物を生み出す神。産霊神(むすひのかみ)。掛詞で「結ぶの神」と取りなし、「解けず」と戯れた。「君見ればむすぶの神ぞ恨めしきつれなき人をなに造りけむ」(拾遺・雑恋・読人しらず)。

206 きっぱりと思い諦めたあなたとの仲を昔に返したくても、今更どうすることができようか、物の数でもない私には。○あだ〳〵しくも…　浮気心で言い寄ってはならない女。○世に散り　世間に漏れて。底本「よにしり」を他本により訂す。「おのづから世に散り聞こえ」(大鏡・時平伝)。○聞こえければ　噂が立ったので。○言ひ絶えて　言い寄るのをやめて。○ひとかたに　「ひとたびは」(一度は)とする伝本が多い。○しづのをだまき　倭文(しず)を織る糸を繰り取る織機の道具。「賤(しず)」を掛け、我が身を卑下した。「絶え」は「糸(倭文)」の縁語。▽「いにしへのしづのをだまき繰り返し昔を今になすよしもがな」(伊勢物語三二段)による。公任集では、入内することになった良家の娘への歌。

207 姿の見えないあなたは雨夜の月だからでしょうか、それで山から出ても人に気付かれないのですね。○三井寺　園城寺。近江国滋賀郡(大津市)。○かげ　「姿」の意に「光」の意を掛ける。○なれや　…だからだろうか、の意。「君」は「寺から出ても人に知られない」、「雨夜の月」は「山から出ても人に知られない」、だから「君」は「雨夜の月」だ、という三段論法的理屈により「(君)は(雨夜の月)なれや…」と構成する詠歌技法。↓二二二・二二三・二二四。▽類想歌「君はさは雨夜の月か雲ゐより人に知られで山へ入りぬる」(頼輔集)。

208 織女に供えて今朝引き渡す糸は露が重いのでたわんでいるが、その糸のようにたわむあなたの様子を見ないままで終るのでしょうか。○さらに…　全く心を動かす気配のない女に。○たなばた　織女。↓八四。○たわむ　固い態度が柔らぐさま。第三句まで「たわむ」の序。▽七夕にことよせて逢瀬を求めた。

恋の歌とてよめる

209 身のほどを思《おも》ひ知《し》りぬることのみやつれなき人のなさけなるらん

隆縁《りゆうえん》法師

左衛門督家成《いへなり》が津《つ》の国《くに》の山庄にて、旅宿《ノ》恋といふことをよめる

210 わびつゝも同《おな》じ都《みやこ》はなぐさめき旅寝《たびね》ぞ恋《こひ》のかぎりなりける

冷泉院《れいぜいゐん》春宮《とうぐう》と申しける時、百首歌たてまつりけるによめる

211 風《かぜ》をいたみ岩《いは》うつ波《なみ》の《(を)》おのれのみ砕《くだ》けてものを思《おも》ふころかな

源　重之《しげゆき》

堀河院御時、百首歌たてまつりけるによめる

212 わが恋《こひ》は吉野《よしの》の《ゝ》山《やま》の奥《おく》なれや思《おも》ひいれどもあふ人もなし

修理大夫顕季《あきすゑ》

題不知

213 胸《むね》は富士《ふじ》袖《そで》は清見《きよみ》が関《せき》なれやけぶりもなみも立《た》た《ゝ》ぬ日《ひ》ぞなき

平　祐挙《すけたか》

209 相手にしてもらえない分際の我が身だと思い知ったことだけが、冷淡な人のたった一つの情けなのだろうか。○つれなき人　相手の訴えに反応を示さない人。→一九三。▽身の程を思い知らされた嘆き。「つれなき人の情け」という矛盾した表現がこの歌の眼目。

210 どうしようもなくつらい思いをしながらも、あの人と同じ都にいる時は、そのことで心を慰めていた。その都を離れた旅の空の独り寝こそが、恋しい思いの極みだったのだなあ。○家成→人名。○山庄　山荘。○同じ都　「いはねども同じ都は頼まれきあはれ雲ゐを離れはてつる」(伊勢大輔集)。○恋のかぎり　恋しい思いの極限。「夢にだに見で明かしつる暁の恋こそ恋の限りなりけれ」(和泉式部続集)。○なりける→二四。

211 風が激しいので、岩を打つ波が砕けるように、自分だけが心を千々に砕いて物思いをするこのごろだ。○冷泉院→六。○初・二句　四句の「砕け」に係る序詞。初句は相手のつれなさを寓す。○砕けて　「山がつのはてに刈りほす麦の穂の砕けて物を思ふ頃かな」(好忠集)。○ころかな　底本「ころ」なし。他本により補う。▽小倉百人一首に採られた歌。影響歌「立ち寄れば岩うつ波のおのれのみ砕けて物ぞ悲しかりける」(夜の寝覚・巻一)。

212 私の恋は吉野の山の奥のようなものだからであろうか、いくら深く愛しても逢い契る人はいない。○堀河院御時…→一。○なれや→二〇七。○思ひいれども　思いこむの意に、山に入るの意を掛ける。▽吉野の山奥は入っても人に会わない、私は思い入っても人は逢わない、だから私の恋は吉野の山奥だ、との理屈。「何とかく思ひいるらむ吉野山奥にも人は逢はぬものゆゑ」(千五百番歌合・藤原季能)は本歌によるか。

213 胸は富士の山で、袖は清見が関だからであろうか、思いの火の煙も、涙の波も立たない日はない。○富士→二〇二。○清見が関　駿河国(静岡県)。「清見が関は片つ方は海なるに関屋どもあまたありて」(更級日記)。○なれや→二〇七・二一二。

214
いたづらに千《ち》束《つか》朽《く》ちにし錦木《にしきゞ》をなほ（を）こりずまに思《おも》ひ立《た》つかな

藤原永実《ながざね》

春になりて逢《あ》はむと頼《たの》めたる女の、さもあるまじげに見《み》えければ、いひつかはしける

215
山《やま》ざくらつひ（ゐ）に咲《さ》くべきものならば人の心を尽《つ》くさざらなむ

道命《だうみやう》法師

堀河院御時、蔵人にて侍りけるに、贈皇后宮《ぞうくわうこうぐう》の御方《かた》に侍りける女《をむな》を忍《しの》びて語《かた》らひ侍りけるを、別《こと》人に物言《ものい》ふと聞《き》きて、白菊《しらぎく》の花に挿《さ》してつかはしける

216
霜《しも》おか（を）ぬ人のこゝろはうつろひて面変《おもがは》りせぬ白菊《しらぎく》の花《はな》

源家時《いへとき》

返し、女《をんな》に代《かは》りて

217
白菊《しらぎく》の変《かは》らぬ色《いろ》もたのまれずうつろはでやむ秋《あき》しなければ

大納言公実《きんざね》

214 無駄に千束が朽ちてしまった錦木を、なおもまあ性懲りもなく再び立てようと決心することだ。○錦木 ↓一九〇。○こりずまに 「伐(こ)り」を掛け、「木」の縁語。○思ひ立つ 「立つ」に錦木を「立つ」の意を掛け、「錦」の縁で「裁つ」を響かす。▽「錦木の千束に限りなかりせばなほこりずまに立てましものを」(千載・恋二・賀茂重保)。

215 山の桜は、遅れても結局は咲くはずのものであるなら、人の心をあれこれ悩ませないで早く咲いてほしい。(逢うつもりがあるなら、じらさないですぐに逢ってほしい。)○頼め あてにさせる。○さもあるまじげ 春になっても逢いそうにない感じ。○山ざくら 山の桜は里の桜よりも開花が遅い。

216 霜が置かない人の心は、霜に色が変る草木の葉のように変って、色が変るはずの白菊は、霜が置いても変らないままだ。○堀河院御時 応徳三年(一〇八六)から嘉承二年(一一〇七)まで在位。○蔵人 天皇に近侍して諸事を掌る職。○贈皇后宮 藤原苡子(↓人名)。○別人 別の男。○物言ふ 逢い契るの意。○と聞きて 底本「ときて」を他本により訂す。○二・三句 変色の意に心変りの意を添える。「植ゑ置きし人の心は白菊の花より先に移ろひにけり」(後拾遺・秋下・藤原経衡)。○面変り 顔容が変るの意。擬人法により花の変色の意に用いた。○白菊 ↓三七・三九。▽「人の心」は変り「花の面」は変らないとの対比のあや。菊は「霜を冒して穎を吐くは勁直を象どるなり」(芸文類聚・菊・鍾会菊花賦)とされる貞節の花。

217 白菊の変らない色もあてにはできません。色が変らないままで終る秋というものはありませんので。○女に代りて 前歌詞書の「別人」は公実(贈皇后宮の兄)か。○五句 同じ措辞↓三二。▽秋(飽き)が来たら必ず変色(心変り)するはずと、批難し返した。恋歌の常套技法。

中納言俊忠《としただ》家歌合によめる　藤原顕綱《あきつな》朝臣

218 くれなゐの濃染《こぞめ》の衣《ころも》うへに着《き》むこひのなみだの色《いろ》かくるやと

題不知　源　道済《みちなり》

219 忍《しの》ぶれどなみだぞしるきくれなゐに物思《ものおも》ふ袖《そで》は染《そ》むべかりけり

文《ふみ》つかはしける女《をむな》の、いかなる事《こと》かありけむ、いまさらに返事《かへりごと》をせず侍りければ、いひつかはしける　源　雅光《まさみつ》

220 くれなゐになみだの色《いろ》もなりにけり変《かは》るは人のこゝろのみかは

左京大夫顕輔が家に歌合し侍りけるによめる　平　実重《さねしげ》

221 恋《こ》ひ死《し》なむ身こそ思《おも》へばを（お）しからね憂《う》きもつらきも人のとがかは

題不知　道命法師

222 つらさをば君《きみ》にならひて知《し》りぬるをうれしきことを誰《たれ》に問《と》はまし

218 紅の濃く染めた衣を上に着よう。恋に流す血の涙の紅色が隠れるのではないかと思うので。○俊忠 →人名。○こひのなみだ 「恋」に「濃緋」を掛け、紅の涙(血涙)の意。涙が出尽すと血の涙が出るという(韓非子等)。悲嘆の甚しきさま。「白玉と見えし涙も年ふれば唐紅に移ろひにけり」(古今・恋二・紀貫之)。▽女の立場での詠。類想歌「包みあまる涙の色は紅の濃染の袖にかけて忍ばむ」(待賢門院堀河集)。

219 表に出さず心に秘めていても、紅色になった涙ははっきりとわかる。物思いする人の衣の袖は紅色に染めるべきだったのだ。○忍ぶれど「忍ぶれど色に出でにけり我恋は物や思ふと人の問ふまで」(拾遺・恋一・平兼盛)による。○なみだぞしるき 「紅の色にうつりて恋ひすとは涙のしるく見するなりけり」(是則集)によるか。○物思ふ袖 「白玉か露かと問はむ人もがな物思ふ袖をさして答へむ」(元真集)。

220 悲しみのために、私の涙の色も紅に変ってしまった。変るのは人の心だけではないのだ。○いかなる事かありけむ どのような事があったのだろうか。挿入句。○くれなゐに 紅涙→二一八。○人の 相手を朧化して人間一般のこととして表現した。▽女の変心への嘆き。

221 思いがかなわずに恋い死にするとしたら、そのような我が身は、考えてみれば、死んでも惜しいものではない。我が身の情けない宿世もあの人の恨めしい仕打ちも、他人の罪ではない、みな自分自身のせいだ。○顕輔 →人名。○憂きもつらきも →一九八。▽一九八と同想。

222 恨めしい気持はあなたと馴染みになって知りましたが、嬉しいことを知ろうとすれば誰に尋ねたらよいのでしょうか。(あなたの他にはいませんのに。)○つらさ →一九八。○ならひて 近づき馴れての意に、「問ふ」の対語として「習ふ(学ぶ)」の意を響かす。▽少しは嬉しがらせてほしいとの心。「習ふ」「問ふ」、「つらし」「うれし」、「君」「誰」の対語構成。二一六と類似。

223 うれしきはいかばかりかは思《おも》ふらん憂《う》きは身にしむものにぞありける

藤原道信《(みちのぶ)》朝臣

比叡《ひえ》の山に歌合し侍りけるによめる

224 恋《こひ》すれば憂《う》き身さへこそを《(お)》しまるれおなじ世《よ》にだにすまむと思《おも》へば

心覚《(しんかく)》法師

題不知

225 御《み》垣守《かきもり》衛士《ゑじ》のたく火《ひ》の夜《よる》は燃《も》え《(へ)》昼《ひる》は消《き》えつゝものをこそ思《おも》へ

大中臣能宣《(よしのぶ)》朝臣

226 わが恋《こひ》やふたみかはれる玉櫛笥《たまくしげ》いかにすれどもあふかたもなき

読人不知

山寺《でら》に籠《こも》りて日ごろ侍りて、女《をんな》のもとへいひつかはしける

227 こほりしてお《(を)》とはせねども山川《やまかは》の下《した》はながるゝものと知《し》らずや

藤原範永《(のりなが)》朝臣

223 嬉しいことはどれ程に感じるものだろうか。(それは私にはわからないが)憂きことは泥水のように身に沁みるものなのだなあ。○憂き　我が身の情けなさ(→三二)。「うき(泥水)」を掛ける。「しむ」は「うき(泥水)」の縁語。▽花山天皇(→人名)の出家後、その元女御に藤原実資(→人名)と道信とが同時に懸想し、実資と結ばれた時の詠(栄花物語・大鏡)。

224 人を恋すると、この憂き身までも死ぬのが惜しまれることよ。(恋はかなえられなくても)せめて同じこの世界に住みたいと思うので。○比叡の山　比叡山の僧房。▽「うき」(憂・泥水の掛詞→三三)と「すむ」(住・澄の掛詞)の対語のあやが修辞の眼目。

225 内裏の御垣守である衛士が焚く火のように、夜は恋の思いに燃え、昼は魂も消えて、毎日物思いすることだ。○初・二句　「凡そ黄昏の後…其の宮門は皆な衛士をして火を炬(た)かしめよ」(延喜式)。初・二句は三・四句を導く序詞。▽小倉百人一首に採られた歌。「君が守る衛士のたく火の昼は絶え夜は燃えつつ物をこそ思へ」(古今六帖・火・作者不記)は本歌の異伝か。類想歌「音にのみきくの白露夜はおきて昼は思ひにあへず消ぬべし」(古今・恋一・素性)。

226 私の恋は蓋と身が別々の櫛箱なのだろうか。(そんな箱は蓋と身が決して合わないように)どんなにしてもあの人に逢うすべさえもない。○ふたみ　身は蓋に対して箱の物を入れる方。○玉櫛笥　櫛を入れる箱。「玉」は美称の接頭語。「あふ」は「箱」の縁語。▽「わが恋は…なれや」(三三)と同じ発想。

227 氷が張って水音はしないが、山中の川が氷の下は流れているように、私も音沙汰はなくても、心の中では声に出さずに泣いていると知らないのですか。○こほりして　底本「こほりしく」を他本により訂す。○二句　「音」に「訪れ」の意を掛ける。○山川　山寺なので山川と言った。○下句　「冬川の上は凍れる我なれや下にながれ(流れ・泣かれ)て恋ひ渡るらむ」(古今・恋二・宗岳大頼)による。▽不訪のお詫びの連絡。

関白前太政大臣《くわんぱくさきのだいじやうだいじん》の家にてよめる　藤原親隆《ちかたか》朝臣

228 風《かぜ》ふけば藻塩《もしほ》のけぶり片寄《かたよ》りになびくを人のこゝろともがな

題不知　新院御製

229 瀬《せ》をはやみ岩《いは》にせかるゝ滝川《たきがは》のわれても末《すゑ》にあはむとぞ思ふ

　曽祢好忠《よしただ》

230 播磨《はりま》なる飾磨《しかま》に染《そ》むるあながちに人をこひしと思《おも》ふころかな

冬のころ、暮《く》れに逢《あ》はむと言《い》ひたる女《をんな》に、暮《く》らしかねていひつかはしける　道命法師

231 ほどもなく暮るゝと思《おも》ひし冬の日のこゝろもとなきをり(お)もありけり

家に歌合し侍りけるによめる　中納言俊忠

232 恋《こ》ひわびてひとり伏《ふ》せ屋《や》によもすがら落《お》つるなみだやおと(を)なしの滝《たき》

228 風が吹くと藻塩を焼く煙は一方に向ってだけ靡くが、それをあの人の心としたいものだ。○関白前太政大臣　藤原忠通(→人名)。○藻塩　→六。○四・五句　「…を…の心ともがな」は類型表現。「浪打てば磯に片寄る靡き藻の靡くを人の心ともがな」(右衛門督家歌合・藤原家明)。▽自分の方にだけ靡けとの心。

229 川瀬の流れが激しいので、岩に塞かれている急流が岩で砕け割れても、またあとで合流するように、逢瀬を塞かれていても、なんとしてでも行く末はあの人に逢いたいと思う。○新院　崇徳院(→人名)。○滝川　滾(ぎた)り流れる川。○われても　上句は「われ」の序詞。波が砕け割れるの意に、心を砕くの意を掛ける。「男、われて逢はむと言ふ」(伊勢物語六九段)。「高山ゆ出でくる水の石に触れ破(わ)れてぞ思ふ妹に逢はぬ夜は」(万葉集・巻十一)。▽小倉百人一首に採られた歌。

230 播磨の飾磨で染める藍染めの褐(ちか)—かちといえば、あながちに(むやみに)あの人を恋しいと思うこの頃だ。○飾磨　兵庫県姫路市。○あながち　「強ち」に「褐(ちか)」を掛け、初・二句は同音による「あながち」の序詞。褐染は藍染ゆえ、「逢初め」を響かせて恋慕のイメージとするか(→三四)。▽鴨長明は、「あながち」は自由に詠んでよい語ではないが、この歌は上句との続きで「艶にやさしく」聞こえると評している(無名抄)。

231 すぐに暮れると思っていた短い冬の日も、暮れるのが待ち遠しいと思う時があるものなのだなあ。○暮らしかねて　日暮れを待ちきれなくて。▽類想歌「冬の日を春より長くなすものは恋ひつつくらす心なりけり」(千載・恋三・藤原忠通)。

232 どうしようもなく恋しくて、独り伏している粗末な家に、一晩中流れ落ちる涙こそが、あの音無の滝なのだろうか。○伏せ屋　独り「伏せ」に「伏屋」を掛ける。○おとなしの滝　紀伊国(山城国とも)の歌枕。音が無いの意に取りなす。「音無の川とぞつひに流れける言はで物思ふ人の涙は」(拾遺・恋二・清原元輔)。

# 詞花和歌集巻第八　恋下

人しづまりて来《こ》、と言《い》ひたる女《をむな》のもとへ、待《ま》ちかねて、とくまかりたりければ、かくやは言《い》ひつる、とて出《い》で逢《あ》はざりければ、言《い》ひ入《い》れ侍りける

藤原相如《すけゆき》

233 君《きみ》を我《わ》が思《おも》ふこゝろは大原《おほはら》やいつしかとのみすみやかれつゝ

題不知

藤原道経《みちつね》

234 わが恋《こひ》はあひそめてこそまさりけれ飾磨《しかま》の褐《かち》の色《いろ》ならねども

233 あなたを思う私の心はあふれるほどで、いつも早く早くとひどく焦ってしまうのです。○人しづまりて　人が寝静まってから。○かくやは言ひつる　こんなに早く来てとは言いませんでしたよ。○大原　山城国愛宕郡（京都市左京区）の地。炭焼きで有名。「おほ」に思う心「多し」を掛ける。○すみやかれ　急・速の意の「すみやく」に「炭焼」を掛け、「大原」の縁。「大原やすみやき来たる妹をして小野の山なる嘆き樵(こ)らせじ」(相模集)。▽炭焼きの煙は恋の思いの火(→一八七等)の面影がある。

234 私の恋は逢い初めてからひとしお深くなったことだ。飾磨の藍染の褐の色ではないけれど。○あひそめ　「逢初め」に「藍染」を掛ける。○飾磨の褐　→二三〇。▽「あひそめ」て思いが深く濃くなったので、まるで藍染で色が深くなる褐の色のようだとのあや。「頼まずは飾磨のかちの色を見よあひそめてこそ深くなるなれ」(長秋詠藻・初遇恋)。

女《をむな》のもとよりあかつき帰《かへ》りて、たちかへりいひつかはしける

清原元輔《(もとすけ)》

235 夜《よ》をふかみ帰《かへ》りし空《そら》もなかりしをいづくよりお《(を)》く露に濡《ぬ》れけむ

236 こゝろをば留《とゞ》めてこそは帰《かへ》りつれあやしや何《なに》の暮《くれ》をまつらん

左京大夫顕輔《(あきすけ)》が家に歌合し侍りけるによめる

藤原顕広《(あきひろ)》朝臣

237 竹《たけ》の葉《は》に玉《たま》ぬく露《つゆ》にあらねどもまだ夜《よ》をこめておきにけるかな

女《をんな》のもとより夜深《ふか》く帰《かへ》りて、朝《あした》にいひつかはしける

藤原実方《(さねかた)》朝臣

長月《なが》のつごもりの日の朝《あした》、初《はじ》めたる女《をんな》のもとより帰《かへ》りて、たちかへりつかはしける

読人不知《(よみびとしらず)》

238 みな人のを《(お)》しむ日なれど我《われ》はたゞお《(を)》そく暮れゆくなげきをぞする

左衛門督家成《(いへなり)》が家に歌合し侍りけるによめる

藤原範綱《(のりつな)》

239 住吉《すみよし》の浅沢《あさゞはを》小野《の》の忘《わす》れ水《みづ》たえ〴〵ならであふよしもがな

235 まだ夜も明けない時刻でしたので、名残惜しさに帰る道はうわのそらで、空があったとも思えなかったのに、どこから降り置いた露に袖が濡れたのだろうか。○あかつき　夜明前のまだ暗い時刻。○たちかへり　ただちに。○夜をふかみ　夜が深いので。男が女のもとから帰るには少し早い。○空もなかりしを　心ここにあらずの状態。○四・五句　涙を露に比喩し、空が無いのにどこから露が置いたのかと怪しんだ。▽これより四首、後朝の歌。

236 心をあなたの許に留め置いて帰ったのに、不思議なことだ、一体心以外の何が日暮を待つのだろう。○顕輔　↓人名。○初・二句　思いを残しての意。○あやしや　底本「あやしと」に「や」と傍記。傍記及び他本により訂す。

237 竹の葉に白玉を貫くように置いている露ではないけれど、あたかもその夜露のように、まだ夜のうちに起きてしまったことです。○夜深く帰りて　↓二三五。○朝　早朝。○竹の葉「しののめにおきて別れし人よりは久しくとまる竹の葉の露」(和泉式部集)。○あらねども…ではないがあたかも…のように、の意の類型構文。○夜をこめて「夜」に「竹」の縁で「節(よ)」を響かす。○おき「起き」に「露」の縁で「置き」を掛ける。↓二四六。▽もっと朝寝していたかったとの心。千載集に重出。

238 今日は全ての人が過ぎて行くのを惜しむ日ですが、私はなかなか日が暮れないとため息をついてばかりいます。○長月のつごもりの日　九月末日は秋の最後の日。九月尽(↓三三九)といい、ゆく秋を惜しむのが慣例。○初めたる女　男女関係が始まったばかりの女。○おそく　なかなか…しないの意。未遂の状態。▽風雅の心は捨てておいて、ひたすら早く逢いたいとの心。

239 住吉の浅沢小野の忘れ水のようなとぎれとぎれでなく、いつでも逢うすべがあったらなあ。○家成　↓人名。○浅沢小野　住吉にあった湿地帯。○忘れ水　湿地に点在する水溜り。ここまで「たえだえ」を導く序詞。「住吉の浅沢小野の忘れ水絶えだえならぬ春雨の頃」(光経集)。▽底本に「依御定止了」とある。崇徳院による除棄歌。

240

藤原保昌《やすまさ》朝臣に具《ぐ》して丹後の国《くに》へまかりけるに、忍《しの》びて物《もの》言《い》ひけるをとこ(お)のもとへいひつかはしける

我《われ》のみや思《おも》ひおこ(を)せむあぢきなく人《ひと》はゆくへ(ゑ)も知《し》らぬものゆゑ(へ)

和泉式部《いづみしきぶ》

241

物言《ものい》ひ侍りける女《をんな》のもとへいひつかはしける

思《おも》ふことなくて過《す》ぎつる世《よ》の中《なか》につひ(ゐ)にこゝろをとゞめつるかな

大江為基《ためもと》

242

夜離《よが》れせず参《ま》で来《き》けるをとこ(お)の、秋立ちける日、その夜《よ》しも参《ま》で来《こ》ざりければ、朝《あした》にいひつかはしける

つねよりも露《つゆ》けかりつる今夜《こよひ》かなこれや秋立《あきた》つはじめなるらん

一宮紀伊《いちのみやのきい》

243

女《をんな》のもとにまかりたりけるに、親《おや》の諌《いさ》むれば今《いま》はえなむ逢《あ》ふまじき、と言《い》はせて侍りければよめる

せきとむる岩《いは》まの水《みづ》もおの(を)づから下《した》には通《かよ》ふものとこそきけ

坂上明兼《あきかね》

240 私だけが一方的にあなたのことに思いをはせるのでしょうか。にがにがしいことに、あなたは私の行先さえも知らないのに。〇藤原保昌　和泉式部の二番目の夫。↓人名。〇具して　つき従って。〇丹後の国　今の京都府の北部。〇忍びて…　保昌とは別の、人目を忍ぶ仲の愛人。〇人　君と言うべきを朧化した表現。▽下句は、忍び逢っていた男が別れを惜しむ手紙さえくれないことへの嘆き(あるいは皮肉)であろう。せめて別れの挨拶として、どこへ行くかとだけでも尋ねてほしかったのである。「遥かなる程にも通ふ心かなさりとて人の知らぬものゆゑ」(拾遺・恋四・伊勢)。

241 思い煩うこともなくて過ぎてきたこの世に、あなた故にとうとう執着する心を持ってしまった。〇上句　この世に何の悩みも無く過ごしてきたの意だが、おのずから恋の思いを暗示する表現。〇とゞめ　そのことばかりを考えること。「過ぎ」と対語。「人知れず思ふ心をとどめつつ幾度君が宿を過ぐらむ」(拾遺・恋一・読人しらず)。▽あなたへの思いが初めての恋との心。「過ぎ」「留め」の対語がこの歌のあや。類想歌「昔より憂き世に心とまらぬに君より物を思ふべきかな」(赤染衛門集)。

242 いつもより露っぽい今夜ですこと。これは秋が、そしてあなたの心にも飽きが来る初めなのでしょうか。〇夜離れ　男が女のもとに行かないこと。〇参で　「まうで」の縮約形。〇露けかりつる　露は秋の景物。涙の比喩。涙を流しているとの暗示。〇今夜　早朝なので、前夜のことも今夜という。〇秋　「飽き」を掛ける。この掛詞は恋の歌には極めて多い。▽男の夜離れを咎め、来訪を訴えた。

243 岩にせきとめられている水も、当然のことに水面下では流れ通じているものと聞いていますよ。(私たちも人に妨げられても、こっそりと逢えるはずです。)〇今は…　もう逢えそうにありません。〇言はせて　女が女房などを通して伝えさせた。〇下には通ふ　人目を忍んで逢うの意。

244
題不知
あふことはまばらに編《あ》める伊予《いよ》すだれいよ〳〵我《われ》をわびさするかな
恵慶《ゑぎやう》法師

245
等《シク》恋《フ》二両人《ヲ》一といふことをよめる
いづくをも夜《よ》がるゝことのわりなきに二《ふた》つにわくる我《わ》が身《み》ともがな
右大臣《うだいじん》

246
を《(お)》とこに忘《わす》られて嘆《なげ》きけるに、八月《はづき》ばかりに、前《まへ》なる前栽の露を夜《よ》もすがら眺《なが》めてよめる
もろともにおきゐる露《つゆ》のなかりせば誰《たれ》とか秋《あき》の夜《よ》をあかさまし
赤染衛門《あかぞめゑもん》

247
題不知
来《き》たりとも寝《ぬ》るまもあらじ夏の夜《よ》の有明月もかたぶきにけり
曽祢好忠《よしただ》

248
新院《(しんゐん)》位におはしましし時、雖《モ》レ契《ルト》不《ル》レ来《ラ》恋といふことをよませ給ひけるによみ侍りける
こぬ人を恨《うら》みもはてじ契《ちぎ》りお《(を)》きしその言《こと》の葉もなさけならずや
関白前太政大臣《(くわんぱくさきのだいじやうだいじん)》

244 逢うことは、まばらに編んでいる伊予簾のように間遠で、いよいよ私をせつなくさせることだ。○伊予すだれ　伊予国(愛媛県)産の篠で編んだ簾。粗なる造りの簾。一・二句は逢瀬の間遠であることを喩え、三句は同音により「いよいよ」を導く。▽影響歌「逢ふことはまばらに編める竹簀垣たえまがちなる流れなりけり」(月詣集・六月・皇嘉門院武蔵)。

245 どちらの女とも夜離れをするのがどうしようもなくつらいので、二つに分けることのできる我が身だったらよいのになあ。○等恋両人　二人の女に等しく心ひかれる恋。○右大臣　源雅定(→人名)。○夜がる、　→二四三詞書。

246 私が起きているのと一緒に置いている露が、もし無かったなら、いったい誰とこの秋の長夜を起き明かしたでしょうか。○忘られて　捨てられて。通いが絶えた状態。○おきゐる　「起き」に「置き」を掛け、「露」の縁語。→二三七。▽類想歌「露だにも無からましかば秋の夜に誰とおきゐて人を待たまし」(拾遺・恋二・読人しらず)。「もろともに草葉の露のおきゐずはひとりや(初奏本・誰とか)見まし秋の夜の月」(金葉・秋・顕仲女)。

247 たとえあの人が来たとしても、もう寝る時間もないでしょう。夏の短か夜の有明月も西に傾いてしまった。○有明月　二十日過ぎの月。月の出が遅く、西に傾く頃には夜が明ける。▽前歌の秋の長夜に対し、夏の短夜を配した。

248 来ないあの人を心底から恨んだりはすまい。来ますと約束していったあの言葉でも、愛情のあらわれでないこともない。○新院　→四八。○雖契不来恋　約束したのに男が訪れて来ない時の恋の思い。○関白前太政大臣　藤原忠通(→人名)。○恨みもはて　複合動詞「恨みはつ」の間に係助詞「も」が挿入された形。強調表現。▽口先だけでも、また来ようと約束して嬉しがらせたのは、その程度の愛情はあったのだと、自ら慰める心を詠んだ。二〇九と類想。

題不知　　　　和泉式部

249 夕暮《ゆふぐれ》にもの思ふことはまさるや我《われ》ならざらむ人に問《と》はばや

月の明《あか》かりける夜《よ》、参《まう》で来《き》たりけるをとこの、立《た》ちながら帰《かへ》りにければ、朝《あした》にいひつかはしける

250 なみださへ出《い》でにし方《かた》をながめつゝ心にもあらぬ月をみしかな

題不知　　　　読人不知

251 つらしとて我《われ》さへ人を忘《わす》れなばさりとて仲《なか》の絶《た》えやはつべき

平　公誠《きんざね》

252 あふことや涙《なみだ》の玉《たま》の緒《を》なるらんしばし絶《た》ゆれば落《お》ちて乱《みだ》るる

249 夕暮には物思いが増すものですかと、私とはちがう他の人に尋ねてみたい。○夕暮　恋人の訪れてくる時刻。それで、人恋しさが一層つのる。「唐衣日も夕暮になる時はかへすがへすぞ人は恋しき」(古今・恋一・読人しらず)。○下句　物思いしている自分のみの特別な感情か、それとも誰にでもあることなのかを知りたいとの意。▽同じ作者の類想歌「夕暮になど物思ひのまさるらむ待つ人のまたある身ともなし」(和泉式部集)。「物思ふにあはれなるかと我ならぬ人に今宵の月を見せばや」(和泉式部続集)。

250 あなたは出て行き、そのうえ涙までが流れ出て、あなたの出て行った方角をいつまでもぼんやり眺め続けて、見ようとも思わなかった月を見たことです。○立ちながら　寝所に入らぬまま。○出で　涙が「出で」に、男の「出でにし方」を掛ける。○心にもあらぬ　不本意にもの意。「板間粗(あら)み荒れたる宿の寂しきは心にもあらぬ月を見るかな」(後拾遺・雑一・清仁親王)。

251 あなたの仕打ちが恨めしいからといって、私までがあなたを忘れてしまったならば、(恨む気持は無くなるが)だからといって、私たちの仲がすっかり終ってしまってよいはずがありません。○つらし →一九八。▽原形は連歌か。次の連歌に類似している。「恨みて日頃ありて、つらしとて心のままに忘れなば、とて、いかにもいかにもこれが末思はむままに付けてやめとあれば、あはれながらに絶えこそはせめ」(弁乳母集)。連歌が一首の和歌として採用される例→一四九。

252 逢うということは、涙の玉を貫きとめている紐なのであろうか。ちょっとの間でも逢うことが途切れると、涙の玉が落ちて乱れることだ。○平公誠　底本「平兼盛」を他本により訂す。○乱るる　底本「るる」なし。他本により補う。▽「あふ」「絶ゆ」「乱る」は「(玉の)緒」の縁語。「片糸をこなたかなたに縒(よ)り懸けてあはずは何を玉の緒にせむ」(古今・恋一・読人しらず)による。

弟子なりける童《わらは》の、親《おや》に具して人の国《くに》へあからさまにとて
まかりけるが、ひさしく見《み》え侍らざりければ、便《たよ》りに託《つ》け
ていひつかはしける

253 御狩野《みかりの》のしばしのこひはさもあらばあれ背《そ》りはてぬるか矢形尾《やかたを(お)》の鷹《たか》　最厳《(さいごん)》法師

頼《たの》めたるを《(お)》とこを今《いま》や〳〵と待《ま》ちけるに、前《まへ》なる竹の葉に
霰《あられ》の降《ふ》りかゝりけるを聞《き》きてよめる

254 竹《たけ》の葉にあられ降《ふ》るなりさら〳〵にひとりは寝《ぬ》べき心ちこそせね　和泉式部

ほどなく絶《た》えにけるを《(お)》とこのもとへいひつかはしける

255 ありふるも苦《くる》しかりけり長《なが》らへぬ人のこゝろをいのちともがな　相模《(さがみ)》

通《かよ》ひける女《をんな》の、別《こと》人にものいふと聞《き》きて、いひつかはしけ
る

256 憂《う》きながらさすがに物《もの》のかなしきは今《いま》は限《かぎ》りと思《おも》ふなりけり　清原元輔

253 御狩野でしばらく木居に鷹をとまらせるように、ちょっとの間の浮気はそれはそれでかまわない。そうではなくて、すっかり私から離れてしまったのではないのか、矢形尾の鷹は。○具して　つき従って。○あからさまに　一時的に。○便りに託けて　ついでのある人に託して。○御狩野　鷹狩をする禁野。○こひ「恋」に「鷹」の縁で「木居」(鷹をとまらせる木)を掛ける。○背り　鷹が獲物でない方に飛ぶの意に、背き離れるの意を添える。○矢形尾の鷹　矢の形をした尾をもつ鷹。童を寓す。「御狩野」「こひ」「そりはつ」は「鷹」の縁語。▽稚児への恋(→二五九)。

254 竹の葉にさらさらと霰の降る音がする。こんな夜はまったく独りでは寝ることができそうな気がしないのです。○頼めたる…　来ると約束していた男。○あられ　霰。古くは雹の字が用いられることもある。○さら〳〵に　副詞「さらに」にあられの降る擬音語を掛ける。「音に聞く久米の皿山さらさらにおのが名立てて降るあられかな」(後鳥羽院御集)。▽類想歌「笹の葉にあられ降る夜の寒けきに独りは寝なむものとやは思ふ」(馬内侍集)。

255 生きて過ごすのも苦しいものなのですねえ。長続きしない、あなたのような人の心を私の命としたいものです。○長らへぬ「なが、らぬ」とする伝本も多い。誤写による異同。歌意は同じ。○人のこ、ろ →二四〇。○いのちともがなこの句を用いる和歌は一条朝以降に多い。「こよひさへあらばかくこそ思ほえめ今日暮れぬまの命ともがな」(後拾遺・恋二・和泉式部)。

256 (心変りされるのは)我が身の情けなさのせいだとは思いつつも、なんといってもやはり悲しいのは、二人の仲がもうこれで終りだと思うことなのですねえ。○かなしきは…なりけり →一七六。▽元輔集には女の返歌「思はむと頼めしこともあるものを無き名は立てでただに忘れね」(清慎公集では藤原実頼の代作)があり、更に元輔の歌が続く。詞書の「別人」は実頼か。

久《ひさ》しくおとせぬをとこにつかはしける

257
とはぬまをうらむらさきにさく藤《ふぢ》の何《なに》とてまつにかゝりそめけむ

俊子内親王大進《(しゆんしないしんわうのだいしん)》

をとこの絶《た》えぐ〵になりけるころ、いかゞと問ひたる人の返事《(かへりごと)》によめる

258
思《おも》ひやれ懸樋《かけひ》の水《みづ》のたえぐ〵になりゆくほどのこゝろぼそさを

高階章行朝臣女《(あきゆきのあそんのむすめ)》

いとほしくし侍りける童《わらは》の、大僧正行尊《(ぎやうそん)》がもとへまかりにければ、いひつかはしける

259
うぐひすは木伝《こづた》ふ花《はな》の枝《えだ》にても谷《たに》の古巣《ふるす》をおもひわするな

律師仁祐《(にんいう)》

返《かへ》し、童《わらは》に代《かは》りて

260
うぐひすは花のみやこも旅《たび》なれば谷《たに》の古巣《ふるす》をわすれやはする

大僧正行尊

257 訪れて来ない間を恨んですごさねばならないのに、どうして、紫に咲く藤の花が松に懸かるように、待たせてばかりのあなたのような人に関わり始めたのでしょう。○おとせぬ　便り(訪れ)をしない。○うらむらさき　「うら紫」に「恨む」を掛け、「(か丶り)そめ」は「紫」の縁語。○まつ　「松」に「待つ」を掛ける。○か丶り　藤が松に咲き懸かる意に、関わりあいになる(頼りとするの意もある)の意を掛ける。▽不実な男と関係した後悔。「思ふこと無げなる藤の花さへに何をまつ(松・待つ)にか懸かりそめけむ」(敦忠集)。

258 想像して下さい。懸樋の水が絶え絶えになるように、男の訪れがとだえがちになってゆく頃の心細さを。○高階章行　底本「高階行章」を他本及び尊卑分脈により訂す。○懸樋　地上に架け渡して水を導く竹や木の樋。「(心)細し」はその縁語。▽「長楽寺に住み侍りける頃、人の何事かと言ひて侍りければ遣はしける」と詞書のある「思ひやれ訪ふ人もなき山里のかけひの水の心細さを」(後拾遺・雑三・上東門院中将)によるか。

259 鶯は木から木へと伝い移っているが、その花の枝にいても、谷の古巣を忘れるなよ。○行尊→人名。○木伝ふ花　花は梅の花。○谷の古巣　鶯は唐詩で春に谷から出て来る鳥とされた(元々は詩経小雅・伐木に由来する)。本朝でもそれを承けて「鶯出谷」の詩歌が作られた。「谷の古巣」の語は「珍しや花のねぐらに木伝ひて谷の古巣を訪へる鶯」(源氏物語・初音・明石の君)によるか。▽童を鶯に、大僧正行尊を花の枝に、自分を谷の古巣に喩えた。参考「鶯は都の花に移るとも元の古巣は忘れざらなん」(定頼集)。

260 鶯にとっては花の咲いている都も旅の空ですから、谷の古巣を忘れはしません。○花のみやこ　花の咲いている都の意。すばらしい都の意を添える。花山・一条朝頃に用いられ始めた歌語。○旅　我が家を離れて他行すること。ここでは谷の古巣が我が家。

左衛門督家成、長月《なが》のつごもりころに初《はじ》めて言《い》ひそめて、いかなる事《こと》かありけむ、絶《た》えておとづれ(を)侍らざりければ、その冬《ふゆ》ころ、聞《き》く事のあれば、憚《はゞか》りてえなむ言《い》はぬ、と言《い》はせて侍りける返事によめる

261 夜《よ》をかさね霜《しも》とゝもにし起《お》きゐればありしばかりの夢だにもみず

皇嘉門院出雲(くわうかもんゐんのいづも)

家に歌合し侍りけるに、逢《あ》ひて逢《あ》はぬ恋といふことをよめる

262 逢《あ》ふこともわがこゝろよりありしかば恋《こ》ひは死《し》ぬとも人はうらみじ

中納言国信(くにざね)

263 汲《く》みみてしこゝろひとつをしるべにて野中《なか》の清水《しみづ》わすれやはする

藤原仲実朝臣(なかざね)

関白前太政大臣の家にてよめる

264 浅茅生《あさぢふ》にけさおく(を)露《つゆ》の寒《さむ》けくにかれにし人のなぞやこひしき

藤原基俊(もととし)

261 幾夜も幾夜も、置く霜と一緒に私も寝ずに起きているので、以前に見た程度のはかない夢さえも今は見ません。〇家成　↓人名。〇長月　長月(九月)までは秋。十月から冬。〇聞く事の…　他に男がいると聞いているので、遠慮して声をかけることができないのです。〇起きゐれば　「起き」に「霜」の縁で「置き」を掛ける。物思いの深いさま。〇下句　家成との逢瀬をはかない夢と言い、今はその夢さえ見ないと言うことで、家成の不訪を咎めるとともに、他に訪れて来る男はいないことを訴えた。

262 逢うことも自分の意志でしたことだから、たとえ(逢えなくて)恋い死にするとしても、決して他人は恨むまい。〇逢ひて逢はぬ恋　一度逢って、その後再びは逢えない恋。〇恋ひは死ぬ　「恋ひ死ぬ」の強調表現。▽女の立場での詠。

263 昔逢い契った時の心、ただそれ一つを今も二人の仲を導く道案内として、一度逢い契った人のことは忘れはしない。〇二・三句　「知る知らぬ何かあやなく分きて言はむ思ひのみこそしるべなりけれ」(古今・恋一・読人しらず)。〇野中の清水　昔馴染んだ人の喩え。「いにしへの野中の清水ぬるけれどもとの心を知る人ぞ汲む」(古今・雑上・読人しらず)による。この野は平安後期には播磨国印南野(いなみの)とされたが、何処と限定しなくてよい。▽これも「逢ひて逢はぬ恋」の歌。男の立場での詠。

264 一面の浅茅に今朝置く露が冷たいので、草は枯れてしまったが、それにつけても、私から離れていった人のことが、今朝はどうして恋しいのだろう。〇関白前太政大臣　藤原忠通(↓人名)。〇浅茅生　茅(ちがや)の生えている所。〇寒けくに　「く」は体言化する接尾語。「み吉野の山下風の寒けくにはたや今宵もわが一人寝む」(万葉集・巻一・持統天皇)。〇かれにし　「離(か)れ」に「枯れ」を掛け、「浅茅」の縁語。上句は「かれ」の序詞だが、寒々とした心象風景を形成する。▽去った恋人への未練の心。「浅茅生に今朝吹く風は寒くともかれゆく人を今は尋ねじ」(重之集)によるか。

265
心変《かは》りたるをとこ《(お)》にいひつかはしける
清少納言《(せいせうなごん)》
忘《わす》らるゝ身はことわり《(は)》と知《し》りながら思《おも》ひあへぬはなみだなりけり

266
久《ひさ》しくおとせ《(を)》ぬをとこ《(お)》につかはしける
読人不知
いまよりは訪《と》へともいはじ我《われ》ぞたゞ人を忘《わす》るゝことを知《し》るべき

267
中納言通俊《(みちとし)》絶《た》え侍りにければいひつかはしける
さりとては誰《たれ》にかいはんいまはたゞ人を忘《わす》るゝこゝろ教《をし》へよ

268
返《かへ》し
中納言通俊
まだ知《し》らぬことをばいかゞ教《をし》ふべき人を忘《わす》るゝ身にしあらねば

269
同《おな》じ所《ところ》なるをとこ《(お)》のかき絶《た》えにければよめる
和泉式部
いくかへりつらしと人をみ熊野《くまの》のうらめしながら恋《こひ》しかるらむ

265 忘れ捨てられるこの身はそれも当然だと理解しているのに、そう思うことができないのは涙なのですねえ。○なりけり　そのことに今気付いたとの心。▽涙を擬人化。「身」は理解しているのに「涙」は理解しないという言い方で、理性では抑えられない未練の思いを訴えた。

266 これからは、訪れて来てよとも言わないいつもりです。私の方がひたすらあなたを忘れるということを知らねばならないのですね。○おとせぬ →二五七。▽間接的に「訪へ」と言っている歌。「訪へ」に「問へ」を掛け、「知る」と対をなす機知的構成。

267 忘れ捨てられたからといって、あなた以外には尋ねる人がいません。(だから尋ねますが)今となっては他に願いはありません、どうしたら心は人を忘れるのかを教えて下さい。○通俊 →人名。▽同想歌「君ならで誰にか問はむしばしだに人を忘るる道を教へよ」(林葉集)。

268 まだ知らないことをどうして教えることができましょうか。人を忘れるような私ではありませんので。▽贈歌の用語をそのまま用いての弁解。この言い方はこのような場合の返歌の常套的詠歌技法。

269 あの人を幾度も繰り返し恨めしいと思って、その姿を見てきたのに、なぜ憎らしいと同時にまた恋しいのでしょうか。○同じ所　宮仕えの場所が同じ所なのであろう。伊勢物語一九段に同じ状況の話がある。○かき絶えにければ　すっかり音沙汰がなくなったので。○み熊野「(人を)見来」に「三熊野」を掛ける。同じ所に居るので、姿だけはいつも見えている。三熊野の浦は伊勢国(三重県)から紀伊国(和歌山県)にかけての地名。○うらめし　三熊野の「浦」に「恨めし」を掛ける。「(いく)かへり」は波の寄せ返るさまを表して「浦」の縁語。▽男の行き帰りする姿を目にして恨めしさと恋しさに乱れる心。類想歌「真葛這ふ小野の糸萩繰り返し恨めしながらなほぞ恋しき」(南宮歌合・源顕仲)。

大江公資《(きんより)》に忘《わす》られてよめる　　相模

270 夕暮《ゆふぐれ》は待《ま》たれしものを今《いま》はたゞ行《ゆ》くらむかたを思《おも》ひこそやれ

題不知　　読人不知

271 忘《わす》らるゝ人目《め》ばかりをなげきにて恋《こひ》しきことのなからましかば

270 以前には夕暮はあなたの訪れが待たれたものですのに、今はただあなたが訪れて行くであろうところを想像しているだけです。○大江公資↓人名。○待たれし　「れ」は自発の助動詞。おのずから待つ気持が生じていたの意。▽大江公資との仲については「大江公資相模守に侍りける時、諸共にかの国に下りて、遠江守にて侍りける頃、忘られにければ、異(こと)女を率(ゐ)て下ると聞きてつかはしける　相模(逢坂の…)」(後拾遺集・雑二)とある。

271 男に捨てられたという、世間の目の恥ずかしさだけが嘆くことであって、あの人が恋しいということが無かったらよいのに。○忘らるゝ↓二四六詞書・二六五。▽男に去られてなお残る恋慕の心を嘆いた。「ゆく年の別ればかりを嘆きにて身には積らぬならひなりせば」(守覚法親王集)は同構文の歌。

# 詞花和歌集巻第九　雑上

所〻の名を四季に寄《よ》せて人〳〵歌《うた》よみ侍りけるに、三島江《みしまえ》の春《はる》の心をよめる

272 春《はる》がすみかすめるかたや津の国《くに》のほのみしま江《え》のわたりなるらん

源頼家《よりいへ》朝臣

堀河院《ほりかはゐん》御時、上《うへ》のをのこどもを御前に召《め》して歌よませさせ給ひけるによめる

273 須磨《すま》の浦《うら》にやく塩釜《しほがま》のけぶりこそ春《はる》に知《し》られぬかすみなりけれ

源俊頼《としより》朝臣

272 春霞のかすんでいるあの方角が、霞の絶えまからほのかに見た津の国の三島江の辺りなのだろうか。○所〻の名　各地の名所。○三島江　摂津国の淀川下流、今の摂津・高槻・茨木市にかけて在った入江。○かた　「方」に「潟」を響かす。○ほのみしま江　「(ほの)見し」に「三島」を掛ける。○わたり　「辺り」に「渡り」を響かす。▽類想歌「若葉さす芦の汀に波寄るはこや三島江のわたりなるらん」(栄花物語三八・源政長)。「朝霞ふかく見ゆるや煙立つ室の八島のわたりなるらむ」(新古今・春上・藤原清輔)。以下二八三まで「雑の春」の歌。

273 須磨の浦で藻塩を焼く塩釜の煙こそが、春とは関わりのない霞だったのだなあ。○堀河院御時　→二六。○上のをのこ　殿上人。○須磨の浦　→六六。○塩釜　海水を煮つめて塩を製するのに用いる釜。○春に知られぬ　「雪降れば冬ごもりせる草も木も春に知られぬ花ぞ咲きける」(古今・冬・紀貫之)による語。○なりけれ　そのことに今気づいたという気持。

274
同《おな》じ御時、百首歌たてまつりけるによめる

並《な》みたてる松《まつ》のしづ枝《え》をくもでにてかすみわたれる天《あま》の橋立《はしだて》

平忠盛《ただもり》朝臣

275
播磨守に侍りける時、三月ばかりに舟《ふね》より上《のぼ》り侍りけるに、津《つ》の国《くに》に山路《ぢ》といふ所《ところ》に、参議為通《ためみち》朝臣塩湯《しほゆ》浴《あ》みて侍り、と聞《き》きてつかはしける

長居《ながゐ》すなみやこの花《はな》も咲《さ》きぬらん我《われ》もなにゆゑ（へ）いそぐ綱手《つなで》ぞ

花山院《くわざんゐん》御製

276
修行し歩《あり》かせ給ひけるに、桜花の咲《さ》きたりける下《した》に休《やす》ませ給ひてよませ給ひける

木《こ》のもとを住《す》みかとすればおのづ（を）から花《はな》みる人となりぬべきかな

天台座主　源心《げんしん》

277
人のもとにまかりたりけるに、桜花おもしろく咲《さ》きて侍りければ、朝《あした》にあるじのもとへいひつかはしける

散《ち》らぬまにいまひとたびも見《み》てしがな花《はな》にさきだつ身ともこそなれ

274 波が立っている中に並び立っている松の下枝をくもでとして、一面霞んだ中に架け渡されている天の橋立だ。○並みたてる 「並み」に「浪」を掛ける。○くもで 橋柱の補強として筋交いに打った木。形が蜘蛛に似ているので蜘蛛手という。○天の橋立 丹後国の名所。「くもで」「わたる」は「橋」の縁語。▽天の橋立を実際の橋に取りなし、松の枝を橋の蜘蛛手に喩えたところが、この歌の眼目。

275 長居してはいけない。都の花も咲いてしまったでしょう。他でもない、私もその花ゆえに急ぐ舟路なのですよ。○播磨守 久安元年(一一四五)四月から仁平元年(一一五一)二月まで在任。○舟より… 舟で上洛しました時に。○山路 神戸市の本庄・本山の地名。○為通 →人名。○塩湯浴み 湯治として海水を沸かした湯(または塩分を含んだ温泉)に入ること。○侍り 底本表記「侍」。「侍る」とも読みうるが、いま「侍り」とした。○長居すな 「住みよしと海士は告ぐとも長居すな人忘れ草生ふといふなり」(古今・雑上・壬生忠岑)による。○なにゆゑ 他でもない、そのこと故にの意。○綱手 引き舟の綱。

276 桜の木の下を住処にすると、(他人から見れば)おのずと花を見る人ということになってしまいそうだなあ。○修行し… 譲位出家後、諸寺に参詣御幸した。○おのづから 自分の意志とは無関係との心。▽修行者も傍目には風雅にふける俗人に見えるに違いないと興じた。栄花物語にこの歌の逸話があり、和漢朗詠集にも採られた。影響歌「そこばくの年つむ春に閉ぢられて花見る人になりぬべきかな」(高遠集)。

277 散らないうちにもう一度だけでも見たいものです。この身が花より先に散る身となるといけないので。○朝に 翌朝に。○天台座主 延暦寺の寺務を掌る僧の長。○いまひとたび 「小倉山峰のもみぢ葉心あらば今一度の御幸待たなむ」(大和物語・藤原忠平)によるか。○五句 「花」の縁で「身」に「実」を掛ける。花に先立つ実というところがユーモア。▽僧侶が花を愛惜すること、配列に前歌との呼応がある。

花をを《(お)》しむ心《こゝろ》をよめる

278 春《はる》くればあちか潟《がた》のみひとかたに浮《う》くてふ魚《いを》の名《な》こそを《(お)》しけれ

大蔵卿匡房《(まさふさ)》

宇治前太政大臣《(うちのさきのだいじやうだいじん)》花見《み》にまかりにけりと聞《き》き《ゝ》てつかはしける

279 身をしらで人をうらむるこゝろこそ散《ち》る花《はな》よりもはかなかりけれ

堀河右大臣《(ほりかはのうだいじん)》

二条関白《(にでうのくわんぱく)》、白河《しらかは》へ花見《み》になむ、と言《い》はせて侍りければよめる

280 春《はる》の来《こ》ぬところはなきを白河《しらかは》のわたりにのみや花《はな》は咲《さ》くらむ

小式部内侍《(こしきぶのないし)》

入道摂政《(にふだうのせつしやう)》、八重《やへ》山吹《ぶき》をつかはして、いかゞ見《み》る、と言《い》はせて侍りければよめる

281 誰《たれ》かこの数《かず》はさだめし我《われ》はたゞとへとぞおもふ山吹《やまぶき》のはな

大納言道綱母《(みちつなのはは)》

278 春が来ると、桜鯛は「鰺か潟」にばかり潟一杯に浮くというが、そのために桜鯛の名が損なわれるのが残念だ。○あちか潟のみ　底本「あちかた、のみ」を大妻女子大学本等により訂す。この部分、諸本間の本文異同が甚だしい。あちか潟は安芸国(広島県)の「安直。アチカ」(和名抄)か。「あちか」に「鰺(あぢ)香」を掛ける。「のみ」は副詞に解したが、「の海(み)」とも解しうる。○ひとかた　「一方」に「一潟」を掛ける。○浮くてふ魚　桜鯛のこと。「春ハ鯛トイフ魚ノ浮キイヅルヲ桜鯛トナン云フナル」(顕昭注)。「てふ」は「と言ふ」の縮約形。日本書紀仲哀天皇二年六月十日条の神功皇后が渟田(たぬ)の湊で酒を海に注いだところ海鯽魚(チヌの類)が酔い浮いたという故事は、場所・季節が異なるので直接の典拠ではないであろう。▽桜鯛が鰺香潟にだけ浮くのが残念とのユーモア。参考歌「春の海の浦に寄るてふ桜鯛波をやおのが花と見せつる」(新撰和歌六帖・鯛)。

279 身の程に気付かないで他人を恨む心の方が、はかなく散る花よりもはかない(愚かな)ことだとわかりました。○宇治前太政大臣　藤原頼通(→人名)。堀河右大臣頼宗(→人名)の異母兄。○初句　→二〇九。「身」に「実」を掛け「花」の縁語。▽誘ってくれなかったことへの軽い恨み言。

280 春の来ない所はないのに、白河の辺りにだけ花は咲いているのでしょうか。(私の家にも咲いていますのに。)○二条関白　藤原教通(→人名)。○白河　桜の名所。→二六。▽桜見にことよせて教通の不訪を恨んだ。作者は教通の愛人であった(後拾遺・雑三)。

281 一体誰がこの花びらの数を八重と決めたのでしょうか。私はひたすら「とへ」と思います、山吹の花は。○入道摂政　藤原兼家(→人名)。道綱母は兼家の妾妻。○八重山吹　→四五。○とへ　「十重」に「訪へ」を掛ける。参考「とへとしも思はぬ八重の山吹を許すと言はば折りに来むとや」(後拾遺・雑二・和泉式部)。▽前歌と類似の人間関係。当意即妙の機智。

新院《（しんゐん）》位におはしましし時、后宮《（きさいのみや）》の御方に上達部《かんだちめ》上《うへ》のをのこどもを召《め》して、藤花年久《シ》といふことをよませさせ給ひけるによめる

282 春日山《かすがやま》北《きた》の藤《ふぢ》なみさきしより栄《さか》ゆべしとはかねてしりにき

大納言師頼《（もろより）》

修理大夫顕季《（あきすゑ）》美作《みまさか》の守《かみ》に侍りける時、人〱誘《いざな》ひて右近の馬場《むまば》にまかりて、郭公《（ほととぎす）》待《ま》ち侍りけるに、俊子内親王《（しゆんしないしんわう）》の女房二車まうできて、連歌し歌よみなどして、あけぼのに帰《かへ》り侍りけるに、かの女房の車《くるま》より

283 美作《みまさか》や久米《くめ》のさら山《やま》と思《おも》へども和歌《わか》の浦《うら》とぞ言《い》ふべかりける

この返《かへ》しせよ、と言《い》ひ侍りければよめる

贈左大臣《（ぞうさだいじん）》

284 和歌の浦《うら》と言《い》ふにてしりぬ風《かぜ》ふかば波《なみ》の立《た》ち来《こ》と思《おも》ふなるべし

282 春日山の北の藤の花が初めて咲いたときから、ますます咲き栄えるにちがいないと、以前からわかっていました。○新院　崇徳院。↓四六。○后宮　中宮聖子(↓人名)。○上達部　参議および三位以上の公卿。○上のをのこ　殿上人。○藤花年久　藤花は長年にわたって咲くの意。類似題に「藤花期万歳」もある。○春日山　三笠山。藤原氏の氏神である春日神社がある。○北の藤なみ　藤原北家(摂関家)を寓する。藤花を藤原氏に寓すること、良房の藤花宴での島田忠臣の詩に見える。▽この宴は長承三年(一一三四)四月十一日に催された(中右記)。

283 あなたのいる所は美作の国の久米の佐良山だと思っていましたが、(和歌を詠み交したのですから)紀伊の国の和歌の浦だと言うべきでしたね。○顕季…　美作守在任は康和三年(一一〇一)七月から六年正月まで。↓人名。○右近の馬場　右近衛府の馬場。一条京極末にあり、都人がほととぎすの初声を聞きに行く所。○郭公　↓五五。○俊子内親王　↓人名。○連歌　上句と下句とを別々の者が詠んで一首とする和歌の形式。○久米のさら山　美作国(岡山県)。「美作や久米のさら山さらさらに我が名は立てじ万代(よろづよ)までに」(古今・神遊歌・読人しらず)により、美作守は小心な木石漢だと思っていたのに、との含意。○和歌の浦　紀伊国(和歌山県)の歌枕。「若の心(らう)」(気持は若い)を掛ける。▽表は風雅の心への讃嘆。裏は年齢(当時五十歳に近い)に似ぬ艶めいた振舞へのからかい。以下三首「雑の夏」の歌。

284 和歌の浦と言ったことでわかりました。風が吹いたならば和歌の浦に波が立ち来るように、私に来てほしいと思っているのですね。○この返し　顕季が長男の贈左大臣長実(↓人名)に代作させた。▽贈歌と同じ「言ふ」「思ふ」を用いて、本心は来てほしいのだなと戯れ返した。同構文の歌「人の足を抓(つ)むにて知りぬ我が方へふみ(文・踏)おこせよと思ふなるべし」(千載・雑下・良喜法師)。

285 左衛門督家成《(いへなり)》、布引《ぬのひき》の滝見《たきみ》にまかりて、歌よみ侍りけるに
よめる
藤原隆季《(たかすゑ)》朝臣

雲ゐよりつらぬきかくる白《しら》玉をたれぬのひきの滝《たき》といひけん

286 新院位におはしましし時、御前にて、水草隔ツレ船ヲといふこ
とをよみ侍りける
大蔵卿行宗《(ゆきむね)》

難波江《なにはえ》のしげき蘆《あし》まをこぐ舟はさを《(ほ)》のおと《(を)》にぞ行《ゆ》くかたをしる

287 題不知
律師済慶《(さいけい)》

思《おも》ひいでもなくてやわが身やみなまし姨捨山《をばすてやま》の月みざりせば

288 父《ちゝ》永実《(ながざね)》信濃《しなの》の守《かみ》にて下《くだ》り侍りける供《とも》にまかりて、上《のぼ》りた
りける頃《ころ》、左京大夫顕輔《(あきすけ)》が家に歌合し侍りけるによめる
藤原為実《(ためざね)》

名にたかき姨捨山《をばすてやま》もみしかどもこよひばかりの月はなかりき

285 空から貫いて懸け下げている真珠を、布を引きさらしている滝だと誰が言ったのだろう。○家成 →人名。○布引の滝 摂津国(兵庫県神戸市)の歌枕。○白玉 真珠。布引の滝を詠んだ歌「ぬき乱る人こそあるらし白玉の間なくも散るか袖の狭きに」(古今・雑上・在原業平)による。▽布引の滝ではなく、白玉の滝と呼ぶべきだと、滝の命名をいぶかしんだ。雑の夏の歌として滝下の納涼の趣き。

286 難波江の繁った蘆の間を漕いで行く舟は(姿は見えないが)、棹の音で進んでゆく方向がわかる。○新院 崇徳院。→四八。○水草隔船 水辺の夏草が舟の姿を隠しているの意。○難波江 →六七・三四七。▽同題の歌「夏深み玉江に繁る蘆の葉のそよぐや船の通ふなるらむ」(千載・夏・藤原忠通)など。

287 思い出もないまま我が身は命尽きていたであろうか。もし姨捨山の月を見なかったなら。○姨捨山 信濃国(長野県)の歌枕。月の名所。姨捨伝説(大和物語・今昔物語集等)で有名。「我が心慰めかねつ更級や姨捨山に照る月を見て」(古今・雑上・読人しらず)。▽影響歌「思ひ出に何をかせまし更級や姨捨山の月見ざりせば」(宝治百首・但馬)。以下三〇九まで「雑の月」の歌。

288 評判の高いあの姨捨山の月も見たけれど、今夜ほどのすばらしい月はありませんでした。○父永実… 永実(→人名)が信濃守だったのは康和二年(一一〇〇)頃であり、藤原顕輔(一〇九〇生れ →人名)の年齢と齟齬する。詞書に誤りがあるであろう。○上りたりける頃 上洛していた頃。○初句「名に高き」に姨捨山の高きの意を響かす。○姨捨山 →二八七。▽月を讃えることで間接的に家主顕輔を讃美した挨拶の歌。一五四と同趣。

月の明《あか》く侍りける夜、人〳〵参《ま》できて遊《あそ》び侍りけるに、月入《い》りにければ、興尽《けふつ》きて、おの(を)〳〵帰《かへ》りなんとしければよめる

289 月は入《い》り人は出《い》でなばとまりゐてひとりや我《われ》が空《そら》をながめむ

大中臣能宣《よしのぶ》朝臣

御髪《おほむぐし》おろさせ給ひてのち、六条の院の池に月のうつりて侍りけるを御覧《らむ》じてよませ給ひける

290 池水《いけみづ》にやどれる月はそれながらながむる人のかげぞ変《かは》れる

小一条院《こいちでうゐん》御製

左京大夫顕輔中宮亮にて侍りける時、下臈《らう》に越《こ》えらるべしと聞《き》きて、宮の女房のなかに歎《なげ》き申したりける返事《かへりごと》に、誰《たれ》とはなくて

291 世《よ》の中《なか》を思《おも》ひな入《い》りそ三笠山《みかさやま》さしいづる月の澄《す》まむかぎりは

田家月《ノ》といふ事をよませ給ひける

292 月清《きよ》み田《た》中《なか》にたてる仮庵《かりいほ》のかげばかりこそくもりなりけれ

新院御製

289 月は西の山に入り、人はこの家を出て帰ってしまったならば、私は居残って独り空を眺めることになるのだろうか。〇遊び　管絃をともなう宴。〇興尽きて　蒙求の「子猷尋戴」の注に「興に乗じて来り、興尽きて帰る」による語(季吟抄)。▽散会を惜しむ心。「月は入り」「人は出で」「我は留まり」と対語に構成したところが眼目。

290 池の水に宿っている月は昔そのままだが、それを眺める人の姿は変ってしまった。〇御髪おろさせ給ひ　剃髪。小一条院の出家は長久二年(一〇四一)八月十六日。〇六条の院　小一条院伝領の邸で六条に在った小六条院(北院)か、或いは六条北烏丸西の南院か。〇御覧じて　底本「て」なし。他本により補う。〇それながら　昔のままでありながら。第三句にこの語を置く歌は多く、類型構文の一つ。〇かげ　水に映る姿。「月」の縁語。▽三九〇と同想。影響歌「いにしへの雲ゐの月はそれながら宿りし水の影ぞ変れる」(長秋詠藻)。

291 この世のことをくよくよ思いつめてはなりません。三笠山からさし昇る月が清らかに澄み照らしているかぎりは。〇中宮亮　中宮職の次官。時の中宮は関白忠通の娘聖子(→人名)。〇下臈　官位が自分より下位の者。〇誰とはなくて　誰の作とも明らかにしないで。〇思ひな入りそ　「な思ひ入りそ」に同じ。「入り」は「月」の縁語。「(さし)いづる」と対語。〇三笠山　藤原氏の氏神春日神社の後背の山。「さし(いづる)」は「笠」の縁語。〇澄まむ　「澄む」に「住む」を掛ける。「月が澄む」は中宮の公正な心を喩える。▽三笠山から昇る月は藤原氏の中宮を寓する。

292 月の光が清らかなので、田の中に建っている仮庵の陰だけが曇りなのだなあ。〇田家月　田中の家で見る月の意。〇新院　崇徳院(→人名)。〇仮庵　稲を刈る頃に作る仮小屋。〇下句　「かげ」は「姿・陰」の意と「光」の意とを兼有する語。▽「かげ(光)」が即ち「曇り」だと気づいた面白さ。絵画的情景描写と遊戯的修辞。

新院位におはしましし時、月の明《あか》く侍りける夜、女房に託《つ》けてたてまつらせ侍りける

293 澄《す》みのぼる月のひかりにさそはれて雲《くも》の上《うへ》までゆくこゝろかな

太政大臣《だいじやうだいじん》

荒《あ》れたる宿《やど》に月の漏《も》りて侍りけるをよめる

294 板間《いたま》より月の漏《も》るをもみつるかな宿《やど》は荒《あら》して住《す》むべかりけり

良暹《りやうせん》法師

題不知

295 くまもなく信太《しのだ》の森《もり》の下晴《したは》れて千枝《ちえ》の数《かず》さへみゆる月かげ

内大臣《ないだいじん》

山家ノ月をよめる

296 さびしさに家出《で》しぬべき山里《やまざと》をこよひの月におもひとまりぬ

源道済《みちなり》

新院殿上にて、海路ノ月といふことをよめる

297 ゆく人も天《あま》のと渡《わた》る心ちして雲の波路《なみぢ》に月をみるかな

平忠盛朝臣

293 澄みきって昇ってゆく月の光に誘われて、雲の上まで飛び行く我が心だなあ。○新院　崇徳院。↓咒。○太政大臣　藤原実行（↓人名）。○澄みのぼる　源氏物語の用語。平安後期から和歌に多用された。「澄みのぼる月の光をしるべにて西へと急ぐ我が心かな」（基俊集）。○雲の上　崇徳天皇のいる宮中を寓す。▽帝の御側でこの月を賞翫したかったとの心。「秋の夜の月の光に誘はれてひなの雲路へ行く心かな」（重家集）は本歌によるか。

294 屋根の板の隙間から月の光が漏れてくるのを見たことよ。さては家は荒らして住むべきだったのだなあ。▽荒れた宿の月は平安後期から好んで詠まれた。

295 一点の陰りもなく、信太の森の木の下まで明るく晴れ渡っていて、楠の千々に分れた枝の数までが見える月の光だ。○内大臣　藤原実能（↓人名）。○信太の森　和泉国（大阪府）の歌枕。「和泉なる信太の森の楠の葉の千枝に分れて物をこそ思へ」（古今六帖・二・森）による。○下晴れて　月光が木々の下までさし通るさま。○数さへみゆる　「白雲に羽うちかはし飛ぶ雁の数さへ見ゆる秋の夜の月」（古今・秋上・読人しらず）による。

296 寂しさゆえに今にも家を出てしまいそうな山の家だが、今夜の月ゆえに思いとどまった。○家出　「寂しさに宿を立ちいでて眺むれば」（後拾遺・秋上・良暹法師）と同じ心情。○山里　山荘。山中の家。和歌では人の訪れない、寂しい家として詠まれる。

297 海路を行く人も（海上に映じる月を見ると）天の海峡を渡っている気持がして、（海路なのに）雲の波路で月を見ることだ。○新院　崇徳院。↓咒。○殿上　清涼殿の殿上の間。○初句　月だけでなく人も、の含意。「小夜更けて天のと渡る月影に」（古今・恋三・読人しらず）。○二・三句　天の「と」は天海・天河の狭い所。渡し場。○雲の波路　雲を波に見立てた。「天の海に雲の波立ち」（万葉集・巻七・人麻呂）。▽天空海上渾然として無境の感覚。「水底に映れる星の影見れば天のと渡る心地こそすれ」（小大君集）。

298
題不知

君《きみ》まつと山《やま》のは出《い》でゝ山のはに入《い》るまで月をながめつるかな

橘為義《ためよし》朝臣

299
堀河院御時、中宮《ちゆうぐう》の御方にまゐ《い》りて、女房にもの申《ま》しける程に、月の山の端《は》よりたちのぼりけるを見《み》て、女《をんな》の、月は待《ま》つにかならず出《い》づるなむあはれなる、と言《い》ひければよめる

いかなれば待《ま》つには出《い》づる月なれど入《い》るをこゝろにまかせざるらん

大納言公実《きんざね》

300
題不知

こゝろみにほかの月をも見《み》てしがなわが宿《やど》からのあはれなるかと

花山院御製

301
月の明《あか》く侍りける夜、前大納言公任《きんたふ》まうできたりけるを、することと侍りてお《を》そく出《い》で会《あ》ひければ、待《ま》ちかねて帰《かへ》り侍りにければ、つかはしける

うらめしく帰《かへ》りけるかな月夜《つきよ》にはこぬ人をだに待《ま》つとこそきけ

中務卿具平親王《ともひらしんわう》

298 あなたの訪れを待つとて、月が東の山の端を出て西の山の端に入るまで、ずっと月を眺めてしまったことです。▽男を待つ女の立場で詠んだ。「出づるより入るまで月を眺むるは物思ふ折のわざにぞありける」(後葉・雑一・源頼光)。

299 待っていると必ず期待どおりに出てくる月だけれど、どういうわけで、月の入るのを思いどおりにできないのだろうか。○堀河院御時 ↓三六。○中宮の　後三条天皇皇女篤子内親王(↓人名)。底本「の」なし。文意により補う。○月は待つに…　男は待っても来ないとの含意。「来むと言ひつつ来ざりける人の許に…　なほざりの空頼めせであはれにも待つに必ずいづる月かな」(後拾遺・雑一・小弁)。▽女の含意には触れず、月を惜しむ心として詠んだか。あるいは、自分が女房の部屋に入り得ないのを嘆く含意あるか。歌の発想は四一と類似。

300 ためしに他所の月を見てみたいものだ。見る場所がこの家ゆえのすばらしさなのかどうか、知りたいので。▽金葉集三奏本は詞書「清涼殿にて月を御覧じてよませ給へる」とする。その詞書では下句は「清涼殿で見る月ゆえにすばらしいのかと」の意。本集では清涼殿と限定しなくてもよい。

301 恨めしいことに帰ってしまったのだなあ。月夜には、訪れて来ない人をさえも待つものだと聞いているのに。○公任　具平親王とは従兄弟にあたり、親交があった。↓人名。○おそく出で会ひ　親王に所用があって、なかなか面会できなかったので。「おそく…」は、なかなか…しないの意。未遂の状態。↓三五詞書。○月夜には　「月夜には来ぬ人待たるかきくもり雨も降らなむわびつつも寝む」(古今・恋五・読人しらず)による。▽もうすこし待っていてほしかったとの心。公任集には返歌「夜を寒み月夜よしとも告げざりし宿も過ぎ憂く思ひしものを」(お誘いがないのに、人恋しくて押しかけました、の意)がある。

屏風の絵《ゑ》に、山《やま》の峰《みね》に居《ゐ》て月見《み》たる人描《か》きたるところによめる

大江嘉言《（よしとき）》

302 かご山《やま》の白《しら》雲か丶る峰《みね》にてもおなじ高《たか》さぞ月はみえける

家に歌合し侍りけるによめる

左京大夫顕輔

303 よもすがら富士《ふじ》の高嶺《たかね》に雲きえて清見《きよみ》が関《せき》にすめる月かな

山城《やましろ》の守《かみ》になりて嘆《なげ》き侍りけるころ、月の明《あか》かりける夜《よ》、参《ま》できたりける人の、いかゞ思《おも》ふ、と問ひ侍りければよめる

藤原輔尹《（すけただ）》朝臣

304 山城《やましろ》の石田《いはた》の森《もり》のいはずともこ丶ろのうちを照《て》らせ月かげ

ひさしくおと《（を）》せぬ人のもとへ、月明《あか》き夜《よ》、いひつかはしける

中原長国《（ながくに）》

305 月にこそむかしの事はおぼえけれ我《われ》を忘《わす》る丶人にみせばや

302 香具山の、白雲がかかっている高い嶺の上でも、平地と同じ高さに月は見えるものなのだなあ。〇かご山　大和国の香具山の異称。〇白雲かゝる　高山の景。屛風絵に白雲が描かれていたのであろう。〇下句　「天の」香具山の高嶺で見る月は低く見えるかと思えば、そうではなかったと知った驚き。▽画中の人物の心で詠んだ歌。

303 一晩中、富士の高嶺には雲が消えていて、清見が関に澄みきって照る月だ。〇三句　終夜雲が消えた状態で、の意。〇清見が関　駿河国の歌枕(→三三)。「清み」に月の清きを響かす。▽歌合では判者藤原基俊(→人名)により、雲が終夜消ゆとの表現が不適切と批判された。袋草紙によれば、顕輔は和漢朗詠集に「終夜雲尽きて月の行くこと遅し」の例があると反論したという。現存の朗詠集では「夜雲収尽」だが、別に「終宵雲尽きたり月明かなる前」(秋夜・野相公)がある。これは終夜雲が無い状態をいう。顕輔の和歌も同じ情景を表現したものであろう。

304 山城の石田の御社の森を照らす月は、何も言わないでも、私の心の中を照らし出せ、その月の光よ。〇山城の守　寛弘初め(一〇〇四頃)の任か。三年二月七日に辞表を提出。前任者藤原忠孝は「山城国は難治亡弊の第一なるものなり、拝除の日ただ不運の甚しきを歎」じたという(権記)。輔尹の歎きも同じ歎きであろう(福井迪子)。〇石田の森　山城国の山科。神社があった。〇初・二句　山城守に因んでの序詞。「いは」の同音で「いはず」を導く。

305 月によってこそ昔の事は思い出されてくるものなのだなあ。私を忘れている人に見せたいものだ。▽玄々集では「月に向ひて友を思ふ」の詞書で採られている。月に昔を偲ぶことは、漢詩に見え、本朝の和歌・物語にも見られ、平安中期頃には歌題「月に対《かむ》ひて旧を懐《おも》ふ」等として定着している。「月影に昔の事は思ひ出づと君きまさずは誰に言はまし」(教長集・月前談往事)。

306
山階寺《やましなでら》にまかりたりけるに、宋延《（そうえん）》法師に会《あ》ひて夜《よ》もすがら
物言《ものい》ひ侍りけるに、有明《ありあけ》の月三笠《みかさ》山よりさしのぼりけるを
見《み》てよめる

琳賢《（りんけん）》法師

ながらへば思《おも》ひいでにせむ思《おも》ひいでよ君《きみ》とみかさの山《やま》のはの月

307
京極前太政大臣《（きやうごくのさきのだいじやうだいじん）》家歌合によめる

大蔵卿匡房

逢坂《あふさか》の関《せき》の杉原《すぎはら》下晴《したは》れて月のもるにぞまかせたりける

308
筑紫《つくし》より帰《かへ》りまうできて、もと住《す》み侍りける所《ところ》のありしに
もあらず荒《あ》れにけるに、月のいと明《あか》く侍りければよめる

帥前内大臣《（そちのさきのないだいじん）》

つれ〴〵と荒《あ》れたる宿《やど》をながむれば月ばかりこそむかしなりけれ

309
題不知

高松上《（たかまつのうへ）》

深《ふか》く入《い》りてすまばやと思《おも》ふ山《やま》のはをいかなる月の出《い》づるなるらん

306 もし私が生きながらえたならば、これを思い出にしよう。あなたも思い出して下さい。あなたと見た三笠山の山の端に出た月を。○山階寺　興福寺の別称。藤原鎌足が宇治郡山科の地に創始。平城京遷都にともない移建されて興福寺と称した。○宋延法師　↓人名。○有明の月　↓二四七。○三笠山　↓二九一。○みかさ　「(君と)見」に「三(笠)」を掛ける。▽前歌と類想。

307 逢坂の関の杉原は、月の光が木の間から漏れるにまかせて、木々の下までも明るく、(関守の姿は見えず)関は月が守るのに任せていることだ。○京極前太政大臣　藤原師実(↓人名)。○関の杉原　逢坂の関と杉の取合せ↓三三。○下句　月光が「漏れる」ままに放置しているの意に、月に関を「守(も)る」のを委ねているの意を掛ける。▽関の月の歌は「もる」の掛詞が修辞の眼目。

308 何もすることなくぼんやりと荒れた家を眺めてみると、(みな昔と変ってしまったように見えるが)月の光だけは昔のままなのだなあ。○筑紫より…　帥前内大臣藤原伊周(↓人名)は長徳二年(九九六)太宰権帥に左降されたが、同三年十二月許されて帰京した。↓三四〇。○もと住み侍りける所…　離京後、旧居の二条邸は焼亡。舅の源重光邸に帰ったが、そこも「昔にあらずあはれに荒れはてにけり」(栄花物語・浦々の別)という状態だった。○つれ〴〵と　世間と交りのない、幽居のさま。○下句　「いそのかみ古き都のほととぎす声ばかりこそ昔なりけれ」(古今・夏・素性)による。「月ばかり」に「人」の情の移ろいを暗示する。

309 この憂き世を逃れ、奥深く入って心を澄まして住みたいと思う山の、その山の端を、どのような考えの月が出て来るのだろうか。○高松上　藤原明子(↓人名)。○すまばや　「住む」に「月」の縁で「澄む」を掛ける。○いかなる月　念願の棲処である山からわざわざ憂き俗世に出てくる月の心をいぶかしんだ。▽「入り」「出づる」の対語構成が修辞の眼目。「山の端に深く入りぬる月影は世をうき(浮・憂)雲に住みやわびぬる」(林葉集)は本歌の逆。

たがひにつゝむことあるをと《(お)》この、たやすく逢《あ》はず、と恨《うら》みければよめる

和泉式部《(いづみしきぶ)》

310 お《(を)》のが身のお《(を)》のがこゝろにかなはぬを思《おも》はばものは思《おも》ひしりなん

忍《しの》びけるを《(お)》とこの、いかゞ思《おも》ひけむ、五月五日の朝《あした》に、明《あ》けてのち帰《かへ》りて、今日《けふ》あらはれぬるなむうれしき、と言《い》ひたりける返事によめる

311 あやめ草かりにも来《く》らむものゆゑ《(へ)》に寝屋《ねや》のつまとや人のみつらん

保昌《(やすまさ)》に忘《わす》られて侍りけるころ、兼房《(かねふさ)》朝臣の問《と》ひて侍りければよめる

312 人しれずもの思《おも》ふことはならひにき花にわかれぬ春《はる》しなければ

310 自分の身が自分の思いどおりにはならないということを考えたならば、事情はよくわかるでしょうよ。○たがひに　底本「に」なし。他本により補う。○つゝむこと　人目を憚ること。男には妻が、女には夫がいるのであろう。▽人目を気にしているのはお互いさまと、男の一方的恨み言を、同語の繰り返しにより軽妙にたしなめた。以下三八まで「雑の恋」の歌。

311 あなたは仮そめに来るのでしょうが、そのせいで、私のことを閨の妻だと人は見たのでしょうか。（妻戸を出て行くあなたの姿を人から見られたのでしょうか。）○五月五日　端午の節。菖蒲草を軒の端(つま)に葺く。○あらはれぬる　二人の仲が他人に露顕したの意。「あらはれ」は「あやめ草」の縁語。「我妹子が寝屋のつまなるあやめ草ねもあらはれて今朝は見ゆらむ」（朝忠集）。○かりにも　「仮」に「刈り」を掛ける。端午節の準備に菖蒲草を刈ることから、初句は「かり」の枕詞的働き。「仮にも来」は、一時の気まぐれで来るの意。○四句　底本「ねと」を他本により「ねや」に訂す。「寝屋(ねや)の妻」に、菖蒲の縁で軒の「端(つま)」を掛け、更に「妻戸」を掛ける。○五句　妻戸を出る所を人が見たのかの意を添え、明るくなるまで居過した男の態度を軽く責めた。

312 相手に知られぬままに物思いすることには馴れてしまいました。（いくら花を惜しんでも）花に別れないですむ春はありませんので。○保昌に　和泉式部が保昌と共に丹後に下ったこと、二四〇参照。○忘られて　捨てられて。→二四六。○兼房　→人名。○問ひて…　保昌に捨てられた和泉式部への慰問だが、男の下心のある興味本意の声かけであろう。○下句　三七と同想・同構文。兼房の文（和歌）に「花」の語が用いられていたのを承けての措辞であろう。▽別れには馴れていますから、御心配は無用ですと、兼房の問いをはぐらかした。「花」は心変りしやすい、浮華な男を比喩する。ここも保昌をそのような男と暗示したか。

313 藤原盛房《（もりふさ）》、通《かよ》ひける女《をんな》を離《か》れ〴〵になりてのち、神無月《な》の二十日《はつか》ころに、時雨《しぐれ》のしける日《ひ》、何《なに》ごとかと言《い》ひつかはしたりければ、母の返事にて言《い》へりける

おもはれぬ空《そら》のけしきをみるからに我《われ》もしぐるゝ神無月《な》かな

読人不知《（よみびとしらず）》

314 題不知

あだ人はしぐるゝ夜半《よは》の月なれやすむとてえこそ頼《たの》むまじけれ

待賢門院堀河《（たいけんもんゐんのほりかは）》

315 絶《た》えにけるを《（お）》とこの、五月ばかり、思《おも》ひかけず参《まう》で来《き》たりければよめる

誰《た》が里《さと》に語《かた》らひかねてほとゝぎす帰《かへ》る山路《やまぢ》のたよりなるらん

読人不知

316 頼《たの》めたる夜《よ》みえざりけるを《（お）》とこの、後《のち》に参《まう》で来《き》たりけるに、出《い》で逢《あ》はざりければ、言《い》ひわびて、つらきことを知《し》らせつる、など言《い》はせたりければよめる

よしさらばつらさは我《われ》にならひけり頼《たの》めてこぬは誰《たれ》か教《をし》へし

清少納言《（せいせうなごん）》

313 あなたに思われずに、時雨で晴れない空の景色のように暗い顔で涙にくれる娘の様子を見ると、それだけで、親の私も涙の雨が降る、神無月のこの頃です。○盛房 →人名。○離れ〴〵 訪れが途絶えがち。○何ごとか 何かありましたか。男の消息の前に女からの訪れを求める消息があったのであろう。○おもはれぬ 「面(おも)晴れぬ」に「思はれぬ」を掛け、「晴れぬ空」と続ける。空は娘の比喩。○しぐるゝ 時雨は涙の比喩。

314 浮気な男は時雨が降る頃の夜半の月だからだろうか、時雨の空は月が澄んでいてもあてにできないように、浮気な男は今は住み通っていても、永くはあてにできそうにない。○堀河 底本表記「堀川」。○しぐるゝ 時雨は定めなく降ったり止んだりする。「神無月降りみ降らずみ定めなき時雨ぞ冬の初めなりける」(後撰・冬・読人しらず)。○なれや →二〇七。○すむ 「澄む」に「住む」(女に通うの意)を掛ける。

315 (久しぶりに訪れて来たのは)どこの家でその女を誘いきれなくて、帰るついでのことなのでしょうか。○初句 「誰が里に夜がれをしてかほととぎすただここにしも寝たる声する」(古今・恋四・読人しらず)による。○三・四句 ほとゝぎすは、五月になると山から里へ出てきて、六月には山に帰る鳥とされた。「今さらに山へ帰るなほととぎす声の限りは我が宿に鳴け」(古今・夏・読人しらず)。▽浮気な男をほととぎすに喩えた。

316 わかりました、それならたしかに恨めしいという気持は私によって身に付いたのです。では、あてにさせておいて訪れて来ないという仕方は誰が教えたのでしょうか。(私は教えていませんよ。)○頼めたる夜 訪れを期待させた夜。○つらきことを知らせつる 恨めしいという気持を教えてくれるものですね。○言はせたりければ 底本「いはせたりせれば」を他本により訂す。○よしさらば 不満ながら同意するときの慣用表現。▽「習ひ」「教へ」の対語構成。三三と類想。

317 かき絶《た》えたるを《(お)》とこの、いかゞ思《おも》ひけん、来《き》たりけるが、帰《かへ》りけるあかつきに、雨《あめ》のいたく降《ふ》りければ、朝《あした》にいひつかはしける

江侍従《(がうのじじゆう)》

かづきけむたもとは雨《あめ》にいかゞせし濡《ぬ》るゝはさても思《おも》ひしれかし

318 題しらず

曽祢好忠《(よしただ)》

深《ふか》くしも頼《たの》まざるらむ君ゆゑ《(へ)》に雪ふみわけて夜《よ》な〳〵ぞゆく

319 いたく忍《しの》びけるを《(お)》とこの、ひさしくお《(を)》とせざりければ、いひつかはしける

赤染衛門《(あかぞめゑもん)》

よの人のまだしらぬまの薄《うす》ごほり見《み》わかぬほどに消《き》えねとぞ思ふ

320 言《い》ひわたりけるを《(お)》とこの、八月ばかり、袖《そで》の露けさなど言《い》ひたりける返事《(かへりごと)》によめる

和泉式部

秋《あき》はみな思《おも》ふことなきを《(お)》ぎの葉《は》も末《すゑ》たわ《(は)》むまで露《つゆ》はおくめり

317　袂を被って帰ったのでしょうが、その袂は雨でどうなりましたか。袂が濡れるとはどういうことか、そうしてなりと思い知りなさいよね。○あかつき　夜のまだ明けきらぬ頃。「暁。曙に向《なんな》(んと)する色なり」(新撰字鏡)。○かづき　雨を避けるために袖で頭を覆うさま。▽私の袂は涙でいつも濡れている、との気まぐれな男への恨み言。

318　必ずしも私を深くは頼りにしていないであろう、そんなあなたにひかれて、雪を踏み分けて夜毎にあなたのもとに行くことだなあ。○君ゆゑに　逆接とも解しうるが、「君ゆゑに」は順接の用例が多い。○雪ふみわけて　「忘れては夢かとぞ思ふ思ひきや雪踏み分けて君を見むとは」(古今・雑下・在原業平)による。初句の「深く」は「雪」の縁語。

319　沼の薄氷がそれと見分けられないうちに消えるように、あなたも世間の人が知らない今のあいだに、二人の仲が露顕しないうちに、姿を消してしまいなさい、と私は思いますよ。○しらぬま　「(知ら)ぬ間」に「沼」を掛ける。「君を見ぬまのあやめ草」(兼澄集)。○薄ごほり　男の薄情を寓する。「消え」は「氷」の縁語。○四句　「見わく」は見て誰某だとわかるの意。▽露顕を恐れて仲を解消するか、それとも来訪するかの選択を迫る歌。世間の目を気にする男を責めた。

320　秋は何でも、物思うことのない荻の葉さえも葉末がたわむほどに、露は置くようですよ。(あなたの袖も物思いのせいではないでしょう。)○言ひわたりける　言い寄り続けている。○八月　陰暦八月は中秋。○袖の露けさ　露は秋の景物。涙の比喩。逢えぬ悲しみの涙で袖が濡れているとの意。○言ひたりける　底本「ける」なし。他本により補う。○思ふことなき荻は植物だから悩みごとはない。○をぎ　→八四。荻の露　→一二。▽相手の比喩を逆手にとって突き放した。返歌の技法の一つ。

藤原隆時《たかとき》朝臣物言《ものい》ひ侍りける女《をんな》を絶《た》えにければ、弟忠清《ただきよ》通《かよ》ひ侍りけるも、ほどなく忘《わす》れ侍りければ、忠清が弟隆重《たかしげ》に逢《あ》ひぬと聞《き》きて、かの女《をんな》にいひつかはしける

321 いかなればおなじ流《なが》れの水にしもさのみは月のうつるなるらん

藤原忠清

題しらず

322 住吉《すみよし》の細江《ほそえ》にさせるみをつくし深《ふか》きに負《ま》けぬ人はあらじな

相模《さがみ》

もの思《おも》ひけるころよめる

323 ふる雨《あめ》の脚《あし》ともおつるなみだかな細《こま》かにものを思《おも》ひくだけば

大納言道綱母

思《おも》ふこと侍りけるころ、寝《い》のねられず侍りければ、夜《よ》もすがら眺《なが》め明《あ》かして、有明《ありあけ》の月の隈《くま》なく侍りけるが、にはかにかきくらし時雨《しぐれ》けるを見《み》てよめる

324 神無《な》月ありあけの空《そら》のしぐるゝをまた我《われ》ならぬ人やみるらん

赤染衛門

321 どういうわけで、よりによって同じ流れの水に、そうばかり月は映るのだろうか。（どうして兄弟にばかり心が移るのだろうか。）○隆時→人名。○忘れ　男が来なくなるの意。○隆重→人名。○おなじ流れ　同じ血筋。○うつる　月が水に「映る」に心が「移る」を掛ける。▽さすがにあきれたとの思い。兄弟に逢った例としては、伊勢や和泉式部が有名。

322 住吉の細江に深く差している澪標のように、私の身を尽くすほどの思いの深さに負けないで拒み通せる人はいないでしょうよ。○細江　細江は地名でなく、細い江の意。○みをつくし　澪標（→六七）に「身を尽くし」を掛ける。上三句は「深き」の序。○下句　「人の心の深きには、心強さも負けてなびきぬべしと也」（季吟抄）。「心ざし深かりしに負け給ひて」（源氏物語・柏木）。▽惟規集（惟規は紫式部の兄弟）に初句「たのむかな」五句「人はあらじと」とするほぼ同じ歌がある。何らかの関係があろう。

323 降る雨のように落ちる涙だなあ。あれこれ物思いに細々（こまごま）と心を砕くので。○雨の脚　漢語「雨脚」の訓による歌語。○思ひくだけば　心が千々に乱れること。細かに砕くのでそれが雨粒となって降るとのあや。▽蜻蛉日記・天禄二年（九七一）二月二十四日条に「雨の脚いとのどかにてあはれなり。（二十五日）なほ雨やまで…尽きせぬ物は涙なりけり」とあり、続いてこの歌がある。

324 神無月の有明月の空がしぐれる（趣き深い）景色を、他にも私以外の人が見ているだろうか。○思ふこと　前後の歌の配列からは恋の物思い。○寝のねられず　眠ることができず。○有明の月　→二四七。○時雨　時雨は晴雨変りやすく降ったり晴れたりする。→三二四。○我ならぬ人　私ではない誰か。○五句　「や…らん」の「や」は疑問の用法。独り見るには惜しいとの含意。▽赤染衛門集の詞書では、暁の時雨の空の「あはれなるを独りながめて」詠んだ歌。物思いのことは書かれていない。

忍《しの》びにもの思《おも》ひけるころよめる　出羽弁《いではのべん》

325 忍《しの》ぶるもくるしかりけり数《かず》ならぬ身にはなみだのなからましかば

忍《しの》びたるをとこ(お)の、鳴《な》りける衣《きぬ》を、かしがましとて、おし(を)のけければよめる　和泉式部

326 おと(を)せぬはくるしきものを身に近《ちか》くなるとていとふ人もありけり

おも(を)く煩《わづら》ひけるに、たちおく(を)れなば、えなむ長《なが》らふまじき、と言《い》ひたるをとこ(お)の返事によめる　大弐三位《だいにのさんみ》

327 ひとの世《よ》にふたゝび死《し》ぬるものならばしのびけりやと心みてまし

題しらず　左大弁俊雅母《としまさのはは》

328 夕霧《ゆふぎり》に佐野《さの》の舟橋《ふなはし》おと(を)すなり手馴《たなれ》の駒《こま》の帰《かへ》りくるかも

325 人に知られぬようにするのも苦しいことなのですね。人並でもない我が身には涙が無ければよいのに。(そうであれば、他人に心の中を知られることもないので。)○上句　三三と同じ表現類型。○数ならぬ身　人目を忍ばねばならぬ我が身を卑下した。

326 音沙汰ないのは苦しいものですのに、衣が音をたてるのを「うるさい」といって、身近に馴れるのをいやがる人もいるのですね。○忍びたるをとこ　人目を避けて通ってくる男。○鳴りける衣を…　男が衣擦れの音を立てる自分の衣を脱いで押し退けた。「御衣の鳴れば、脱ぎおきて」(源氏物語・宿木)。○和泉式部　底本作者表記なし。他本により補う。○おとせぬは　衣ずれの「音」に、男の「訪れ」を掛ける。○なる「鳴る」に「馴る」を掛け、「衣」の縁語。○いとふ　底本「いはふ」。「は」に「と」の傍記。傍記及び他本により訂す。「見てもまたまたも見まくのほしければ馴るるを人はいとふべらなり」(古今・恋五・読人しらず)による。○人もありけり　こんな人がいるなんて初めて知ったとの気持。▽衣を擬人化し、同情する趣き。

327 もしこの世で人が二度死ぬものならば、死後に私のことを追慕しているかどうかと、試しに一度死んであなたの心を見てみようものを。○たちおくれなば…　死におくれたならば生きながらえられそうにない。▽反実仮想の構文。本心からの言葉だったらよいのにとの心。上句に数字を詠み込むか。

328 夕霧の中に佐野の舟橋を渡る音がきこえる。あの人の手馴の駒が帰ってくるのかな。○佐野の舟橋　上野国(群馬県)の歌枕。舟橋は、舟を並べた上に板を渡した橋。○手馴の駒　人の扱い馴れた馬。愛用の馬。駒は馬の雅語。「我が門の一群薄《ひとむらすすき》刈り飼はむ君が手馴の駒も来ぬかな」(後撰・恋二・小町がいとこ)によるか。○下句　道に迷ったとき老馬の行くにまかせて帰路を得たという「管仲随馬」(蒙求)の面影か。▽男の訪れを待つ女の立場での詠。詠者の立場を男と想定し、放牧している手馴の駒が帰ってくるとする解釈(広大本注)もある。

329
長元八年、宇治前太政大臣の家に歌合し侍りけるに、勝方《かちかた》のをのこども住吉《すみよし》に詣《まう》でゝ、歌よみ侍りけるによめる

式部大輔資業《(すけなり)》

住吉《すみよし》の波《なみ》にひたれる松《まつ》よりも神のしるしぞあらはれにける

330
物《もの》へまかりける道《みち》に、人の菖蒲《さうぶ》を引《ひ》きけるを、長《なが》き根《ね》やあると請《こ》はせけるを、を《(お)》しみければよめる

周防内侍《(すはうのないし)》

いかでかくねを惜しむらんあやめ草うきには声《こゑ》もたてつべき世《よ》を

331
冷泉院《(れいぜいゐん)》へたかむなたてまつらせ給ふとてよませ給ひける

花山院御製

世《よ》の中《なか》にふるかひもなき竹《たけ》の子《こ》はわが経《へ》む年《とし》をたてまつるなり

332
御返し

冷泉院御製

年《とし》へぬる竹《たけ》のよはひを返《かへ》しても子《こ》のよを長《なが》くなさむとぞ思ふ

333
を《(お)》とこを恨《うら》みてよめる

和泉式部

あしかれと思《おも》はぬ山《やま》の峰《みね》にだに生《お》ふなるものを人のなげきは

329 住吉の浦の波に浸っている松が波に洗われるのよりも、もっとはっきりと住吉の神の御利益が顕われたことだ。○宇治前太政大臣　藤原頼通(→人名)。○勝方　歌合の勝負に勝った方。住吉参詣は勝に対する御礼参り。○あらはれ「顕れ」に「洗はれ」を掛け、「波」の縁語。▽参詣は五月二十二日に行われ、資業はこの時の和歌序を草した(平安朝歌合大成三)。

330 なぜこんなに根を惜しむのでしょう。憂きときには音(ね)を惜しまずに泣くにちがいないこの世なのに。(菖蒲はうき〔泥・憂き〕の中にあるのに、なぜね〔根・音〕を惜しむのか。)○物へ　物詣でに。○菖蒲　端午の節の料。→六三・六八。○二句「根」に「音」を掛ける。○うき「憂き」に「泥(うき)」を掛ける。○世「節」を響かせ「あやめ草」の縁。▽依頼を断られて深刻に詠みなしたところがユーモア。

331 この世に生きてゆく価値もない子は、自分がこれから過ごすはずの年を、父親に奉るのです。○冷泉院　花山院の父帝。→人名。○たかむな　筍(たけのこ)。○竹の子　親王の異称を「竹園」という。この「竹」は親王の比喩。「よ(世・節)」は「竹」の縁語。○経む　底本「つむ」を陽明文庫本等により訂す。「へ・つ」の誤写。「む」は推量助動詞である方が穏当。▽筍を親に献ずること、孟宗の親孝行の故事(蒙求)の面影。

332 年を経てきた親の齢をもとに戻してでも、子の命を長くしたいと思う。○初句　贈歌の「へむ」(将来)に対して「へぬる」(過去)と言った。○子のよ「よ(代・節の掛詞)」「長く」は「竹」の縁語。▽この贈答歌は大鏡にも採られている逸話。

333 不幸であれと思わない所にさえも、人の嘆きは生ずると聞いていますのに。(まして悪しかれと思われている私の所は…。)○上句「悪しかれ」に「蘆刈れ」を掛け、水辺に生ずる蘆を刈れとは思わない山の峰でさえ、と戯れた表現。○なげき　掛詞により嘆きを嘆木という木に取りなす詠法。▽溜息がとめどなく出てくるとの恨み言。

津《つ》の国《くに》に古曽部《こそべ》といふ所《ところ》に籠《こも》りゐて、前大納言公任のもとへいひつかはしける

334 ひたぶるに山田《やまだ》もる身となりぬれば我《われ》のみ人をおどろかすかな

能因法師《のういんほうし》

後二条関白《ごにでうのくわんぱく》はかなき事にてむつかり侍りければ、家の内《うち》には侍りながら、前《まへ》へもさし出《い》で侍らで、女房の中に言《い》ひ入《い》れ侍りける

335 三笠山《みかさやま》さすがに蔭《かげ》にかくろへて経《ふ》るかひもなきあめのしたかな

源仲正《なかまさ》

おほやけの御かしこまりにて侍りけるを、僧正深覚《しんがく》申《ま》し許《ゆる》して侍りければ、そのよろこびに五月五日まかりてよめる

336 君引《きみひ》かずなりなましかば菖蒲草《あやめ》いかなるねをか今日《けふ》はかけまし

平致経《むねつね》

長恨歌の心《こゝろ》をよめる

337 おもひかね別《わか》れし野辺《のべ》をきてみれば浅茅《あさぢ》が原に秋風《あきかぜ》ぞふく

源道済《みちなり》

334 ひたすらに山田を守る身となってしまったので、あたかも「驚かし」のように、私ばかりが人を驚かすのですね。○古曽部　摂津国島上郡（大阪府高槻市）。能因はこの地に住んだので古曽部入道とも称された。○公任　→人名。○ひたぶる　「引板(ひた)振る」を掛ける。引板は鳴子。鳥獣を追い払う仕掛け。○五句　引板は「驚かし」ともいう。それで「おどろかす」(声をかける、消息を遣わすの意)と言った。▽時にはあなたからも便りを下さいとの心。

335 笠の蔭には、それでもやはり隠れていながらも、過ごす甲斐もない雨空の下だ。(御庇護下にはいるが、勘気を蒙ったままでは生きる甲斐がない。)○後二条関白　藤原師通(→人名)。○むつかり　機嫌を損ねる。○家の内　関白邸内。仲正は関白家の侍所勾当を務めた。○女房の中に…　師通に御覧に入れてほしいとの思惑。○三笠山　藤原師通を寓す。「さす(がに)」「蔭」「雨」は「笠」の縁語。○蔭　庇護。○経る　「雨」の縁で「降る」を掛ける。○あめのした　「天の下」に「雨の下」を掛ける。

336 もし引立てて下さらないままになっていたなら、今日は(菖蒲の根を袖に懸けるどころではなく)どんな声をあげて泣いたことでしょうか…。○おほやけの…　勅勘。天皇からの譴責。○深覚　→人名。○申し許し　許しを天皇に願って聞き届けられた。参考「これ申し許せと言ふを…かくなむと聞こえたるに」(経信集三八)。○よろこび　お礼。○初句　引きたてるの意に、菖蒲の根を掘り引くの意を添える。○菖蒲草　→三一。「引く」「ね」「かく」は「菖蒲草」の縁語。○ね　「根」に「音」を掛ける。○かけ　「懸け」の意に、声を出すの意を掛ける。▽節物に寄せての感謝の歌。

337 恋しさに耐えきれず、あの時別れた野辺に来て見渡すと、浅茅の野原にただ秋風が吹いている。○長恨歌　玄宗と楊貴妃との悲劇を詠んだ白楽天の長詩。「馬嵬坡の下泥土の中、玉顔を見ず空しく死にし処」による。▽玄宗の心になっての詠。「鶯の鳴く野辺ごとに来て見れば移ろふ花に風ぞ吹きける」(古今・春下・読人しらず)と類似の措辞。

陸奥《みち》の国《くに》の任果《にむは》てゝ上《のぼ》り侍りけるに、武隈《たけくま》の松のもとにて

よめる

橘為仲《ためなか》朝臣

338 ふるさとへ我《われ》はかへりぬ武隈《たけくま》のまつとは誰《たれ》につげよとかおもふ

世《よ》に沈《しづ》みて侍りけるころ、春日《かすが》の冬の祭《まつり》に幣《へい》立《た》てけるに、

覚《おぼ》えけることをみてぐらに書《か》き付《つ》け侍りける

左京大夫顕輔

339 枯《か》れはつる藤《ふぢ》の末葉《すゑば》のかなしきはたゞ春《はる》の日《ひ》をたのむばかりぞ

師前内大臣明石《あかし》に侍りける時、恋《こ》ひ悲《かな》しみて病《やまひ》になりてよ

める

高内侍(かうのないし)

340 夜《よる》の鶴《つる》みやこのうちにはなたれて子《こ》を恋《こ》ひつゝもなきあかすかな

堀河院御時、百首歌たてまつりけるによめる

大納言師頼

341 身のうさは過《す》ぎぬるかたを思《おも》ふにもいまゆく末《すゑ》のことぞかなしき

338 我が妻の待つ都の家に私は帰ってしまうのだ。それなのに、武隈の松は「待っています」と誰に伝えてほしいと思っているのだろうか。(我が妻の他はいないのに。)○武隈の松　陸奥国の歌枕。宮城県岩沼市の竹駒神社の辺という。○まつ　「松」に「待つ」を掛ける。▽武隈の松を男を待つ女に取りなした。

339 すっかり冬枯れてしまった藤の枝先の葉のような、この零落した藤原氏の末流の悲しいことは、その藤が春の日の光で芽ぶくように、ひたすら春日の神を頼ることだけなのです。○世に沈み　官位が沈滞すること。○春日の冬の祭　十一月上の申の日に行われる。春日神社は藤原氏の氏神。○みてぐら　幣。神に捧げる布。○枯れはつる　冬の落葉した状態。○藤の末葉　藤原氏(→二六二)の末裔を寓する。末葉は末代。○下句　「春の陽」に「春日」明神を掛ける。▽以下身の不遇(述懐)・懐旧などの嘆きの歌。

340 親鶴は都の中に遠ざけられて、夜になると、子を恋い慕っては毎夜泣き明かすことです。○帥前内大臣　藤原伊周(→人名)。長徳二年(九九六)太宰権帥に左降。明石に滞留を許されたが、無断で入京し、太宰府に送られた。高内侍は伊周の母。○夜の鶴　「夜の鶴は子を憶ひて籠中に鳴く」(白氏文集・五絃弾)による。○はなたれて　籠から放たれの意に、子から引き離されの意を添える。「こめられて」とする伝本が多いが、下句を「子・籠(こ)」の掛詞とみれば、底本の本文でよい。「こめられて」であれば、「みやこ」という「籠(こ)」の中に閉じ込められての意。▽「籠の中」ならぬ「都の中」に放たれていながら、却って「籠(子)」を恋うて鳴くという所が修辞の眼目。栄花物語にも採られた逸話。

341 我が身の情けなさは、過ぎてきたことを思うにつけても、もう今から行末が悲しいと感ずることだ。○堀河院御時…　→一。▽百首歌での題は述懐(→三四七)。影響歌「身の憂さの過ぎこし方に変らずは今行く末もいかに嘆かむ」(嘉元百首・述懐・昭慶門院一条)。

342 埋《む》れ木の下《した》は朽《く》つれどいにしへの花のこゝろは忘《わす》れざりけり

大蔵卿匡房

題不知

343 いまはたゞむかしぞつねに恋《こ》ひらるゝ残《のこ》りありしを思《おも》ひ出《で》にして

大納言伊通《これみち》

小野宮右大臣《をののみやのうだいじん》のもとにまかりて、昔《むかし》の事などいひてよめる

344 老いてのちむかしをしのぶ涙《なみだ》こそこゝら人目《め》をしのばざりけれ

清原元輔《もとすけ》

題不知

345 ゆく末《すゑ》のいにしへばかり恋《こひ》しくは過《す》ぐる月日《ひ》もなげかざらまし

賀茂政平《まさひら》

新院の仰《おほせ》にて百首歌たてまつりけるによめる

346 厭《いと》ひてもなほをしまる(を)(お)ゝ我《わ》が身《み》かなふたゝび来《く》べきこの世《よ》ならねば

藤原季通《すゑみち》朝臣

342 埋れ木が土中で朽ちるように、今の心は朽ち衰えてしまっているけれど、昔の花やいだ心は忘れないものなのだなあ。○埋れ木　人に知られぬ身の喩え。○下　表に出ない内心。○花のこゝろ「かたちこそ深山隠れの朽木なれ心は花になさばなりなむ」(古今・雑上・兼芸法師)による。○忘れざりけり「秋萩の古《ふる》枝《え》に咲ける花見ればもとの心は忘れざりけり」(古今・秋上・凡河内躬恒)による。▽百首歌の題では懐旧。「花の心」は浮薄な恋心を喩えることが多い。この歌も若き日の恋を言うか。

343 今はひたすら昔のことばかりがいつも恋しく思われる。まだ自分にも将来があったことを思い出として。○残り　寿命の残り。○思ひ出にして「歎きつつ今年も暮れぬ露の命生けるばかりを思ひ出にして」(林葉集)。▽老残の今は何の楽しいこともない。昔も良かったわけではないが、若くてまだ将来があった。その頃の心だけが思い出。

344 齢老いて後、昔を懐しんで流す涙は、多くの人の目をも憚らないものなのだなあ。○小野宮右大臣　藤原実資(→人名)。○こゝら「ここらの人目」の意に解したが、「ここら忍ばず」(まったく人目を忍ばない)の意とも解し得る。▽昔を「しのぶ」涙が、人目を「しのばない」と知った驚き。「しのぶ(偲・忍)」の多義性を利用した修辞。

345 もし、行末が昔と同じくらいに心ひかれるものならば、過ぎ去ってゆく月日をも歎かないだろうに…。▽将来への望みは持てない故の懐旧の情。「頼みありて今行く末を待つ人や過ぐる月日を歎かざるらむ」(新古今・雑下・法橋行遍)は同じ心の逆からの表現。

346 この憂き身を厭わしく思っていても、やはり死ぬのは惜しまれる我が身だなあ。死ねば再び来ることのできるこの世ではないので。○新院の　底本「の」なし。文意および八代集抄本等により補う。三〇と同じ詞書。▽久安百首での題は無常。千載集・雑中に第二句「なほしのばる」として重出。

神祇伯顕仲《(あきなか)》、広田《ひろた》にて歌合し侍るとて、寄《スル》レ月述懐《ニ》といふ
ことをよみて、と請《こ》ひ侍りければつかはしける

左京大夫顕輔

347
難波江《なにはえ》の蘆間《あしま》にやどる月みればわが身ひとつは沈《しづ》まざりけり

347　難波江の蘆の間に映っている月を見ると、我が身ひとつだけが沈んでいるのではないのだと気付かされることだ。〇顕仲　→人名。〇広田　広田神社。摂津国武庫郡(兵庫県西宮市)。この歌合は「西宮歌合」と称されている。大治三年(一一二八)広田の社頭で披講された。〇寄月述懐　述懐の題は、和歌では身の不遇(老いの嘆き)・命の儚さを詠むことが多い。この西宮歌合で初めて歌合の題として採用された。〇蘆間　→二八六。〇沈まざりけり　身の沈淪(→三三九詞書)の意に、月が水底に映り沈んでいる意を添える。「けり」は初めてそのことに気が付いたとの気持。▽我が身だけでなく、月もまた難波の堀江に沈淪していると取りなした。月も仲間だとのほろにがい慰め。藤原俊成は、詞花集はざれうたざまの歌が多いが、この歌は「ありがたく侍る」と評している(古来風体抄)。しかし、顕昭は「水の面に月の沈むを見ざりせば我一人とや思ひはてまし」(拾遺・雑上・菅原文時)によく似ていると指摘しており、あまり高くは評価していないようだが、また「世以て秀逸と称せり」とも記している。「難波潟蘆間に宿る月はなほ沈むと見るも光ありけり」(隆祐集・名所述懐)は本歌による。

# 詞花和歌集巻第十　雑下

みやこに住《す》みわびて、近江《あふみ》に田上《たなかみ》といふ所《ところ》にまかりてよめる

源俊頼《としより》朝臣

348 蘆火《あしび》たくやまのすみかは世《よ》の中《なか》をあくがれいづる門出《かどで》なりけり

女《をむな》どもの沢《さは》に若菜《わかな》摘《つ》むを見《み》てよめる

349 賤《しづ》の女《め》がゑぐつむ沢《さは》の薄《うす》ごほりいつまで経《ふ》べきわが身《み》なるらん

348　蘆を燃やす粗末な山の住処は、俗世間を離れ出る始めの場所だとしみじみわかった。〇田上　滋賀県大津市。俊頼の山荘があった。俊頼にはこの地で詠んだ歌を集めた「田上集」がある。〇蘆火たく　山里の生活のさま。〇やま　「まや」とする伝本も多い。「まや(真屋)」は切妻屋根の家という。「やま」「まや」のいずれにしてもここでは粗末な家をいう。▽遁世を旅に喩え、その始まりである茅屋の暮しを門出だと言った。以下三六四まで世・命の儚さを嘆ずる無常の歌。

349　賤の女たちがえぐを摘んでいる沢の薄氷はすぐに消えるが、その薄氷のように、いったいいつまで生き続けることのできる我が身だというのであろうか。〇賤の女　身分の低い女。田家山里の女をいう歌語。〇ゑぐ　芹の類。→五。〇薄ごほり　はかなさの喩え。ここまで目前の景による序詞。

四位して殿上おりて侍りけるころ、鶴鳴クレ皐《（さは）》ニといふことをよめる

350 むかし見《み》し雲ゐをこひて蘆鶴《あしたづ》の沢辺《さはべ》に鳴《な》くやわが身なるらん

藤原公重《（きんしげ）》朝臣

新院《（しんゐん）》六条殿におはしましける時、月の明《あか》く侍りける夜《よ》、御舟《ふね》にたてまつりて、月ノ前ニ言ブレ志ヲといふことをよませ給ひけるによみ侍りける

351 三《み》日《か》月のまた有明《ありあけ》になりぬるや憂《う》き世《よ》にめぐるためしなるらん

右近中将教長《（のりなが）》

桜花の散《ち》るを見《み》てよめる

352 散《ち》る花《はな》にまたもやあはむおぼつかなその春《はる》までと知《し》らぬ身なれば

藤原実方《（さねかた）》朝臣

世中さわ《（は）》がしく聞《き》こえけるころよめる

353 朝《あさ》な〱鹿《しか》のしがらむ萩《はぎ》の枝《え》の末葉《すゑば》の露のありがたの世《よ》や

増基《（ぞうき）》法師

350 昔見た天上を恋い慕って鶴が沢辺で鳴く、それが我が身の姿なのであろうか。○殿上おりて　四位に昇叙されて官を遷るにともない殿上人の資格を失った。○鶴鳴皐　「鶴九皐《かう》に鳴く、声天に聞ゆ」(詩経小雅・鶴鳴)による。○雲ゐ　殿上を寓す。○三・四句　不遇の訴えに沢の鶴を用いるのは類型の一つ。▽再び殿上を許されることを願う心。

351 三日月だった月が再び有明月となってしまうが、こうして月が夜々に廻り廻ることが、人が憂き世に生きてゆく証拠なのであろうか。○新院　崇徳院(→人名)。○六条殿　未詳。顕昭注は海橋立(旧大中臣輔親邸)かとも小六条殿かともいう。○御舟にたてまつりて　舟にお乗りになって。池で舟遊びがあった。○月前言志　「言志」は思いを述べるの意。漢詩題の用語。和歌ではほぼ「述懐」(→三四七)にあたるが、述懐よりは思いの範囲が広い。○有明　→二四七。○憂き世　「月」の縁で「夜」を掛ける。○めぐる　空の月が廻る意に、人の生き続ける意を掛ける。仏教語「輪廻」を意識した用語。「虚しき空に澄む月を憂き世に廻る友として」(新勅撰・雑五　長歌・上西門院兵衛)。▽季吟抄等は、人の世の栄落を月の満ち欠けに寓したと解している。

352 散る花に再び逢う機会があるだろうか。あてにできないなあ。いついつの年の春までは生きている、とはわからないこの身だから。○その春　「その」は何年という具体的数字を朧化する表現。▽「春ごとに花の盛りはありなめど逢ひ見むことは命なりけり」(古今・春下・読人しらず)と同じ発想。

353 朝々ごとに鹿が絡みつく萩の枝のその枝先の葉に置いた露のように、生き長らえ難い命だなあ。○さわがしく　疫病の流行で死ぬ者が多く世相騒然たるさま。○鹿のしがらむ　散りやすい枝先の葉に置いた露を鹿が一層はかなく散らすさま。鹿と秋萩とは類型化した取合せ。○末葉の露　露をはかない命に喩えること、漢詩文にあり、和歌でも多用された。→三五五。▽四句までが序詞。

秋の野を過《す》ぎまかりけるに、を花《(お)ばな》の風《かぜ》になびくを見《み》てよめる

354 花薄《はなすゝき》まねかばこゝにとまりなむいづれの野辺《べ》もつひ《(ゐ)》のすみかぞ

源親元《(ちかもと)》

心ち例《れい》ならず思《おぼ》されけるころよみ給ひける

355 よそにみしを花《(お)ばな》が末《すゑ》の白《しら》露はあるかなきかの我《わ》が身なりけり

四条中宮《(しでうのちゆうぐう)》

世《よ》の中《なか》はかなく覚《おぼ》えさせ給ひけるころよませ給ひける

356 かくしつゝ今《いま》はとならむ時《とき》にこそくやしきことのかひもなからめ

花山院《(くわざんゐん)》御製

入相《いりあひ》の鐘《かね》の声《こゑ》を聞《き》きてよめる

357 夕暮《ゆふぐれ》はものぞかなしき鐘《かね》のおと《(を)》を明日《あす》もきくべき身とし知《し》らねば

和泉式部《(いづみしきぶ)》

大納言忠教《(ただのり)》みまかりける後《のち》の春《はる》、うぐひすの鳴《な》くを聞《き》きてよめる

358 うぐひすの鳴《な》くに涙《なみだ》のおつるかなまたもや春にあはむとすらん

藤原教良母《(のりよしのはは)》

354 花薄が招くのであれば、ここに留まってしまおう。どこの野辺でも終(つい)の住処だ。○を花　尾花。花薄に同じ。○まねかば　「秋の野の草の袂か花薄穂に出でて招く袖と見ゆらむ」(古今・秋上・在原棟梁)による。○つひのすみか　墳墓の地。「世のはかなきことを言ひて詠み侍りける　草枕人は誰とか言ひおきし終のすみかは野山とぞみる」(拾遺・哀傷・源順)。▽花薄の靡くさまは女が男を誘うのに見立てることが多い。上句の恋の趣きを下句で無常に転じたところが興趣のねらい。

355 自分とは無縁なものと見ていた薄の葉末に置いた白露は、生きているのか、いないのか、それさえわからない程はかない我が身のことだったのだなあ。○例ならず　病気であること。○四条中宮　藤原遵子(→人名)。○二・三句　薄の葉末の露は最も消えやすい喩え(→三五三)。○あるかなきかの　「消えかへりあるかなきかの我が身かな恨みて帰る道芝の露」(新古今・恋三・藤原朝光)。○なりけり　そのことに今初めて気付いたとの気持。

356 こうして無為に過ごし続けて、今は最期という時になったら、その時はもう後悔しても間にあわぬであろうよ。▽無為に過ごさず直ちに仏道修行に専心すべきだったとの心。

357 夕暮は何とも悲しいこと。入相の鐘の音を明日も聞くことのできるこの身だとはわからないので。○入相　日没時(→一三)。▽三五三と類想。影響歌「つくづくと暮るる空こそ悲しけれあすも聞くべき鐘の音かは」(新勅撰・雑二・法橋行賢)。

358 鶯の鳴くにつけても涙が落ちることだ。生きて再び春に逢おうとしているのだろうか。○忠教…　永治元年(一一四一)の冬に歿(→人名)。教良の父、即ち作者の夫。○あはむとすらん　春まで生きていられるとは思っていなかったのにとの含意。「すらん」を「思へば」とする伝本(東北大学本等)もある。大意は変らない。▽生きてゆけそうにない程の悲しみの中でも時は過ぎ春が廻り来ることの感慨。

はかなき事のみ多《おほ》く聞《き》こえけるころよめる

法橋清昭《(しやうせう)》

359 みな人のむかしがたりになりゆくをいつまでよそに聞《き》かむとすらむ

夏の夜《よ》、端《はし》に出《い》で居《ゐ》て涼《すゞ》み侍りけるに、夕闇《ゆふやみ》のいと暗《くら》く侍りければよめる

神祇伯顕仲女《(あきなかのむすめ)》

360 この世《よ》だに月まつほどはくるしきにあはれいかなる闇《やみ》にまどはむ

病お《(を)》もくなり侍りけるころ、雪の降《ふ》るを見《み》てよめる

良暹法師《(りやうせん)》

361 おぼつかなまだ見《み》ぬ道《みち》をしでの山《やま》雪ふみわけて越《こ》えむとすらん

大江挙周《(たかちか)》朝臣お《(を)》もく煩《わづら》ひて限《かぎ》りにみえ侍りければよめる

赤染衛門《(あかぞめゑもん)》

362 代《かは》らむと祈《いの》るいのちはを《(お)》しからでさても別《わか》れんことぞかなしき

359 人がみな昔語りの中の人となってゆくのに、いつまでそれを他人事として聞くというのだろう。(すぐに自分も昔語りとなるだろうに。)○はかなき事　人の死亡。○むかしがたり　思い出話。故人についての話の意で用いることが多い。「みな人の昔語りになりゆくにふるの社の身をいかにせむ」(素性集歌仙家集本)。

360 この世でさえも、今夜のように暗闇の中で月の出を待つ間は苦しいのに、ああ、あの世では一体どのような闇の中にさ迷うのであろうか。○闇にまどはむ　「さやかなる月の光の照らさずは冥(らく)き途をや独り行かまし」(発心和歌集・如来神力品)。▽「釈迦の月は隠れにき、慈氏の朝日はまだ遥か、そのほど長夜の暗きをば、法華経のみこそ照らい給へ」(梁塵秘抄)。

361 不安だ。まだ見たことのない道なのに、死出の山は雪を踏み分けて越えることになるのだろうか。○しでの山　死出山、四天山とも表記される。地蔵十王経(平安時代に作られた偽経)に、閻魔王国の境に在り、死者が再び死する苦を受けつつ、ここより死の山に入るという。弁乳母集には鬼に追われつつ越えるさまを描いた絵を見て詠んだ歌がある。

362 身代りになりたいと祈る私の命が惜しいのではなくて、たとえそうしても、結局は死に別れになることが悲しいのです。○大江挙周　赤染衛門と大江匡衡との間の子(→人名)。○限り　最期。▽家集・袋草紙等によれば、挙周が和泉国司の任を終え上洛するや病臥した時、赤染衛門は住吉明神に奉幣し、その幣三本に三首の歌を書いて奉った、その夜の夢に、白鬚の翁が幣を取り入れると見えて、挙周の病は平癒したという。この歌はその中の一首。他の二首「頼みては久しくなりぬ住吉のまつ(松・先)この度はしるし見せなん」「千代へよとまだみどり児にありしよりただ住吉の松を祈りき」。この話は多くの説話集に収められている。

病お《(を)》もくなり侍りにければ、三井寺にまかりて、京の房に植《う》ゑ《(へ)》お《(を)》きて侍りける八重紅梅《やへこうばい》を、今《いま》は花咲《さ》きぬらん、見《み》ばや、といひ侍りければ、を《(お)》りに遣《つか》はして見《み》せければよめる

363 この世《よ》にはまたもあふまじ梅《むめ》の花《はな》ちり〳〵ならむことぞかなしき

大僧正行尊《(ぎやうそん)》

その後《のち》ほどなくみまかりにけるとぞ

人のしひ《(ゐ)》を取《と》らせて侍りければよめる

364 この身をば空《むな》しきものと知《し》りぬればつみえんこともあらじとぞ思ふ

読人不知《(よみびとしらず)》

題不知

365 わが思《おも》ふことのしげさにくらぶれば信太《しのだ》の森《もり》の千枝《ちえ》は数《かず》かは

増基法師

366 網代《あじろ》には沈《しづ》む水屑《みくづ》もなかりけり宇治《うぢ》のわたりに我《われ》や住《す》まゝし

大江以言《(もちとき)》

**363**　この世ではもう再び見ることはあるまい。その梅の花が散り散りになってしまうであろうことが悲しい。○三井寺　園城寺。近江国滋賀郡（大津市）。○房　僧房。○をりに遺して　弟子たちが師の為に紅梅を折りに使いを遺した。○ちりぐ\　花が散るの意に、弟子たちが散り別れるの意を添える。特別に親しい者たちは忌明け（多くは四十九日）までは同じ所で喪に籠るが、終れば散り別れる（→三九詞書）。○その後　行尊は長承四年（一一三五）二月五日に入滅。

**364**　この身は空だと悟ってしまうと、（偸盗戒を破ることもなく）仏罰には当らないものだが、その木の実も空（か）だとわかると、割って食べることもできず、罪に当ることもあるまいと思う。○しひ　椎の実。○取らせ　盗み取らせて。○この身　「木の実」を掛ける。○空しき　仏典語の「空」に、椎の実が「カラ」であるの意を掛ける。○つみ　「罪」に「抓（つ）み」を掛ける。「抓む」は爪で殻を割るの意。「鬚がちなる者の椎抓みたる」（枕草子・似げなきもの）。▽椎の実を盗み取っている人を見ての歌。深刻な用語を用いて戯れた。

**365**　私の思い悩むことの多さに比べれば、信太の森の楠の枝の多さも物の数ではない。○繁さ　「森」の縁語。○信太の森　→三五。○数かは　「物かは」とする伝本が多い。歌意は同じ。▽以下三八〇（三六〇）まで詠懐（述懐）の歌。遁世・往生の思い、不遇等の愁嘆など様々な思いを詠む歌が配されている。

**366**　網代には沈む水屑さえもないのだなあ。宇治の辺りに私は住もうかなあ。○網代　→三七。○沈む水屑　官位のあがらぬ我が身を寓す。○宇治　底本「うら」を他本により訂す。宇治は網代で有名。○や…まし　迷いためらう気持。宇治は「我が庵は都の辰巳しかぞ住む世をうぢ（宇治・憂）山と人は言ふなり」（古今・雑下・喜撰法師）により憂き所とされた。ところが、今、網代に絡んだ水屑は沈むことが無いと気づいた。だから、それにあやかるべくいっそ宇治に住もうかと思うが、しかしまたそこは憂き所。さて、どうしたものか、との迷い。

大原《おほはら》に住《す》みはじめけるころ、俊綱《としつな》朝臣のもとへいひつかはしける

良暹法師

367 大原《おほはら》やまだすみがまもならはねばわが宿《やど》のみぞけぶりたえたる

題不知

賢智《けんち》法師

368 なみだ川《がは》その水上《みなかみ》をたづぬれば世《よ》を憂《う》きめよりいづるなりけり

この集撰じ侍るとて、家の集請《しうこ》ひて侍りければよめる

太政大臣《だいじやうだいじん》

369 思《おも》ひやれこゝろの水《みづ》の浅《あさ》ければかき流《なが》すべき言《こと》の葉もなし

周防内侍尼《すはうのないしあま》になりぬと聞《き》きていひつかはしける

大蔵卿匡房《まさふさ》

370 かりそめの憂《う》きよのやみをかきわけてうらやましくもいづる月かな

法師になりてのち、左京大夫顕輔《あきすけ》が家にて、帰《かへ》る雁《かり》をよめる

沙弥蓮寂《れんじやく》

371 帰《かへ》る雁西《かりにし》へ行《ゆ》きせばたまづさに思《おも》ふことをば書《か》きつけてまし

367 大原にはまだ住みなれず、炭竈のことも馴れていないので、私の家だけ煙が絶えている。○大原 ↓三三。○俊綱 ↓人名。○すみがま 「炭」に「住み」を掛ける。▽源俊頼(↓人名)は大原に逍遥した時、良暹の旧坊の前で下馬して敬意を表した(袋草紙)。西行法師は旧坊の妻戸に「大原やまだ炭竈もならはずと言ひけむ人を今あらせばや」と書き付けた(山家集)。

368 涙川はその源流をたどり求めてみれば、なんと、この世をつらいと思う折のその目から流れ出るものだったのだ。○なみだ川 涙が流れるさまを川に比喩する修辞技法。○憂きめ 折節、事態の意の「め」に「目」を掛ける。▽「涙川なに水上を尋ねけむ物思ふ時の我が身なりけり」(古今・恋一・読人しらず)によるか。

369 想像して下さい。私の心は浅はかなので、後世まで書き伝えてよいほどの歌もありません。○撰じ 底本表記「撰侍る」。「撰び」とも読みうる。○太政大臣 藤原実行(↓人名)。○こゝろの水 心を水に喩える。仏典語「心水」によるか。「浅し」「流す」は「水」の縁語。○かき流す 「書いて後世に伝える」に「(葉を)掻き払って流す」の意を掛ける。○言の葉 和歌をいう歌語。↓五〇・三八〇。

370 仮そめの宿であるこの憂き世の、その闇を掻き分けて、羨ましいことに出て行く月だなあ。○やみ 底本「なか」に「やみ」と傍記。傍記及び他本により訂す。夜の闇にこの世の煩悩の闇の意を添える(↓四一四)。○うらやましく 底本表記「うら山しく」。○五句 出家した内侍を月に喩えた。▽この歌を届けたところ、昨夜死んだとのことだったという(江帥集)。

371 帰る雁が、もし西へ行くのであれば、雁の玉章(たまずさ)に我が思うことを書いて託しただろうに。○西へ行きせば 雁は必ず北へ帰る(↓三三)ので、もし「西へ」と仮定した。西は西方浄土の方向。○たまづさ 玉章。手紙。「秋風に初雁がねぞ聞ゆなる誰が玉章を懸けて来つらむ」(古今・秋上・紀友則)。○書きつけ 「つく」は託すの意。▽蘇武雁信(蒙求)の故事を踏まえ、西方浄土に我が願いを伝えたいとの心。

372
題不知
身を捨《す》つる人はまことに捨《す》つるかは捨《す》てぬ人《ひと》こそ捨《す》つるなりけれ
読人不知

373
藤原実宗《さねむね》常陸《ひたち》の介《すけ》に侍りけるとき、大蔵省の使《つかひ》どもきびしく責《せ》めければ、卿匡房に言《い》ひて侍りければ、遠江に切《き》りかへて侍りければ、いひつかはしける
筑波《つくば》山《やま》ふかくうれしと思ふかな浜名《はまな》の橋《はし》にわたす心を
太皇太后宮肥後《たいくわうたいごうぐうのひご》

374
下臈《らうこ》に越《こ》えられて、堀河関白《ほりかはのくわんぱく》のもとに侍りける人のもとへ、おとゞにも見《み》せよと思《おぼ》しくてつかはしける
年《とし》をへて星《ほし》を戴《いたゞ》く黒髪《くろかみ》のひとよりしもになりにけるかな
大中臣能宣《よしのぶ》朝臣

375
白河院《しらかはゐん》位におはしましける時、修理大夫顕季《あきすゑ》に託《つ》けて申《ま》さすること侍りけるを、宣旨のおそ《を》く下《だ》りければ、その冬ころいひつかはしける
雲《くも》の上《うへ》は月こそさやにさえわたれまだとゞこほるものや何《なに》なり
津守国基《くにもと》

372 身を捨てる(出家する)人は真実に身を捨てたのだろうか(いやそうではない)。身を捨てない(出家しない)人のほうこそが、(身を救われることがないから)実は身を捨てているのだとわかった。○身を捨つる　仏典語「捨身」による語。○なりけれ ↓三五。▽仏教的意味と世俗的意味の違いを利用した同語反覆が修辞の眼目。深遠にも滑稽にも解釈できる。西行法師家集に収載されるが、西行作かは未詳。

373 常陸国としては深くうれしいと思います。税の責めを遠江国に移して下された御配慮を。○実宗 ↓人名。○常陸の介　常陸守には親王が任ぜられる。介が実質的な守。○大蔵省の使　切下文《きりくだしぶみ》により常陸国に割当てられた公事の費用の未納を督促する使い。○卿　大蔵卿。大江匡房(↓人名)の卿在任は天永二年(一一一一)七月から十一月に薨ずるまで。○切りかへて　底本「たてかへて」を他本により訂す。○太皇太后宮　底本表記「太皇大后宮」。○筑波山　常陸国。「ふかく」は「山」の縁語。○浜名の橋　遠江国。切下文が切り替えられたことを「橋」の縁で「渡す」と言った。▽肥後は藤原実宗の妻。夫に成り代わっての感謝の詠。

374 長年の間、朝は星のあるうちに登庁し夜は星を見て退庁する、そのようにして精勤し続けた私の黒髪は霜のように白くなった。その私が人よりも下位になってしまったのだなあ。○下臈　自分よりも官位の劣る者。○堀河関白　藤原兼通(↓人名)。底本表記「堀川」。○思しくて　期待して。○星を戴く　勤務に励むさま。勤務評定基準である考課令の「恪勤」の解説「巫馬の政に従うに星を戴きて官に居るの類は恪勤なり」(令義解)を意識した用語。○しも　「下」に「霜」を掛ける。霜は白髪の喩え。

375 雲の上では月こそ清《さや》かに氷のように冴え渡っているけれど、(他に凍るものはないはずなのに)いまだに凍って動かないものは一体何なのでしょうか。○白河院…　延久四年(一〇七二)から応徳三年(一〇八六)まで在位。○顕季　↓人名。○おそく下りければ　未だなかなか下されないので。↓三〇一詞書。○冬ころ　顕季集では「またの年の二月」とある。春二月の方が穏当。○

返し　　修理大夫顕季

376 とゞこほることはなけれど住吉《すみよし》のまつ心にやひさしかるらん

新院位におはしましし時、上《うへ》のをのこどもを召《め》して述懐の歌よませさせ給ひけるに、白河院の御ことを忘《わす》るゝ時なくおぼえ侍りければ　　大納言 成通《(なりみち)》

377 白河《しらかは》の流《なが》れをたのむこゝろをば誰《たれ》かはそらに汲《く》みてしるべき

堀河院《(ほりかはゐん)》御時、百首歌中によめる　　大蔵卿匡房

378 百年《もゝとせ》は花《はな》にやどりて過《す》ぐしてきこの世《よ》は蝶《てふ》の夢《ゆめ》にざりける

雲の上　宮中を寓す。○さえわたれ　「(さえ)わたる」は「月」の縁語。○とゞこほる　「滞る」に「凍る」を掛ける。▽帝の御心は澄明なのに、宣旨の滞るは何故かとの心。

376 滞るということはありませんが、待っている御心には久しいと感じるのでしょうか。○住吉のまつ　「松」に「待つ」を掛ける。「久し」は「松」の縁語。住吉は松の名所。津守国基は住吉神社の神主なので「住吉の」といった。▽型通りの挨拶。

377 白河院の御血統を頼り申しあげる私の心を、誰が何もなしに推し量りで知ることができようか、できないであろう。(それが残念です。)○新院　崇徳院。→四八。○上のをのこ　殿上人。○述懐の歌　身の不遇を訴える歌(→三四七詞書)。○白河院　崇徳天皇在位中の大治四年(一一二九)に崩御(→人名)。成通は白河院から「御いとほしみの人」(今鏡)とされた寵臣だった。○白河の流れ　「白河」は白河院を寓し、「流れ」は血統。崇徳天皇は白河院の曽孫。○そらに　諳に。○汲みて　推察して。「汲み」は「河」の縁語。▽白河院を追慕し、その血統である崇徳天皇の恩顧を訴えた。

378 一生を花に戯れて過ごしてきた。それで、この世は確かに「胡蝶の夢」なのだとわかった。○堀河院御時…　→一。底本「院」なし。他本により補う。○百年　人の一生の意。「人生れて…百年を期と曰ひ、頤《(やしな)》ふ」(礼記)。○一・三句　実のない浮華なる生き方をして過ごしたの意。○蝶の夢　荘子・斉物論篇「昔、荘周夢に胡蝶と為る。栩栩然《(くくぜん)》として胡蝶なり」の話による。「百年」は、平安時代に用いられた荘子の郭象注に「仮寝して夢に百年を経たる者有り」の一文があり(竹下豊)、摩訶止観・五にも「荘周夢に胡蝶と為り翔々として百年」とある。○にざりける　「にぞありける」の縮約形。▽花に宿った人生だから自分を蝶だと言い、だから荘子の話は本当だと確認したとの論理。

新院位におはしまし時、中宮《(ちゆうぐう)》春宮《(とうぐう)》の女房、はかなきことにより挑《いど》みかはして、上達部《かんだちめ》上《うへ》のをのこどもを方分《かたわ》きて、事《こと》につけつゝ歌をよみかはしけるに、上《うへ》、中宮の御方に渡《わた》らせ給ひけるを、方《かた》人にとりたてまつりてなん、さるべきこと言《い》ひつかはせ、とお《(を)》の〱申しければ、よみてつかはしける

379 ひさかたの天《あま》の香具山《かぐやま》いづる日《ひ》もわが方《た》にこそひかりさすらめ

新院御製

娘《むすめ》の冊子《さうし》書《か》かせける奥《おく》に書《か》きつけける

380 このもとにかきあつめつる言《こと》の葉をはゝその森《もり》のかたみとは見よ

源義国妻《(よしくにのめ)》

左京大夫顕輔近江《あふみ》の守《かみ》に侍りける時、とほ《(を)》き郡《こほり》にまかれりけるに、便《たよ》りに託《つ》けていひつかはしける

381 思《おも》ひかねそなたの空《そら》をながむればたゞ山《やま》の端《は》にかゝる白《しら》雲

関白前太政大臣《(くわんぱくさきのだいじやうだいじん)》

379 香具山から出る日も、我が方にこそ光は射すでしょう。(帝も我が中宮方にお味方して下さるようですよ。)○新院　崇徳院。→四八。○中宮　藤原聖子(→人名)。○春宮　東宮。皇太子体仁親王(近衛天皇→人名)。○方分きて　中宮方と春宮方とに分けて。○事につけつゝ　何かにつけて。○上　天皇。○方人　味方として応援する人。○さるべきこと…　中宮方に加勢するということを春宮方に言い遣わせ。○おの〳〵　中宮の女房たち。○日　天皇を寓す。▽中宮方の女房に成り代っての詠。女房の視点で詠まれている。底本に「依御定止了」の書入がある。第一次奏覧時に崇徳院自身により削除された歌。続詞花集・雑上では、中宮の女房と天皇付の女房との挑み合いで、天皇方の女房に成り代って詠んだとする。

380 子のもとに書き集めたこの和歌の草子を、母の形見だと思って見てほしい。○娘の…　娘が母親の歌を集めて冊子に仕立てさせ、その最後の所に母が自ら書き付けた歌。○このもと　「木の下」に「子の許」を掛ける。○かきあつめ　「掻き集め」に「書き集め」を掛ける。○言の葉　和歌をいう歌語。木の葉に見立てる技法。→三六九。○はゝその森　山城国の歌枕。「ははそ」は柞・楢の類。「母」を掛ける。○かたみ　「形見」に「葉」の縁で「筐」を響かす。掻き集めた木の葉を筐に盛るイメージ。▽「このもとにかき集めたる言の葉を別れし秋のかたみとぞ見る」(千載・雑中・太皇太后宮多子)は、弟藤原実家より借覧した冊子の中に父親の筆跡を見出して、その冊子に貼付した歌。

381 たえきれずに、そちらの空を眺めると、見えるのはただ山の端に懸かる白雲だけだ。○顕輔…　近江守在任は、天承元年(一一三一)から保延元年(一一三五)。また永治元年(一一四一)から天養二年(一一四五)まで権守。→人名。○便りに託けて　幸便に託して。○関白前太政大臣　藤原忠通(→人名)。▽影響歌「思ひかねそなたの空を眺むれば雲さへ我を隔てけるかな」(林下集)。三八一・三八二は眺望の歌。

新院位におはしましし時、海上遠望といふことをよませ給ひけるによめる

382 わたのはら漕《こ》ぎいでてみればひさかたの雲《くも》ゐにまがふ沖《おき》つ白波《しらなみ》

後冷泉院《ごれいぜいゐん》御時大嘗会主基方御屏風に、備中国高倉山《たかくらやま》にあまたの人花摘《つ》みたるかた描《か》ける所《ところ》によめる　　藤原家経《いへつね》朝臣

383 うちむれて高倉山《たかくらやま》につむものはあらたなき代《よ》の富草《とみくさ》の花《はな》

今上《きんじやう》大嘗会悠紀方屏風に、近江《あふみ》の国板倉《くにいたくら》の山田に稲《いね》おほく刈《か》り積《つ》めり、これを人見《み》たるかた描《か》きたる所《ところ》によめる　　左京大夫顕輔

384 板倉《いたくら》の山田《やまだ》につめる稲《いね》をみてを《お》さまれる代《よ》のほどをしるかな

円融院《ゑんゆうゐん》御時、堀河院にふたゝび行幸せさせ給ひけるによめる　　曽祢好忠《よしただ》

385 水上《みなかみ》の定《さだ》めてければ君が代《よ》にふたゝび澄《す》める堀河《ほりかは》の水《みづ》

382 大海原に漕ぎ出て見渡すと、白雲と混じって波とも雲とも見分けがつかない沖の白波だ。○新院　崇徳院。→四八。○初・二句「わたの原八十島かけて漕ぎいでぬと人には告げよ海士の釣舟」(古今・旅・小野篁)。○ひさかたの「雲ゐ」の枕詞。○まがふ　渾然として区別がつかないさま。▽小倉百人一首に採られた歌。

383 群れ集って高倉山で摘んでいる物は、荒田の無い新たなる御代の富草の花だ。○後冷泉院→人名。○大嘗会　即位後最初の新穀祭。永承元年(一〇四六)十一月。○主基方御屏風　新穀は悠紀(ゆき)・主基(すき)の二国より奉らしめ、屏風にはその国の名所を描く。○高倉山　米倉の高大なる意を添える。○つむ「摘む」に「倉」の縁で「積む」を掛ける。○ものは　底本「はなは」を他本により訂す。○あらたなき「荒田無き」に「新たな」の意を掛ける。荒田は稲を植えない田。○富草の花　諸説あるが、未詳。顕昭注は露草。▽「荒田に生ふる富草の花、手に摘み入れて」(風俗歌)により、荒田無き御代だから高倉山で摘むとの理屈。荒田から稲を連想させ、高倉に積むと言い、豊作富有の御代と讃えた。以下三首、賀の歌。

384 板倉の山田に高く積んでいる稲を見て、租税の穀物も納まり、治まっている御代のその程度がわかることだ。○今上　近衛天皇(→人名)。大嘗会は康治元年(一一四二)十一月。○悠紀方　底本表記「悠記方」。○板倉　地名を「倉」に取りなす。○をさまれる「治まれ」に「倉」の縁で「納まれ」を掛ける。

385 上流が定まっていたので、君の御代に再び澄んでいる堀河の水だ。(先祖が例を作っておいたので、今、再び行幸があるのだ。)○円融院…内裏焼亡により貞元元年(九七六)七月から一年間、関白兼通(→人名)の所有する堀河院(二条南、堀河東)を里内裏とした。○水上の　底本「みなかみを」を他本により訂す。○堀河院はもと藤原基経邸。水上は基経を寓するか。○澄める「住む」を掛ける。水が澄むは清治の世を表わす。○堀河の水　建物の名を河に取りなす。「水上」「すむ」は「河」の縁語。

386 有馬《ありま》の湯《ゆ》にまかりたりけるによめる
いさやまだつゞきもしらぬ高嶺《たかね》にてまづくる人にみやこをぞとふ
宇治前太政大臣（うぢのさきのだいじやうだいじん）

387 熊野《くまの》へ詣《まう》でける道《みち》にて、月を見《み》てよめる
みやこにてながめし月のもろともに旅《たび》の空《そら》にも出《い》でにけるかな
道命法師（だうみやう）

388 播磨《はりま》に侍りける時、月を見《み》てよめる
みやこにてながめし月をみるときは旅《たび》の空《そら》ともおぼえざりけり
帥前内大臣（そちのさきのないだいじん）

389 信濃《しなの》の守《かみ》にて下《くだ》りけるに、風越《かざこし》の峰《みね》にて
風越《かざこし》の峰《みね》のうへにてみる時は雲はふもとのものにぞありける
藤原家経朝臣

390 藤原頼任（よりたう）朝臣美濃《みの》の守《かみ》にて下《くだ》り侍りけるともにまかりて、その後《ち》年《とし》月を経《へ》て、かの国《くに》の守《かみ》になりて下《くだ》り侍りて、垂井《たる》といふ泉《いづみ》を見《み》てよめる
むかしみし垂井《たる》の水《みづ》は変《かは》らねどうつれる影《かげ》ぞ年《とし》を経《へ》にける
藤原隆経（たかつね）朝臣

386 さあねえ、まだ峰がどう続いているかも知らないこの高嶺で、訪れて来る人に、まっさきに都の様子を尋ねることだ。○有馬の湯　摂津国(神戸市)の六甲山北側にある温泉。○宇治前太政大臣　藤原頼通(→人名)。○つゞき　峰の続き(→一六四)。「たづき」とする伝本もある。その本文ならば「をちこちのたづきも知らぬ山中におぼつかなくも呼子鳥かな」(古今・春上・読人しらず)による語。どちらの本文でも山道に不案内のさま。▽山道を尋ねるべきなのに、都恋しさにまずは都のことを尋ねるという所がユーモア。以下三九一まで羇旅(きりょ)の歌。

387 都で眺めた月は、私が旅に出るのと一緒に旅の空にも出たのだなあ。○熊野へ…　熊野(本宮・新宮・那智の三社)に参詣する道中で。○下句　旅先のことを「旅の空」と言い、人が旅に出る意と、月が空に出る意とを掛けた。「諸共に旅の空には出でたれどあなおぼつかな春の夜の月」(基俊集)。

388 都で眺めた月を見る時には、これが旅先の空だとも思われないものなのだなあ。○播磨　太宰帥に左遷された帥前内大臣伊周(→人名)は播磨国明石に滞留していた(→三四〇)。○旅の空　天の「空」に旅先の地の意を添える。▽月に都を思い、しばし左遷の愁を慰めた。

389 風越山の峰の上で見る時には、雲は空のものではなく、山の麓のものだったのだなあ。○風越の峰　信濃国。▽高山での意外な発見の驚き。前歌と類似の和歌構文。

390 昔見た垂井の泉の水は昔と変らないけれど、その水に映っている人の姿は、長い年が過ぎてしまったのだなあ。○藤原頼任　隆経の父。美濃守は治安元年(一〇二一)から万寿元年(一〇二四)。→人名。○守になりて　延久三年(一〇七一)頃。○垂井　美濃国不破郡(岐阜県)の地名。▽変らぬ自然と、五十年を経た我が身の老いを改めて確認した感慨。

帥前内大臣播磨《はりま》へまかりけるともにて、川尻《かはじり》を出《い》づる日《ひ》よみ侍りける

大江正言《まさとき》

391 思《おも》ひいでもなき故郷《ふるさと》の山《やま》なれど隠《かく》れゆくはたあはれなりけり

三条太政大臣《さんでうのだいじやうだいじん》みまかりてのち、月を見《み》てよめる

前大納言公任《きんたふ》

392 いにしへを恋《こ》ふるなみだにくらされておぼろにみゆる秋《あき》の夜《よ》の月

娘《むすめ》に《を》おくれて嘆《なげ》き侍りける人に、月の明《あか》かりける夜《よ》、いひつかはしける

堀河右大臣《ほりかはのうだいじん》

393 そのことと思《おも》はぬだにもあるものをなに心ちして月をみるらん

粟田《あはた》の右大臣《うだいじん》みまかりけるころよめる

藤原相如《すけゆき》

394 夢《ゆめ》ならでまたもあふべき君ならば寝《ね》られぬ寝《い》をもなげかざらまし

391 何の思い出もない故郷の山ではあるが、隠れて見えなくなってゆくのは、やはり悲しいものなのだなあ。〇帥前内大臣　藤原伊周左遷のこと→三四〇・三六八。〇川尻　大阪市東淀川区江口あたり。ここを出ると都の名残りもなくなる。〇故郷の山　京の山だけでなく広く故郷に連なる山々をも含めて言うか。〇五句「なりけり」は、未練はないと思っていたのに、こみあげてくる悲しみを改めて確認する気持。▽拾遺集・別に既出。菅原道真左遷時の詠「君が住む宿の梢の行く行くと隠るるまでにかへり見しはや」（拾遺・別）の面影がある。

392 死んだ人を恋しく思って流す涙に目が曇らされて、朧（おぼろ）に見える秋の夜の月だ。〇三条太政大臣　藤原頼忠（→人名）。公任の父。永延三年（九八九）六月歿。公任集によれば、九月十五夜の「月の朧なるに古き事など思ふ心を人々詠みけるに」とある。▽澄明なるべき九月十五夜の月が朧である理由を、亡父を恋う涙のせいだと取りなした。月を見て昔を懐うこと→三〇五。以下四〇七まで哀傷の歌。

393 特にこれ故にと思わなくてさえも、月を見ると悲しくなるのに、まして娘に先立たれては、どのような気持で月を見ているでしょうか。〇堀河右大臣　藤原頼宗（→人名）。〇二・三句「だにあり」は「…でさえ…なのに、まして…」の意の慣用表現。「月見れば千々に物こそ悲しけれ我が身ひとつの秋にはあらねど」（古今・秋上・大江千里）等のごとく、月を見ると悲しくなるということを前提としている。

394 あなたに夢でなく現実に再び逢うことができるのであれば、眠れなくても嘆かないだろうけれど。（せめて夢の中で逢いたいのに、悲しみのために眠れないのを嘆いています。）〇粟田の右大臣　藤原道兼（→人名）。長徳元年（九九五）歿。道兼の歿後、家司として道兼邸に宿直していた時の詠。この後、同じ月のうちに相如も死に、相如の娘はその喪中に「夢見ずと嘆きし人を程もなくまた我が夢に見ぬぞ悲しき」と詠んだ（後拾遺・哀傷）。

395
堀河中宮《(ほりかはのちゆうぐう)》かくれ給ひて、わざの事果《は》てて、朝《あした》によませ給ひける
円融院御製
思《おも》ひかねながめしかども鳥辺山《とりべやま》はては煙《けぶり》もみえずなりにき

396
一条摂政《(いちでうのせつしやう)》みまかりにけるころよめる
少将義孝《(よしたか)》
ゆふまぐれ木繁《こしげ》き庭《には》をながめつゝ木《こ》の葉とともに落《お》つるなみだか

397
子の思《おも》ひに侍りけるころ、人の問《と》ひて侍りければよめる
待賢門院安芸《(たいけんもんゐんのあき)》
人しれずもの思ふこともありしかど子《こ》のことばかりかなしきはなし

398
兼盛《(かねもり)》子に《(を)》おくれて嘆《なげ》くと聞《き》きて、いひつかはしける
清原元輔《(もとすけ)》
生《お》ひたゝで枯《か》れぬときゝしこのもとのいかで嘆《なげ》きの森《もり》となるらん

399
天暦《(てんりやく)》の帝《みかど》かくれさせおはしまして、七月七日御忌果《は》てて散《ち》り〴〵にまかり出《い》でけるに、女房の中に《(を)》おくり侍りける
今日《けふ》よりは天《あま》の河霧《かはぎり》たち別《わか》れいかなる空《そら》にあはむとすらん

395 悲しさにたえきれず鳥辺山を眺めたけれど、しまいにはあの人と思って見ていた煙も見えなくなってしまった。○堀河中宮　円融天皇の后。藤原兼通の娘媓子(↓人名)。天元二年(九七九)薨。○底本表記「堀川」。○わざの事　葬送の事。○鳥辺山　京都東山の一峰。火葬場がある。

396 夕暮になると、木の繁った庭を眺めては、木の葉が散り落ちるのと一緒に流れ落ちる涙だ。○一条摂政　藤原伊尹(↓人名)。義孝の父。天禄三年(九七二)十一月歿。▽落葉に命の儚さが暗示されている。

397 人知れず思い悩むこともあったけれど、子の事ほど悲しいことはない。○思ひ　服喪。▽弔問に対する応答の和歌。清輔集に同じ情況での歌「折々に物思ふ事はありしかどこのたびばかり悲しきはなし」があり、袋草紙に安芸の歌を「予の歌なり、一字違はざる也、安芸に用いられ…甚だ以て堪へ難し」と記している。

398 生長しないで枯れてしまったと聞いた木の下が、どうして嘆木の森となるのだろうか。○兼盛　↓人名。○おくれて　先立たれて。○生ひたゝで　底本「おひたえて」を他本により訂す。○このもと　「木(こ)」に「子」を掛け、死を「枯る」と言った。○嘆きの森　「嘆き」を掛詞により「木」に取りなし(↓三三三)、嘆き(嘆息)の深いことを「森」と言った。▽幼児の死の理不尽さを枯木の下が嘆木の森になる不思議として表現した。元輔集では源順の子が死んだ時の歌。

399 今日からは、天の河に朝霧が立つと共に織女と牽牛が別れるように、私たちも別れ別れになって、この後、どのような所で会えるのでしょうか。(もう会うこともないでしょうね。)○天暦の帝　村上天皇(↓人名)。康保四年(九六七)五月崩。○御忌果てて　七月七日に四十二日の、十四日に四十九日の法要が催された。○散り〴〵に　↓三六三。○女房　天皇付の女房。○二句　七月七日なので天の河に縁づけ、「たち(別れ)」の序とした。○空　遠く離れた所(↓三八七)。「天の河」の縁で「空」と言った。

かへし　よみ人しらず

400 たなばたは後《のち》の今日《けふ》をも頼《たの》むらんこゝろぼそきは我《わ》が身なりけり

娘《むすめ》におくれ(を)て服着《ぶくき》侍るとてよめる　神祇伯顕仲(あきなか)

401 あさましや君に着《き》すべき墨染《すみぞめ》のころもの袖《そで》をわが濡《ぬ》らすかな

大江匡衡(まさひら)みまかりてまたの年《とし》の春、花を見《み》てよめる　赤染衛門

402 去年《こぞ》の春《はる》ちりにし花も咲《さ》きにけりあはれ別《わか》れのかゝらましかば

右兵衛督公行(きんゆき)、妻《め》におくれ(を)て侍りけるころ、女房に託《つ》けて申《ま》さする事侍りける御返事によませ給ひける　新院御製

403 いづる息《いき》のいるを待《ま》つまもかたき世《よ》を思《おも》ひしるらん袖《そで》はいかにぞ

後冷泉院御時、蔵人にて侍りけるに、帝《みかど》かくれおはしましにければよめる　藤原有信(ありのぶ)朝臣

404 なみだのみ袂《たもと》にかゝる世《よ》の中《なか》に身さへ朽《く》ちぬることぞかなしき

400 織女は後々の年の今日の七月七日をあてにしていることでしょう。(これまで織女のことを心細いだろうと同情していましたが)心細いのは実は私の方でした。○こゝろぼそき「細し」は「織女」(糸)の縁語。

401 あきれたことだ。あなたに先に着せるはずの墨染の喪服を、私が着て、その袖を涙で濡らすなんて。○娘　顕仲の娘(↓人名)。○おくれて　先立たれて。○服　喪服。▽「君」「我」の対語構成。

402 去年の春に散った花もまた咲いたのだなあ。ああ、死に別れがこのようであったならば…。○大江匡衡　赤染衛門の夫。寛弘九年(一〇一二)歿。↓人名。▽具平親王(↓人名)が藤原公任(↓人名)・藤原為頼等と岩倉(京都市左京区)に花見に行ったとき、源宣方が次回は私もと行ってきたことが有った。その年の内に宣方も為頼も死んだ。その翌年に同じ桜を見て公任に送った具平親王の歌「春くれば(二句以下赤染衛門の歌に同じ)」(公任集)により、初句のみ改変したか。

403 出てゆく息が入るのを待つほどの短い間さえも生きていることの難しいこの世だと、つくづく理解したであろう人の、その衣の袖はどんなだろうか。(さぞ涙で濡れていることだろう。)○公行　↓人名。その妻は未詳(↓人名・公行妻)。○おくれて　↓四〇一。○中さする　公行が天皇に。○初・二句　瞬時の意。無常迅速なる喩え。▽底本に「依御定止了」の書入がある。新院(崇徳院)自身による除棄歌。

404 亡き帝を偲ぶ涙がひたすら袂に流れ懸かって濡れ朽ちてしまった、そのような世の中で、我が身までが朽ちてしまうのが悲しい。○後冷泉院　治暦四年(一〇六八)四月崩。↓人名。○蔵人　天皇に近侍して諸事を掌る職。天皇の退位・崩御により蔵人も辞任することが多い。○かゝる　「懸る」に「斯る」を掛ける。「斯る世」は後冷泉院崩後の新帝の治世。○身さへ朽ちぬる　時勢にとり残され、官位が不遇になること。▽先帝の側近だった者の追慕の思いと新時代への不安。

405
をとこにお《(お)》くれてよめ《(を)》る

よみ人しらず

を《(お)》り〳〵のつらさを何《なに》に嘆《なげ》きけむやがてなき世《よ》もあればありけり

406
人の四十九日の誦経文に書《か》きつけける

人をとふ鐘《かね》の声《こゑ》こそあはれなれいつか我《わ》が身《み》にならむとすらん

407
にひ《(ゐ)》まゐ《(い)》りし侍りける女の、前許《まへゆる》されてのち、ほどなくみまかりにければ、よみ給ひける

四条中宮

悔《くや》しくも見《み》そめけるかななべて世《よ》のあはれとばかり聞《き》かましものを

408
稲荷《いなり》の鳥居《とりゐ》に書《か》きつけて侍りける歌

読人不知

かくてのみ世《よ》にありあけの月ならば雲隠《かく》してよ天降《あまくだ》る神

405 あの時この時の仕打ちの恨めしさを、どうして歎いたりしたのだろうか。そのまま死んでしまう命も、なんとまあ、あるものだったのですね。○をとこ　夫、または男女関係のある男。○あればありけり　底本「あはれありけり」を他本により訂す。「長らふる命をなどて厭（とい）ひけむかかる夕べもあればありけり」（無名草子所引「ねざめ」）▽死なれて気づく命のはかなさと後悔。

406 他人を弔う鐘の音はしみじみ悲しいが、いつそれが我が身の上に鳴ることになろうとしているのだろうか。（それも今すぐのことであろう。）○誦経文　法要に誦する経文・願文の類。それに和歌を書き添えるのは故人への便り。「君をとふ（弔・訪）鐘の声こそ悲しけれこれぞ音する（＝便りをする）果て（＝最後）と思へば」（清輔集）。○初句　「弔う」に「訪う（文を送る）」の意を添える。○鐘　誦経の時に叩く鐘。○ならむ　「成る」の意に「鐘」の縁で「鳴る」を掛ける。▽「人」「我」の対語構成。

407 悔やまれることに、逢い始めてしまったことです。誰とも知らない一般的なこの世の悲しみとしてだけ聞けばよかったものを。（そうであれば、こんなには悲しくないのに。）○前許されて　中宮（遵子　→人名）の御前への伺候を許されて。新参の者は暫くはそれを許されない。

408 こんな不本意な状態でばかりこの世に生きるのなら、有明の月を雲が隠すように、私をこの世から隠してほしい、天降りし稲荷明神よ。○稲荷　伏見（京都市伏見区）の稲荷大社。○ありあけ　「世にあり」に「有明の月」を掛ける。○四句　月が雲に隠れるのを人の死に喩えた。「などてかく雲隠れけむかくばかりのどかにすめる月もあるよに」（後拾遺・哀傷・命婦乳母）。○天降る神　稲荷には倉稲魂（うかのみたま）の神等が祀られている。▽稲荷明神の加護による身の栄達を願った。以下二首神祇の歌。

親《おや》の処分をゆゑ《(へ)》なく人におし《(を)》取《と》られけるを、この事ことわ《(は)》り給へと、稲荷《いなり》に籠《こも》りて祈《いの》り申しける法師の夢に、社《やしろ》の内《うち》より言《い》ひ出《い》だし給へりける歌

409 長《なが》き夜《よ》のくるしきことを思《おも》へかし何《なに》なげくらむ仮《かり》のやどりに

賀茂の斎《いつき》と聞《き》こえける時、西《にし》に向《むか》ひてよめる　選子内親王《(せんしないしんわう)》

410 思《おも》へども忌《い》むとて言《い》はぬことなればそなたに向《む》きて音《ね》をのみぞ泣《な》く

信解品、周流諸国五十余年といふことをよめる　神祇伯顕仲

411 あくがるゝ身のはかなさは百年《もゝとせ》のなかば過《す》ぎてぞ思《おも》ひしらるゝ

即身成仏といふことをよめる　読人不知

412 露の身《み》の消《き》えて仏《ほとけ》になることはつとめてのちぞ知《し》るべかりける

409 無明の長夜に惑う苦しさを考えよ。どうして嘆くのだろうか、この世は仮の宿なのに。○処分　分与された遺産。○おし取られけるを　横取りされたので。○稲荷　↓四〇八。○言ひ出だし　底本「いひたし」を他本により訂す。○長き夜　いつまでも続く煩悩の闇。仏典語「無明長夜」による。○仮のやどり　仏の道における一時の仮の宅。法華経・化城喩品による語。▽執着心を捨て仏道修行に励めとのさとし。

410 心に思っていても、忌むこととして口に出しては言えないので、そちらに向いて声を出して泣くだけです。○賀茂の斎　賀茂神社の斎院。選子が斎院だったのは天延三年(九七五)から長元四年(一〇三一)まで。神をまつる斎院では仏事は禁忌とされていた。○西　極楽浄土の方角。▽歌の内容は釈教歌だが、神祇と釈教との橋渡しの配列。以下四一五まで釈教の歌。

411 仏の真の教えを悟らずに、諸国を流浪する身のはかなさは、五十余年を過ごしてやっとわかった。○信解品　法華経第二巻。大富長者の子が父を捨て諸国を流浪すること五十余年、父もまた子を求め廻り、貧窮せる子に会い、父と名告らぬまま種々の方便を以て子を近付け、遂に一切の財物を子に与えた。如来(大富長者)が小乗を願う者(子)を方便力を以てその心を調伏し、大智を教える喩え。「周流諸国五十余年」は迦葉(かしよう)の偈(げ)の一句。○あくがる　離れさまようこと。○百年のなかば　経文の「五十余年」による。人生百年　↓三七八。▽世尊(せそん)の教えを聴いた摩訶迦葉等の心になっての詠。

412 露のようにはかない罪業あるこの身が消えて仏になるということは、朝になって露が消えるように、修行に勤めて後に知り得るものなのだなあ。○即身成仏　密教で、人が現在の肉身のまま仏となること。○露の身の消えて　罪ある身が消滅する、即ち罪が消えるの意。「衆罪霜露の如し。慧日能く消除す」(普賢経)。○つとめて　「勤めて」に「朝」の意を掛ける。「夜半に置く露の如くの罪なればつとめて消ゆる物にぞありける」(後葉・雑五・近衛院)。▽即身成仏といえども修行が必要との戒め。

舎利講のついでに、願成仏道の心を人〳〵によませ侍りけるに、よみ侍りける　関白前太政大臣

413 よそになど仏《ほとけ》の道《みち》をたづねけんわが心こそしるべなりけれ

左京大夫顕輔

414 いかで我《われ》こゝろの月をあらはして闇《やみ》にまどへる人を照《て》らさむ

常在霊鷲山の心《こゝろ》をよめる　登蓮《とうれん》法師

415 世《よ》の中《なか》の人のこゝろのうき雲に空隠《そらがく》れする有明《ありあけ》の月

413　どうして他所に仏の道を探し求めたのだろうか。実は自分の心こそが仏の道の道案内だったのだ。〇舎利講　仏舎利を供養する法会。顕輔集によれば、康治元年(一一四二)十月三日に催され、漢詩と和歌が詠作された。〇願成仏道　我は仏道を成就し、また衆生をもそのようにさせたいの意。法華経・安楽行品の偈の一句。〇関白前太政大臣　藤原忠通(→人名)。〇たづねけん　底本「たつぬらん」を他本により訂す。「らん」であれば現在の他者の行為に疑問を呈する趣き。「けん」であれば過去の自己の行為への反省の趣き。下句の「なりけり」の用法(気づき・確認)からして「けん」が穏当。▽参考歌「是心是仏の心を　夜もすがら仏の道を求むれば我が心にぞ尋ね入りぬる」(続古今・釈教・僧都源信)。

414　何とかして仏道を成し心の月を現わして、煩悩の闇に迷っている人を照らしたいものだ。〇こゝろの月　悟りに至った心を月の浄澄なるに喩えた。「空を観ずる浄侶は心に月を懸けたり」(和漢朗詠集・僧・源順)。〇闇　→三六〇。▽前歌と同じ場での詠作。世尊の教えを聴いた文殊師利(もんじゆしり)の心になっての詠。

415　この世の人の心は驕慢で厭怠しやすく憂きものなので、如来は方便として雲隠れしてみせるのだ。〇常在霊鷲山　法華経・如来寿量品の偈の一句。如来は常在して滅度しないと思うと、薄徳の人は驕り厭怠して仏に遭い難い想いと恭敬の心とを生じない、それ故、方便を以て、滅度するに違いないと思わせて衆生を教化するが、実は常に霊鷲山及び諸処に在って法を説くのだという。〇うき雲　「憂き」に「浮き」を掛ける。〇空隠れ　天の「空」に偽りの意の「そら」を掛ける。如来の滅度が方便であることをいう。▽参考歌「鷲の山まだ有明の月も見ず世をうき雲に空隠れして」(久安百首・待賢門院安芸)。

# 解　説

工藤重矩

## 一　時代背景

瀬をはやみ岩にせかるゝ滝川のわれても末にあはむとぞ思ふ

これは『百人一首』でよく知られた歌だが、実は本書『詞花和歌集』の恋上・二二九の和歌で、それが『百人一首』に採用されたのである。そしてその作者である崇徳院《すとくいん》こそが、この『詞花和歌集』撰集の下命者であった。崇徳院は後に保元の乱に敗れて讃岐に遷され、恨みを遺しつつ長寛二年(一一六四)その地で崩ずることになる。争乱に敗れて讃岐の地へ配流されたのは崇徳院にとって悲運と言うべきであるが、また同時に崇徳院の院宣によって成った『詞花和歌集』にとっても不運な巡りあわせであった。

そもそも勅撰集は天皇・院の宣旨・院宣によって編纂される公的事業である。それ故、勅撰集の編纂自体が政治的・社会的側面をおのずから有している。そこでまずは『詞花和歌集』が撰進された時代背景を見ておこう。以下、『詞花和歌集(詞華和歌集)』は『詞花集』と表記し、他の勅撰集も原則として「和歌」を略したかたちで表記する。また崇徳院という院号は院の崩御より十数年後に追贈された称号、諡号《しごう》(贈り名)であるが、便宜上、存命中の呼称も崇徳天皇・崇徳院をもって統一する。

藤原摂関時代の最盛期を現出した道長が歿したのは万寿四年(一〇二七)、その後継者である頼通が歿したのは延久六年(一〇七四)であった。頼通の同母弟教通は治暦四年(一〇六八)関白を継いでいたが、時の後三条天皇との間に外戚関係はなく、三十五歳になっていた天皇は摂関家に憚ることなく政策を実行した。そうして在位五年めの延久四年(一〇七二)十二月、後三条天皇は貞仁《さだひと》親王(白河天皇)に譲位し、翌年崩じた。

白河天皇は時に二十歳。母は藤原能信の娘茂子で、能信は既に歿しており、外戚として憚る者はいなかった。応徳三年(一〇八六)十一月、白河天皇は八歳の皇子善仁《よしひと》親王(堀河天皇)に譲位した。以後、堀河・鳥羽・崇徳朝にわたる白河上皇の院政が始まる。

堀河天皇は嘉承二年(一一〇七)七月に二十九歳で崩じ、堀河第一皇子宗仁《むねひと》親王(鳥羽天皇)が五歳で即位した。鳥羽天皇は保安四年(一一二三)正月二十一歳で譲位し、鳥羽第一皇子の皇太子顕仁《あきひと》親王が即位した。即ち、後に『詞花集』撰進の院宣を下す崇徳天皇である。崇徳天皇は時に五歳。母后は待賢門院璋子《たいけんもんいんしょうし》。璋子は藤原公実の娘だが、白河院の猶子《ゆうし》となり、その鍾愛は並々でなく、崇徳天皇も実は白河院の子とも言われている。(1)崇徳天皇の即位は璋子を愛する白河院の強行したことで、このことは鳥羽上皇と崇徳天皇との不仲を招き、保元の乱の遠因の一つともなった。

天治元年(一一二四)、白河院は源俊頼《としより》に勅撰集の編纂を命じ、大治元年(一一二六)に撰進された。それが『金葉集』である。その三年後の大治四年七月、白河院は七十七歳で崩じた。同年には撰者の源俊頼も歿した。

白河院という重石がなくなり、院政を開始した鳥羽院と崇徳天皇との仲はしだいに対立を深くしていった。保延五年(一一三九)五月、鳥羽皇子体仁《なりひと》親王が生まれた。母は皇后美福門院得子《びふくもんいんとくし》。得子を愛する鳥羽院は、永治元年(一一四一)十二月崇徳天皇を退位せしめ、わずか三歳の体仁親王が位に即いた(近衛天皇)。鳥羽天皇退位の時と同じ状況が立場を換えて再現したのである。

崇徳上皇は、鳥羽院に対して新院と称された。鳥羽院は白河院と同様に強力な院政を行ったので、その下で新院は逼塞を余儀なくされた。その新院(崇徳院)が『詞花集』撰進の院宣を下すのは、退位から三年後の天養元年(一一四四)である。

一方では藤原摂関家も分裂しつつあった。白河院と不仲だった関白忠実は娘泰子の入内問題で院の怒りを買い、関白を停止され、子の忠通が院に推される形で関白、次いで崇徳天皇の摂政となった。忠通は和漢に通じ文芸をよくする風雅の人で、この時期の文壇の庇護者でもある。忠通の娘聖子は崇徳院の中宮となっている。ところが、白河院の崩後、忠実は鳥羽院政下で政界に復帰し、忠通を嫌ってその異母弟頼長に摂関家を継がせるべく画策を始めた。頼長は久安五年(一一四九)に左大臣に任ぜられた。さらに忠実は翌六年(一一五〇)九月、忠通に代え頼長を氏長者《うじのちょうじゃ》とした。十二月には忠通は近衛天皇の摂政を辞して関白となり、翌七年正月、頼長に内覧の宣旨が下る。政治の実権は頼長に移った。ここに忠通と忠実・頼長とは決定的な対立関係になった。

同じ久安七年(一一五一)の正月二十六日に改元があり仁平元年となるが、この年に『詞花集』は最終的に完成奏覧されたと考えられている。崇徳院が保元の乱に敗れて讃岐に流されるのは、その五年後の保元元年(一一五六)七月である。

さて、摂関家の分裂はおのずから後宮対策に波及し、皇位継承問題に波及する。鳥羽院皇后美福門院得子と頼長とは不仲だったので、得子・忠通と忠実・頼長とは事ごとに対立し、それに皇位継承問題が絡んだ。

崇徳院には皇子重仁《しげひと》親王がいた。母は兵衛佐《ひょうえのすけ》の局《つぼね》と称され、大蔵卿行宗の娘とされるが、実は法印信縁の娘だという(『本朝皇胤紹運録』)。久寿二年(一一五五)七月二十三日、近衛天皇が十七歳の若さで崩じた。崇徳院はかねがね我が子重仁親王の即位を望んでいたのだが、美福門院得子は雅仁《まさひと》親王(崇徳の同母弟)の子守仁《もりひと》(得子の養子、後の二条天皇)を望み、結局、雅仁親王の践祚《せんそ》が決まり、十月二十六日即位した(後白河天皇)。後白河天皇即位に先立つ九月二十三日、後白河天皇の皇子で十三歳の守仁が親王となり、即日皇太子に立てられた。こうして我が子を天皇にという崇徳院の望みは断たれた。

翌保元元年(一一五六)七月二日鳥羽院が崩ずるや、政局は急激に動いて、新朝廷に疎んぜられて同じ立場にあった崇徳院と頼長は、誘い出されるようにして兵乱となった。いわゆる保元の乱である。七月十一日、白河の仙洞御所に天皇方の軍を迎え撃ったが、敗れて院は出家し、十三日、ひそかに仁和寺の同母弟覚性法親王《かくしょうほっしんのう》を頼った。平信範の日記『兵範記《ひょうはんき》』によれば、法親王が事情を内裏に報告したところ、崇徳院を「守護」(要するに拘束監視)すべしとの仰せがあったが、法親王はこれを固辞したので、勅定により源重成が「守護」することとなったという。重仁親王も仁和寺で出家した。二十三日、院は厳重な警固のもと、鳥羽の辺りで船に乗りそのまま讃岐に遷された。『兵範記』には「女房同車」とあり、重仁親王の母(兵衛佐の局)は院に同行している。

平治元年(一一五九)には、保元の乱で後白河天皇方に付き戦功のあった二人、源義朝と平清盛との間の争乱(平治の乱)があり、平清盛の時代へと激しく動いてゆく。

そのような時代の動きに取り残されたまま、崇徳院は長寛二年(一一六四)八月二十六日、配流の地に崩じた。四十六歳。院の崩御に先立つ応保二年(一一六二)正月には重仁親王が薨じている。『今鏡』(腹々の御子)によれば、そのために院の嘆きは深く、それが病悩となり院の崩御につながったとも、重仁親王母(兵衛佐の局)は崇徳院の崩後は都に帰り出家して勧修寺の辺りに住んだとも伝える。

配流の後は讃岐の院と称せられていたが、崩御より十三年後の治承元年(一一七七)七月二十九日に「崇徳院」の諡号が、藤原頼長には太政大臣正一位が追贈された。「天下静かならざるは彼の怨霊有るに依るなり」(『百練抄』)との理由であった。

後世の『保元物語』には、配所では爪を切らず髪を梳《くしけず》らず天下滅亡呪詛の経文を血書したとも記されるが、吉田(藤原)経房の日記『吉記《きっき》』寿永二年(一一八三)七月十六日条には崇徳院自筆五部大乗経供養に関する記事があり、血を以て書いたこと、経の奥には「天下を滅亡せらるべき由」が書かれていたと伝えているから(新日本古典文学大系『保元物語』の参考資料)、怨霊への恐れはそのような話へと膨らんでいたのであろう。

『詞花集』はこのような皇室・摂関家の敵味方錯綜する混乱の中で成立した。そのような時代の様相が、編纂における配慮・思惑、また撰進後の評価にも影響している。

## 二　『詞花和歌集』の歌風

『詞花集』の和歌は村上朝後期(九五〇年代終り頃)から『詞花集』編纂時までの約二百年間に詠まれたものである。詠風にはおのずからその時代の好みが反映される。古今集的表現の一特徴である掛詞・縁語等を用いての複雑な修辞技法による表現は、詞花集時代においても時代の好みの一面であった。掛詞・縁語はもとよりだが、一首の中に関連語彙・反義語彙を複数用いる技法(これも古今集時代から存在する)もよく用いられている。その例。

いにしへの奈良のみやこの八重ざくらけふ九重ににほひぬるかな(二九・伊勢大輔)
秋の野の花みるほどのこゝろをば行くとやいはむ留まるとやいはん(一一三・赤染衛門)

伊勢大輔の歌は『百人一首』にも採られた周知の歌。文字として読むと、技巧ばかりが目立つが、この歌は奈良興福寺の扶公僧都が献上した八重桜を受け取る時に詠じたもので、この歌を聴いてその場に居合わせた殿上人たち全員が感歎し、宮中がどよめいたと伝えられている(注解参照)。実際の日常的詠歌の場、殊に即興的詠歌の場ではこのような表現の「あや」が万人を感歎させる。

赤染衛門の「心行く(満足する)」「心留《と》まる(心が残る)」もたわいない戯言《ざれごと》とも見えるが、法輪寺参詣の途中での作だから同行の人々が居たはずで、一行の者達は野の花に心奪われつつも、先に進まなければ、でももっと見ていたい、と思い迷う自分達の心を巧みに表現した歌として、喝采を浴びせたにちがいない。

このような知巧的な修辞技法が多用されたのは、実際の恋の場での遣り取りはもとより、賀・別・雑の巻々にも多く見られるように、和歌が日常生活の場で活きて詠まれ享受されていたからである。そのような詠歌の場が、ひと工夫ある面白い技巧を求めたということでもある。

ところが、題を指定されて詠む、歌合・歌会、また百首歌(四季・恋等の歌百首により構成される和歌形式)等が歌人の活躍・評価の場の中心となり、詠歌が日常の生活の場から切り離されるにつれて、場の文脈に依らない、和歌一首の自立した世界の詠出が求められるようになっていった。そうなると、おのずからそのような和歌にふさわしい表現、修辞が求められ、掛詞・縁語等を駆使した知巧的な修辞技法は煩わしいと感じられるようになってゆく。表現についての時代の好みの変化である。

その変化のさまは四季の部の和歌に顕著に現れている。澄明で伸びやかな調べの和歌は、拾遺・後拾遺時代以来の新しい好みのひとつであった。

ひとりゐてながむる宿の荻の葉に風こそわたれ秋のゆふぐれ(一〇七・源道済)

山ふかみ落ちてつもれるもみぢ葉のかわけるうへに時雨《しぐれ》ふるなり(一四四・大江嘉言)

奥山の岩垣もみぢ散りはてて朽葉《くちば》がうへに雪ぞつもれる(一五六・大江匡房)

源道済も大江嘉言も大江匡房もみな大学の紀伝道《きでんどう》出身者である。漢詩文の才にも優れていたことと、右のような詠風とは無関係ではないであろう。情趣の域での漢詩的世界との融合、いわば和漢朗詠集的文学世界の詠出と言ってもよいかもしれない。

よもすがら富士の高嶺に雲きえて清見が関にすめる月かな(三〇三・藤原顕輔)

これは『詞花集』撰者自身の歌合での歌。この歌に対して判者藤原基俊が、雲が終夜消えるという表現はおかしいと批判したとき、顕輔は『和漢朗詠集』に「終夜雲尽きて月の行くこと遅し」とあると反論したという。現存の『和漢朗詠集』では「夜雲収り尽くして」であり、別の句「終宵雲尽きたり月明かなる前」との記憶違いであろうが、ここにも深層で漢詩の景気を取り込んでいたことが知られる。後に藤原定家は『詠歌大概』に「(白居易は)和歌の先達に非ずと雖も、時節の景気、世間の盛衰、物の由を知らんが為に、白氏文集第一第二帙、常に握翫すべし。深く和歌の心に通ず」と言っているが、既におのずから実践されていたわけである。

これに幽遠の趣を加えた次のような和歌は次時代への先駆けと言ってもよい。

五月やみ花たちばなに吹く風はたが里までかにほひゆくらん(六九・良暹法師)
夕霧にこずゑもみえず初瀬山いりあひの鐘のおとばかりして(一一一・源兼昌)
夕霧に佐野の舟橋おとすなり手馴《たなれ》の駒の帰りくるかも(三二八・俊雅母)

『詞花集』は、第五章に述べるように、俊成流(御子左家・二条家流)の否定的評価のゆえに後世の評価はあまり芳しくない。だが、個々の和歌を見てゆくと、案外に後代の歌人に影響を及ぼしている。そのことは注解の▽(参考部分)に指摘したが、それも紙幅の関係で一部を例示したにすぎない。『古今集』以来の和歌表現の伝統を受け継ぎ(このことも注解に先行歌を引用した)、新しみを加えて後世に伝えたことでは、和歌史の中に時代の姿を刻印していると言ってよい。注解には可能な範囲で参考歌を挙げるようにつとめた。一首の和歌をめぐる和歌表現の歴史の響き合いを感じ取ってほしい。

## 三　『詞花和歌集』の成立・構成・歌人

### 1　成立

『詞花集』撰進の宣下、撰進経過、奏覧後の世評等に関する同時代の証言としては、撰者藤原顕輔の子清輔の撰述になる『袋草紙』(保元二年〔一一五七〕～平治元年〔一一五九〕頃成立)が第一の資料である。そこでまず『袋草紙』の『詞花集』撰集に関わる記事の全体を一括して掲出する。ただその記述は多岐にわたるので、いま仮に項目ごとに番号を付した。それぞれの説明はその関係箇所で行う。引用は新日本古典文学大系『袋草紙』(藤岡忠美校注)の読み下し文によるが、一部私意により改めたところがある。また( )は原文、〔 〕は筆者の補足である。

①詞花集　和歌四百九首。

②新院御譲位の後、故左京〔顕輔〕一人これを撰ず。天養元年六月二日これを奉る。

③これを奏覧して、御覧の後返し給ふ。御製少々ならびに藤範綱・頼保・盛経等の歌を除かる。予、御使となりてかの亭〔顕輔邸〕に持参す。

④奏覧の本は、布目色紙の草子、自筆なり。

⑤金葉集は流布の本〔二度本・二奏本〕に付きて、第三度の本〔三奏本・奏覧本〕の歌はこれを除かず。件の本、知る人なきの故なり。

⑥宣下状に云はく、

院宣を被るに云はく、中古より以来勅撰の集に入らざるの外の和歌等、宜しく撰集せらるべしてへれば、仍りて執達件の如し。教長謹言。

六月二日　　　参議教長奉る

謹上　左京大夫殿

⑦そもそも祖父ならびに厳閤〔父〕を超えて撰集を奉ぜらるるは、希有の事なり。

⑧集の躰たらくにおいては(於集為躰)、末代に及びて歌仙なし。金葉の撰に随ひて以後(随金葉撰以後)、年序幾《いくばく》ならずしてこれを為すは如何《いかん》。

⑨時に不快〔父顕輔と不仲〕にして、この集を奉ぜしむるの後に恩免有り。これ扶持〔撰集の援助〕の為か。而れども、詔問〔院の御下問〕の事、所存を披陳す。その後〔顕輔に〕不請の気有り。一切見合はしめ給はずしてこれを奏覧す。

⑩聊《いささ》か仰せ下さるる事にて〔事有りて〕御使となり、かの集を持参するの間、伺ひ見し処、古歌その数有り。恐れ乍《なが》らその由を申す。その時これを除かる。
⑪見合はしめ給はざるの条、世もつて不敵となすのみ。

撰集の院宣は②⑥によれば近衛天皇治世の天養元年（一一四四）六月二日に下された。⑥の左京大夫は久寿二年（一一五五）に歿した左京大夫藤原顕輔。それゆえ②では「故左京」と記している。院宣は参議藤原教長が伝えた。

そもそも鳥羽院をさしおいて、なぜ崇徳院が勅撰集の院宣を下したのか、当時の力関係からするとやや意外である。鳥羽院は文芸的方面にはあまり積極的ではなかったようだから、崇徳院の企てにも異を唱えなかったのであろうか。また崇徳院の不満を逸らすという意図があったのかもしれない。

撰者左京大夫藤原顕輔は修理大夫藤原顕季の子である。顕季は白河院の近臣として時めき、和歌に堪能で、柿本人麿（人麻呂）の画像を祭る人麿影供《えいぐ》という儀式（儒学の孔子像を祭る釈奠《せきてん》を模したもの）を創始し、歌の家としての立場を確立した。顕輔は三男だったが、人麿像を継承して歌の家の正統を継いだ。この画像は顕輔の子清輔が継承する。この流れを六条藤家《ろくじょうとうけ》と称する。和歌の世界では源経信・俊頼と続いて勢いのあった六《ろく》条源家《じょうげんけ》に代って、顕輔の頃は藤原忠通の庇護もあり、六条藤家が最有力の家柄であった。顕輔は時に五十五歳であり、まずは穏当な指名であろう。

撰集作業がいつ終了したか、記録上は不明だが、仁平元年（一一五一）一応の完成をみたと考えられている。院に奏覧したところ、院の御製三首（八・三七九・四〇三）と藤原盛経（一一）、同頼保（一九九）、同範綱（二三九）の歌計六首の削除を指示された（袋草紙③）。本書の底本には「依御定止了」の注記がある。この六首は被除歌と称されている。この他に清輔の進言によって古歌の幾首かを除き（袋草紙⑩）、再び奏覧して嘉納された。再奏覧の年も関白前太政大臣（忠通）等の官名表記から仁平元年と推定されている。[2]

撰集の院宣から七年余を経ての奏覧は、四百余首の編集には長すぎるのではないかとの疑問も持たれているが、本章「歌人」の項で述べるような、政治的動向への見極め、それにともなう歌人選定への配慮など、様々な要因が重なってのことであろう。さらには政治的配慮とは別に崇徳院の久安百首の企画への配慮もあったであろう。

久安百首は康治（一一四二～四三）の頃に企画され、久安六年（一一五〇）に詠進が終了、仁平元年（一一五一）以降に藤原顕広（俊成）に部類を命じ、同二、三年頃に部類完成と考えられている。久安百首の下命・完成はほぼ『詞花集』撰集の時期（一一四四～一一五一年）と重なる。顕輔には撰集資料としての百首歌の企画との認識もあったに違いなく、その完成を待つうちに『詞花集』の撰進が延び延びになってしまったということがあるかもしれない。ただ同百首からの入集は五首のみ（八 崇徳院・三〇 教長・八八 顕輔・二三九 崇徳院・三四六 藤原季通）である。五年、六年と荏苒《じんぜん》として時が過ぎ、その完成を待ちきれなかったということであろうか。それでも、なぜこの五首は撰入できたのか、なお疑問として残る。

## 2　構成

形態が十巻であるのは『金葉集』に倣ったのであろう。書名「詞花」も「金葉」に対してのことと思われる。十巻構成なので、その部立も二十巻構成に比して簡略である。その部立名と歌数を示せば次のとおり。除は被除歌。

1春（50・除2）　2夏（31）　3秋（58）　4冬（21）　5賀（11）　6別（15）
7恋上（46・除1）　8恋下（39・除1）　9雑上（76）　10雑下（68・除2）

四季や恋の部の配列は『古今集』以来の、四季は季節の移ろいに、恋はその展開に従って、という原則は踏襲されている。

注意すべきは、雑上下で一四四首を数え、全四一五首（最終形態では四〇九首）の三分の一以上を占めることである。二十巻構成の勅撰集では独立した部となる「哀傷」「羇旅」

「神祇・釈教」の歌は、本集では「雑下」に収められていて、十巻形式を採用し「部立を省略したところから来る欠陥の補修を、この最終の巻でなしてゐる」(松田武夫)ことによるが、同じ十巻構成の『金葉集』が雑部は四分の一に満たないのと較べると多い。『金葉集』は雑下に連歌(二度本一七首、三奏本一一首)を撰入して新機軸としたが、本集はこれを受け継がず、連歌は一首も収載しない(一四九番歌注参照)。

### 3　歌人

『詞花集』入集者(「読人しらず」を除く)は一九一人(被除歌六首の歌人三人を除く)。それを時代別に見ると、拾遺・後拾遺時代歌人が半ばを占め、当代の歌人は少ない数に抑えられている。そのことが、後述するように、同時代歌人の批判を招く原因となった。そこでまずその採歌状況を具体的に見てみよう。

入集上位者は、好忠(17)、和泉式部(16)、匡房(13)、俊頼(11)、花山院・道命(9)、能宣・赤染衛門(8)、忠通(7)、崇徳院(7→4)、元輔・兼盛・道済・良暹・顕輔(6)、嘉言(5)である。このうち奏覧時生存者は関白忠通と下命者崇徳院と撰者顕輔の三人のみ。四首以下入集者についても、生存者は、四首六人中なし、三首一〇人中一人(隆縁)、二首三八人中一〇～一二人、一首一二六人中二〇人(既歿者七一、生死不明三五)。当代歌人は人数ではかなりいるが、歌数としては一首の者が多く、三首以上は僅かに四人という寂しさである。

このような結果になった理由の一つは、『金葉集』の成立から二十年も経ぬうちに、つまり歌人の世代交代が不十分のうちに『詞花集』の撰集が行われたためである。清輔は、集の歌の風体について「末代に及びて歌仙なし。金葉の撰に随ひて以後、年序幾ならずしてこれを為すは如何」と疑問を漏らしている(袋草紙⑧)。また一つには、この時代が前述のように政治的に甚しく不安定な時期だったことが影響しているであろう。歌人といえどもほとんどは貴族・官人である。撰者顕輔もまた朝廷より官位を授かっている。生活の基盤はそこにある。当代人を多く採ることはおのずからこの時期の微妙な政治状況の中に分け入ってゆくことになる。どこで崇徳院の機嫌を損ずるかもしれないし、また逆の恨みを買うかもしれない。そのような政治的配慮が当代人を薄くするという方向に働いたのではあるまいか。

ただ、顕輔の撰歌態度で注目すべきは、鳥羽院の歌を一首も採用しなかったこと、忠通と対立していた忠実・頼長父子の歌がやはり一首もないことである。鳥羽院の勅撰入集歌は『金葉集』一首を初めとして計八首だから、『詞花集』も一、二首は採れないことはなかっただろうが、崇徳院の七首とのバランスから敬遠したということだろうか。逆に鳥羽院の側から入集を拒んだということも考えられよう。

## 四　同時代人の反応

当代人を薄くしたことは当然その反撥を招くこととなった。最も厳しい批判は藤原為経(寂超)からなされた。為経は歌人として著名な為忠の子で、母もまた歌人の待賢門院の安芸だから、いわゆる重代の歌人である。その為経、既に出家して寂超は、久寿二、三年(一一五五、六)の頃に『後葉和歌集』なる歌集を編んだ。この集は『詞花集』から二〇余首を採り、新たな歌を加えて、二十巻五九〇(異本の歌を加えれば五九六)首として再編したもので、「詞花集を破りたる」集とみなされた(『和歌色葉』・『八雲御抄』)。『後葉集』序文には、『詞花集』には古人の歌が多数入集している一方で、今の世の人の歌はよほど良いものでないと採られていないが、どうかと思われる歌も混じっていて、改むべしとの御言葉があると仄聞していたが、編集者(顕輔)も死に、改撰のことも確かには聞かないので、よい歌が散逸しないように、次の撰集のためにもと思い集めておくのだ、云々と記されている。

寂超は、古人が多く今人が少ないこと、良くない歌が混じっていることの二点を中心に批判している。だが、歌風という点では両集に際立った相違はないから、本音は現代の歌人が少ない、即ち自分たち親子・兄弟の歌がない、にあったように思われる。
実は、崇徳院により『詞花集』撰集の企画が始まった時、寂超は父為忠の歌を集め、それに自身の歌、さらには弟寂然の歌をも添えて院に奉っている。奉進前にそれを西行に示して閲覧を請うたようで、『山家集』に次の歌が残されている。
新院、歌集めさせおはしますと聞きて、常盤《ときは》に為忠が歌の侍りけるを
書き集めてまゐらせけるを、大原より見せにつかはすとて　寂超
木《こ》の本に散る言の葉をかくほどにやがても袖のそほちぬる哉（九二九）
返し
年経れど朽ちぬ常盤の言の葉をさぞ偲ぶらん大原の里（九三〇）

「木の本」は「子の許」の掛詞。上句は父為忠の遺詠を書写したことをいう。西行の
返歌（九三〇）は、地名の常盤に常緑の意を掛けて、いつまでも色あせない為忠一族（常盤家一族）の家風としての和歌（言の葉）を讃えている。
寂超は並々ならぬ思いで父為忠の和歌に自分や兄弟たちのをも併せて奉進したのである。ところが、全く不採用という散々な結果であった。憤懣もまた抑えがたかったので

あろう。それが後に『後葉集』の編纂へと駆り立てることになったのかもしれない。ただし、右の「新院、歌集めさせおはします」については、『詞花集』編纂の折のことではなくて、前述した『後葉集』の序文に見える『詞花集』改撰に関わる和歌の蒐集ではないかとする考えもある（井上宗雄・片野達郎『詞花和歌集』解題）。

さて『詞花集』と『後葉集』を比べると、好忠（17→9）、和泉式部（16→10）、花山院（9→2）等の拾遺集時代歌人の歌数が減少して、俊頼（11→26）、待賢門院堀河（2→17）、基俊（1→15）、忠通（7→14）、教長（2→9）、近衛天皇（0→8）等の近現代歌人が増加している。顕輔は八首で、近衛天皇と並んで第十二位。それと同時に、寂超自身は一首（詞花0）を入れ、父為忠は六首（詞花0）、為忠直系の為業（寂念）一首（詞花0）、寂然（頼業）一首（詞花0）を入集して、我が常磐家一族を優遇している。

結局、勅撰集に自分たちの歌が入集しなかったことが寂超の不満の第一で、歌風に対する批判などは付けたりであろう。顕輔の子清輔は『牧笛記』を著して反駁したらしいが（『和歌色葉』）、その書は今伝存しない。

いま一人の批判者に藤原教長がいる。教長は『詞花集』撰進の院宣を顕輔に伝えた人物である（袋草紙⑥）。しかし、入集は二首のみだった。それ故か、『拾遺古今』なる集を編んで『詞花集』を批判したという。この書も今伝存しない。

これらに対し清輔は『袋草紙』に、前引の『詞花集』撰進の経緯を記したすこし後に「撰集の後、又集の出で来る事、流例なり」として、『古今集』の後の『新撰和歌』、『拾遺集』の後の『抄』、『後拾遺集』の後の『続新撰』、これらは集中の秀歌の抜粋であり、同じ一人の所為であるから理があるとしたうえで、次のように記す。本文に疑義があるので、漢文のまま引用する。「予案之」以下の訓読は新大系のそれである。(3)

金葉集之後、良玉集出来。顕仲入道撰之、同除彼集歌。詞花集之後、拾遺古今出来。教長入道撰之、同除彼集歌。予案之、撰集無私事。難且撰者不実事也。何次必如此撰玄々玄歟。傍人之所為別事也(予これを案ずるに、撰集は私の事なし。難じ且つ撰ずるは不実の事なり。何ぞ次に必ずかくの如く玄々の玄を撰ずるか。傍人の所為は別事なり。)

右に例示されている『良玉集《りょうぎょくしゅう》』も『拾遺古今』も共に現存しない。『八雲御抄《やくもみしょう》』にはそれぞれ「金葉集を嘲る」「詞花集を嘲る」と注されている。「同除」の同は皆の意で、『金葉集』『詞花集』の歌は全て除いて新しく編集したということであろうか。清輔から見れば、勅撰集撰者が引き続いて行った秀歌撰である『新撰和歌』『拾遺抄』『続新撰』

の例とは異なる、道理の無い、傍人(非当事者)の所為という認識になる。

「撰集は私の事無し」とは、勅撰集における和歌の採否に私情を入れる余地はないとの意であろう。同様の表現が藤原兼実の日記『玉葉』に見える。文治三年(一一八七)二月二十七日御書所作文と称される詩会が催された。この詩会は天皇が密々に臨御するので、その詩人となることは名誉であった。従って、その選定をめぐって、選にもれた者の不満があったらしく、兼実は「今《こ》の度の文人の撰定は私無し、しかれども世間の人かへりて潔白の清選を誹謗す」と嘆じている。清輔のいう「無私事」も同じことである。

どうかと思われる歌も混じっている(「後葉集序」)という類の批判についても、清輔は「撰集に秀歌の漏るるは常の事なり。悪しき歌の入る、また勝《あ》げて計《かぞ》ふべからざるか」と言い、具体的に例を挙げている。そこから更に「およそ歌の善悪は昔より弁《わきま》へ難き事なり」として、藤原公任撰の種々の秀歌撰にも同一歌の採・不採があること、「就中、自作は善悪尤《もっと》も弁へ難き事なり」と言い、俊頼の自歌の秀歌撰にも善くない歌が入っているし秀歌が漏れていることを挙げている。要するに、自分では善いと思っていても、他人はそうは思わないこともある、ということである。これらは、撰歌の基準が悪い、自分の善い歌が漏れているという不満に対する弁解、反論の陳述である。

他にも、藤原実行(待賢門院璋子の兄)が「此の集、悪しく撰じて候、我撰じ直して参らせむ」と言い、崇徳院からも歌資料を遣わされなどしたが、実行の子公教が、そんなことをすれば撰者顕輔の恥となりますから決してしてはなりませんと制したので思いとどまったのだが、実は、実行の子公行の歌で良い出来と思っていた歌が採られず、専らそれを恨みとしてのことだったとの噂があったという（俊成『正治奏状』）。

実行は顕季の娘（顕輔の妹）を妻としており、『詞花集』には二首入集。公行・公教の母は顕季の娘で、『詞花集』には公行・公教は各一首入集。実行はいわば顕輔の身内であり、仁平元年には七十二歳の太政大臣だから、『正治奏状』の記事はにわかには信じ難い。御子左家《みこひだりけ》の俊成は顕輔・清輔の六条藤家とは対立する別流派でもあり、無責任な噂をよろこんで記したのではなかろうか。ただ、顕季の娘婿の自分や公行たちが二首一首では少ないとの不満を持ったことは考えうる。

清輔も、撰者の子は入集しないのが例との理由で一首も入集しなかったのを、「千歳の一遇、空しく之を過ぐすは遺恨の第一也」と残念がっている（『袋草紙』）。顕輔・六条藤家のゆかりの者が多く入集しているのも事実であるが、顕輔はつとめて私情を抑えようとしたとみなしてよい。清輔に関しては逆に私情が入りすぎた可能性もなくはない（前引の袋草紙⑨）。それはいずれであっても、対外的に清輔が「撰集無私事」云々と言い切ったのには、自分の歌さえ入集していないという事実があってのことだった。『千載集』で俊成は我が子定家の歌を八首入れ、『新勅撰集』で定家は我が子為家の歌を六首入れ、それが二条家の故実となったのと比較すれば、顕輔は禁欲的であった。

『袋草紙』の記述の端々には父顕輔への不満の思いが漏れ出ているが、それでも清輔が『詞花集』に対する様々な批判を一々具体例を示しつつ反論しているのは、歌学の家である六条藤家を継いだ者として、勅撰集撰者顕輔の名誉は護りたかった、それが自身の立場を護ることでもあったからであろう。

歌人が自分の歌を勅撰集に採られたいと思うのは当然だから、不満があるのはやむをえない。しかし、表立った形で批判が行われたのには、撰者顕輔が奏覧四年後の久寿二年(一一五五)五月に歿して、勅撰集撰者として歌壇に睨みをきかせることができなかったこと、崇徳院が保元の乱(一一五六年七月)で讃岐に配されたこと、この二つが大きく影響しているであろう。寂超の『後葉集』の成立もこの頃(久寿二年十一月〜翌年正月)と考えられている。顕輔の死を待っての公表と見なされないこともない、そういう微妙なタイミングである。『詞花集』には不運な巡りあわせであった。

## 五　後世の評価

『詞花集』に対する後世の評価を簡略に記しておこう。

表現には時代の好みがある。たとえば古今的表現について、掛詞・縁語を多用し、比喩法(擬人法・見立て)を用いて、対象・心情を理知的に表現するところに特徴があると言われる。そのような表現が時代の好み(表現の時代性)である。

理知的に表現するとは、観念的ということでもあるが、表現に曖昧さを残さないということでもある。曖昧さを残す表現は、『古今集』撰者の時代には負の評価が与えられた。例えば、よく知られた「古今和歌集」と評している六歌仙評で、在原業平の長所と短所を「その情《こころ》余りて、詞足らず」(真名序「其情余り有れども、其の詞足らず」)と評しているが、これは六歌仙の歌には「これかれ得たる所、得ぬ所たがひになむある」とあるのに対応しており、「情余りて」は長所だが、「詞足らず」は短所だとの評価なのである。(4)喜撰の「初め終り確かならず(首尾停滞)」も短所である。心も詞も過不足無く明確に表現しなければならない。それが紀貫之の時代の和歌表現についての評価基準である。いわゆる新古今調の「余情」とか「幽玄」とか言われる美意識とは別のものである。これは優劣善悪の問題ではなく、時代の好みの問題である。

『詞花集』の歌風は、『後拾遺集』の新風を経て『新古今集』のいわゆる新古今調へと好みが変ってゆく、ちょうどその屈折点、拾遺・後拾遺時代の歌風の極まった所にあったが故に、次時代の人からは批判の的とされた。『千載和歌集』の撰者である俊成は

『詞花集』につき、「あまりにをかしき様のふりにて、戯《ざ》れ歌様《ざま》の多く侍るなり」「戯《ざ》れ歌にのみなりにける」と批判している(『古来風体抄』)。

新風を興そうとする者は、直前の時代を批判することで自派の正当性を主張する。何時の時代でも、どの分野でも、それは変わることのない繰り返しである。歌の風体の善悪優劣の議論は宗論(宗旨論争)のごときものとの認識は鴨長明の時代にもあったようだが(『無名抄』)、俊成は前代の歌風を「戯《ざ》れ歌様《ざま》」と言うことで、時代の好みの変遷を優劣の変遷に言いなしたのである。俊成の流れが歌壇を制覇して後は、その否定的評価が定着した。

## 六　撰集資料における『金葉和歌集』三奏本の問題

従来『詞花集』の撰集資料として注目され、かつ問題とされたのは『金葉集』三奏本(最終奏覧本)であった。問題は『詞花集』と『金葉集』三奏本(以下、三奏本と略称)との重複が六一首存在することである。他の勅撰集歌で重複がこのような多数に及ぶ例は前にも後にもない。事情があったとはいえ、明らかな顕輔の失錯である。それゆえ清輔は、詳しくは後述するが、三奏本は知る人がいないから流布本(二度本)に付いたのだと、苦しい弁解をしなければならなかった。

この重複現象について、谷山茂(5)は『詞花集』撰集資料として三奏本を利用した痕跡があるといい、松田武夫(6)は詞書は書き変えているが歌自体は三奏本から採ったという。その後はこの理解が通説となっていた。だが、もしそうであれば、二十年も経ないほぼ同時代の次期勅撰集撰者に最終奏覧本が勅撰集と認められていないという異常な事態を想定しなければならない。はたして本当に顕輔は三奏本を撰集資料としたのだろうか。

前引の清輔の『袋草紙』の関係部分⑤には「金葉集は流布の本に付きて、第三度の本の歌はこれを除かず。件の本、知る人なきの故なり」と記されていた。ここでは『金葉集』の項の関連記事を引用し、現代語訳を付す。

(金葉集)此集本不定也。奏覧之所両度返却。第三度之度、以中書草案先覧之。而件本無左右納畢。仍撰者許ニ無此本云云。件本在故待賢門院、而今前大相国申出書写之。無余所云云。(中略)世間ニ流布本ハ第二度本也。

この集の本は(証本が)定っていない。奏覧したところ二度の返却があった。第三度の時に、定稿前の草案を先だって御覧にいれた。ところが其の本があっさりそのまま納められてしまった。それで撰者の許に此の本(三度めに奏覧した本の手控本)は無いということだ。件の本(その奏覧本)は故待賢門院(鳥羽皇后藤原璋子)の許に在る。それで今(新しく)前太政大臣(藤原実行)が申し出てこれを書写した。それ以外の所には無いということだ。(中略)世間に流布している本は二度めに奏覧した時の本である。

「件の本、知る人なき」の理由が『金葉集』の項で述べられている。三度めの奏覧本は中書本《なかがき》(決定稿前の段階のとりあえずの浄書本)がそのまま嘉納されたので、撰者の手許にも控えが無いこと、その奏覧本が待賢門院璋子の許に在り、それを兄の前太政大臣実行が借り出して書写したが、余所には無いことを伝えている。「云云」と結んでいるので、清輔も伝聞に拠って記したようである。

右を素直に解すれば、顕輔も三奏本(奏覧本)を見ることができなかった、ということではなかろうか。『金葉集』の場合に限らず、奏覧本は秘蔵されるので、流布しにくいのが普通である。流布するのは撰者手控本あるいは編纂途中の草稿である。勅撰集を編纂する場合、先行勅撰集と重ならぬよう手許に先行勅撰集を備えて見合せるのだろうが、その場合も全て奏覧本系の本を見ていた保証はない。『金葉集』のごとく草稿本(初度本・二度本)と奏覧本(三奏本)とが大きく異なる例は他に無く、草稿本(編者手控本)系の写本を用いても奏覧本と決定的な違いはない。『詞花集』編纂にあたって、顕輔も『金葉集』を用意したであろうが、入手しえたのは初度本系と二度本系の本のみであったに違いない。奏覧本の控えは俊頼の許にも無く、その俊頼も既に歿していたから、二度本と三奏本(奏覧本)との具体的な違いを知る者はいなかったのであろう。周囲の人々も三奏本では『玄々集』(能因撰の私撰歌集)を新たに資料としたくらいは知っていても、一々の歌の出入までは分るまい。それで、顕輔は三奏本(奏覧本)と流布本(二度本)とがどれほど大きく異なるかは知らぬまま流布本に付いたのであろう。

三奏本(奏覧本)を伝領した待賢門院は、『詞花集』撰進の院宣が下った翌年の久安元年(一一四五)に歿するが、実行が何時『金葉集』を書写したのかは不明である。待賢門院の死後の可能性もある。というのは、『袋草紙』の「而今前大相国申出書写之」の「今」は「申出書写之」に係るが、その「今」が、最近、新しくの意であれば、故待賢門院璋子の遺品を管理していた人から借り受けて、最近、即ち実行が太政大臣を辞した保元二年(一一五七)以降のまもない頃に書写したのかもしれない(実行は応保二年(一一六二)歿。実行の太政大臣辞任と歿年が『袋草紙』の成立年次考察の基準になっている)。実行は顕輔の父顕季の娘婿でもあったから、三奏本(奏覧本)の写本を見せてほしいと依頼されれば、拒絶したとは思えない。「同時代人の反応」の章に、実行が『詞花集』を批判したという噂のあったことを記したが、やや大胆に想像すれば、実行は『詞花集』

奏覧（仁平元年（一一五一））の後に『金葉集』三奏本を借覧書写し、『詞花集』と見合せて、重複する歌が多いのを知り、顕輔の不手際であることを漏らすことがあって、それがあのような形の噂となったとも考えられようか。

清輔の『袋草紙』の記事自体が、『詞花集』と三奏本とが多く重複することを知った後の、三奏本を入手できず、二度本を用いたことへの弁明という性格のものではないかと思う。清輔は、我が身のためにも、勅撰集撰者としての父顕輔の名誉は護らなければならない。奏覧本と見合せていないと批判するなら、あの時点であなたはその写本を見たことがあるのか、という反論を穏やかに表現すれば『袋草紙』の記述になる。

勅撰集は奏覧嘉納されて初めて勅撰集となる。『金葉集』も三度めの奏覧、その嘉納に至って初めて勅撰集となったのである。だから、最終奏覧本の写本が手許に在りながら、それと内容が大きく異なる二度本を勅撰集とみなすということはありえない。流布しているかどうかではない。普通は流布の本を用いても問題はないのだが、『金葉集』の場合はあまりに大きく異なっていたところが顕輔には不運だった。

『金葉集』との重複を避けるために顕輔が用意した本が当時の流布本である二度本だったこと、そうなってしまった事情を筆者は上述のように推察しているが、顕輔が『金葉集』三奏本（奏覧本）を見ていないであろうことを、別の面から補足しておこう。

『詞花集』と『金葉集』三奏本との重複は六一首あるが、そのうち他の資料（私家集、歌合、『玄々集』、初度本『金葉集』――初度本は却下された本なので勅撰集ではない）との重複を除くと、『金葉集』三奏本とのみの一致は、『新編国歌大観』に拠る限り、三首（一一五・一八七・三三二）である。三首であれば何らかの現在は知られていない資料を想定してもよいであろう。

実は、他出文献を全く見出し得ない歌は『詞花集』全体で二四首存在する（『新編国歌大観』による）。これに『詞花集』以後の文献（具体的には『後葉和歌集』以後の私撰集・歌学書等）にのみ見える歌一一〇余首を加えれば、一三〇～一四〇首が事実上の出典不明である。四一五首のうちのこの数である。現在の我々が『新編国歌大観』『新編私家集大成』等で簡便に確認できる資料は当時存在した歌のごく一部でしかないのであろう。『金葉集』三奏本と六一首が一致し、その中に三奏本にしか見出せない歌が三首あるからといって、三奏本を撰歌資料としたと考えるのは根拠のないことである。この趣旨は新大系版の解説でも記したのだが、いますこしその論拠を補足しておこう。

従来の説では、三奏本と共通する歌は三奏本から採用したと考えていたのだが、それは具体的に論証されていなかった。近年になって、三奏本を撰集資料としたことを論証しようとする立場から、両者の本文の比較の試みがなされている(7)。だが、それに依っても証明がなされたとは言い難い。次の例を示すだけでそれは了解されるであろう。詞は『詞花集』、金は『金葉集』三奏本(新大系『金葉和歌集　詞花和歌集』付載本文)、玄は『玄々集』(『新編国歌大観』)。数字は歌番号。いずれも詞書のみを引く。

詞一五四　大和守にて侍りける時、入道前太政大臣のもとにて、初雪をみてよめる
　　　藤原義忠朝臣
金二八〇　初雪をよめる　藤原義忠朝臣
玄一六六　(なりただ一首大和守義忠也)(詞書ナシ)

詞三一七　かき絶えたるをとこの、いかゞ思ひけん、来たりけるが、帰りけるあかつきに、雨のいたく降りければ、朝にいひつかはしける　江侍従
金四五一　雨にぬれて帰りにける男のもとへ言ひつかはしける　江侍従
玄一六四　(侍従内侍一首)あかつきかへりける人に、雨のふりければ

右の『詞花集』の詞書には『金葉集』三奏本には見えない情報が含まれており、三奏本を資料にして『詞花集』の詞書を書いたとは思えない。三奏本が「題しらず」とする

ものに『詞花集』では具体的な詞書を付す例も三例ある。もとより両者が類似する詞書もあるが、三奏本を直接の撰歌資料にしたと言うためには、三奏本から工夫できる程度の差異に留まっている必要がある。上記はそれが説明できない典型的な事例として二例のみ掲出した。詳しくは別に論じているので参照をお願いする。(8)

これを要するに、三奏本を『詞花集』編纂の撰歌資料にしたという従来の考えは誤りであり、顕輔は三奏本(最終奏覧本)は見ておらず、入手できた二度本(流布の本)を奏覧本の形と認識していたのであろう。真正の奏覧本をそれと知ったうえでそれを撰歌資料とし、奏覧本とは大きく異なる流布の本を「奏覧本」として扱うことは、当時の勅撰集撰者として有り得ない行為であると思う。

## 七　伝本と本書の底本

藤原清輔の『袋草紙』によれば『詞花集』は四〇九首である(袋草紙①)。ところが、これまでの研究から伝本により所収歌数に四〇九首から四二〇首の幅があることが明らかにされている。それを整理すると、次の(1)〜(4)に分けられる。

(1)初奏時に崇徳院により削除を指示された六首(八・一一・一九九・二三九・三七九・四〇三)或いはその何首かを含む。

(2)『金葉集』二度本の二首(金三二五・三三一)或いは一首を含む。
(3)雑下に「三笠山さして来にけり石上ふるき行幸の跡をたづねて」を含む。
(4)注釈本系(広島大学蔵『詞花和歌集注』中世文芸叢書7　湯之上早苗)にのみ収載される二首を含む。

(1)の六首は本書底本にみな含まれている。そこで残りの(2)〜(4)の和歌五首を次に掲出しておこう。歌頭の番号は本書の最終歌から続けた場合の歌番号。

416　京極前太政大臣の家にて、歌合し侍けるによめる　大蔵卿匡房

君が世は曇《くも》りもあらじ三《み》笠山峰《かさやまみね》の朝日《あさひ》の射《さ》さむかぎりは

(詞一六三の次。金三二五)

417　天喜四年四月三十《(廿四)》日后宮歌合によませ給ける　後冷泉院御製

長浜《ながはま》の真砂《まさご》の数《かず》も何《なに》ならじ尽《つ》きせず見《み》ゆる君《きみ》が御世哉

(詞一六七の次。金三三一)

418　後一条院御時、春日行幸御輿《みこし》にさぶらはせ給ける　上東門院

三笠《みかさ》山さして来《き》にけり石上《いそのかみ》ふるき行幸《みゆき》の跡《あと》をたづねて

(詞三八四の次)

（霧をよめる）　　　　春宮大夫公実

419　ふもとを八宇治の川霧たちこめて雲井に見ゆる朝日山哉　（詞一一二の次）

たえにけるおとこにいひつかハしける　　赤染衛門

420　さきの世のあさき契りをしらすして人をつらしと思ひける哉　（詞二七〇の次）

右の四一六・四一七は（2）に相当し、四一八は（3）に相当する。この三首は『金葉和歌集・詞花和歌集』（和歌文学大系、柏木由夫校注。底本は天理図書館蔵伝為氏筆本。なお、校訂箇所にはいま底本本文をカッコで傍記した）による。四一九・四二〇は（4）の翻刻による。（1）〜（4）を全く含まない四〇九首が最終奏覧本のかたちであろうと推定されている。（3）の四一八を含むものは少ないようである。（4）四一九・四二〇は他の『詞花集』伝本には見られず、注釈書の特徴として参考歌が紛れ込んだのではないかと疑われている。伝本の実情としては（1）〜（3）が複雑に入り混じっている。

『詞花集』の伝本研究は主として松田武夫[9]によってなされてきたが、ここでは前述の和歌の有無等を基準に整理した井上宗雄（天理善本叢書『詞花和歌集』解題）に拠って諸本分類の概要を略述する。

井上宗雄は『詞花集』の諸本を、初奏時に崇徳院が削除を指示した六首(被除歌・除棄歌)を含むか否かで、まず大きく二系統に分け、その六首を含む本を初度本、含まない本を二度本(精撰本)と称している。

Ⅰ初度本系統(被除歌六首またはその何首かを有する本)

(一)初期の撰集段階のもの。天理図書館善本叢書所収伝為氏筆本(明治書院『和歌文学大系』の底本)など。

(二)初度本の奏覧の形を示すもの。一一五首。高松宮家旧蔵伝為忠筆本(本書および『新編国歌大観』『詞花集総索引』の底本)。

(三)最近(昭和四十年代)までの流布本。『八代集抄』など。

(四)被除歌の二、三首程度を有するもの。静嘉堂文庫蔵伝為相筆本(菅根順之『詞花和歌集全釈』の底本。但し巻五まで。巻六以下は二度本)。

Ⅱ二度本系統(被除歌六首を持たない本)

(一)『金葉集』二度本との重複二首を有し、巻一の歌順が「9・7・12・13・10」または「9・7・12・10・13」(8・11は被除歌)であるもの。

(二)巻一の歌順は番号順であるもの。

（ア）『金葉集』二度本との重複を有するもの。伝阿仏尼筆本（旧岩波文庫の底本）、ノートルダム清心女子大学本（同大学古典叢書に影印あり）など。
（イ）『金葉集』二度本との重複歌を持たないもの。最終的完成形態（四〇九首）の本。東北大学蔵三春秋田本（笠間叢書『詞花和歌集』の底本）、陽明文庫本（和泉古典叢書『詞花和歌集』の底本）など。

井上宗雄の実際の分類はもっと細かいのだが、煩を避けて簡略にまとめた。Ⅰの(三)(四)は初度本と二度本（即ち最終的奏覧本）との中間的性格を持っており、他系統の本と接触した結果、形態的に中間的になったものが多いと考えられている。

ただ右の分類は、被除歌の有無、『金葉集』との重複の有無、歌順などの外形的特徴を中心に分類したものであるが、その整合性に欠けるところがある。しかも本文自体の様相は井上宗雄自身が「伝本間の異文関係や歌の収録状況は相当に複雑である」というように、必ずしも右の分類と対応していないという難題を抱えており、諸本分類は今後に残された課題である。

本書の底本はⅠの(二)にあたる国立歴史民俗博物館蔵伝為忠筆本（高松宮家旧蔵）である。この本は被除歌六首を除けば、Ⅱ(二)（イ）の形、即ち二度本の最終的形態（奏覧本）と同じ形になる。

伝為忠筆本については日野西資孝(10)の論文が備わる。列帖装。料紙は鳥の子。南北朝頃の写とされる。為忠筆という伝えは桐箱の附箋による。為忠は応安六年(一三七三)歿の二条為忠かと思われるが、為忠筆の確証はないとされている。先年この影印本が刊行されたが、その『国立歴史民俗博物館蔵貴重典籍叢書』の解題(中田大成)でも南北朝頃の写と追認されている。

国立歴史民俗博物館蔵伝為忠筆本(高松宮家旧蔵)の本文を他本と比較すると、二度本系Ⅱの最終的完成形態とされる(二)(イ)の東北大学蔵三春秋田本・陽明文庫本とはさほど遠くない。むしろ、Ⅰ(一)の天理図書館善本叢書所収伝為氏筆本よりも三春秋田本・陽明文庫本に近い。伝為忠筆本(高松宮家旧蔵)に存する六首の被除歌が、もとから存したものか、後に書き加えられたものか、なお検討の余地がある。本書の底本である高松宮家旧蔵伝為忠筆本との本文自体の近似ということでは、九州大学附属図書館蔵細川文庫本「544ハ12」「544シ59」の二本は、本書の底本が特異な本文を示す箇所でこの二本と一致するという興味深い傾向を示していて注目される。

（1）　野口華世「院政期の恋愛スキャンダル――「叔父子」説と待賢門院璋子を中心に――」（『日本歴史』八六〇号、令和二年一月）に近年の研究動向が整理されている。
（2）　樋口芳麻呂「詞花和歌集雑考」『愛知教育大学国語国文学報5』昭和三〇年。
（3）　「何次必如此撰玄々玄歟」は、あるいは「何以必如此撰玄之玄歟」か。
（4）　工藤『平安朝和歌漢詩文新考』（風間書房、平成一二年）第一章「在原業平「月やあらぬ」の解釈」の補注参照。
（5）　谷山茂『千載和歌集とその周辺』（谷山茂著作集三）角川書店、昭和五七年。初出『国語国文』昭和二八年六月号。
（6）　松田武夫『詞花集の研究』至文堂、昭和三五年。
（7）　柏木由夫「『詞花集』と『金葉集三奏本』の重複をめぐって」『古筆と和歌』（笠間書院、平成二〇年）所収。『金葉和歌集／詞花和歌集』（和歌文学大系）にも同趣旨の解説がある。
（8）　工藤「金葉集奏覧本は詞花集の撰集資料にはあらざるべし」『福岡教育大学紀要』五八号、平成二一年。
（9）　松田武夫『詞華和歌集』（岩波文庫、昭和一四年）『勅撰和歌集の研究』（日本電報通信社出版部、昭和一九年）『詞花集の研究』（至文堂、昭和三五年）等。
（10）　日野西資孝「伝為忠筆詞花和歌集に就て」『文学』昭和一四年三月。

## ○主要参考文献　＊他集と合冊の場合、詞花集の担当者のみを記した。

〈影印本〉

『詞華和歌集』（ノートルダム清心女子大学古典叢書）雑賀美枝解題　福武書店　昭和五三年
『八代集抄十　詞花集』（北村季吟古註釋集成）新典社　昭和五五年
『後撰和歌集　詞花和歌集』（天理図書館善本叢書）井上宗雄解題　八木書店　昭和五九年
『仏教大学附属図書館蔵詞花和歌集』國枝利久・千古利恵子　和泉書院　平成九年
「詞花和歌集」（『国立歴史民俗博物館蔵貴重典籍叢書文学篇　第二巻　勅撰集二』）詞花集解題・中田大成　臨川書店　平成一二年
『詞花和歌集』（大妻文庫2）柏木由夫・深澤瞳　新典社　平成二四年

〈翻刻・注釈〉

『詞華和歌集』（岩波文庫）松田武夫　昭和一四年
『詞花和歌集』（笠間叢書）井上宗雄・片野達郎　笠間書院　昭和四五年
『詞花和歌集全釈』菅根順之　笠間書院　昭和五八年
『詞花和歌集』（和泉古典叢書）松野陽一　和泉書院　昭和六三年
『金葉和歌集　詞花和歌集』（新日本古典文学大系）工藤重矩　岩波書店　平成元年
『金葉和歌集／詞花和歌集』（和歌文学大系）柏木由夫　明治書院　平成一八年
「『詞花集』鑑賞」安田純生『白珠』三四巻七号～三九巻八号　昭和五四年～昭和五九年
「資料翻刻　詞花和歌集（耕三寺蔵）」位藤邦生『内海文化研究紀要』（広島大学文学部）七号　昭

和五四年
「国立歴史民俗博物館蔵後奈良天皇宸翰『詞花和歌集』解題と翻刻」酒井茂幸『国立歴史民俗博物館研究報告』第一九〇集　平成二七年

〈近世以前の注釈〉

『詞華集注』(顕昭注)『日本歌学大系別巻4』(久曽神昇　風間書房　昭和五五年)および『詞花和歌集』(和泉古典叢書)に翻刻。

『詞花和歌集注』著者未詳『中世文芸叢書7』(広島中世文芸研究会　湯之上早苗)に翻刻(底本は広島大学蔵本)。

『八代集抄』北村季吟『八代集全註』(山岸徳平　有精堂　昭和三五年)に翻刻。『八代集抄十詞花集』(北村季吟古註釋集成)に影印。

〈研究書等〉
『詞花集の研究』松田武夫　至文堂　昭和三五年(昭和六三年パルトス社より復刊)
『平安後期歌人伝の研究』井上宗雄　笠間書院　昭和五三年
『千載和歌集とその周辺』(谷山茂著作集三)谷山茂　角川書店　昭和五七年
『平安朝歌合大成』萩谷朴　同朋舎　昭和五四年再刊版
「詞花集」樋口芳麻呂『万葉集と勅撰和歌集』桜楓社　昭和四五年

# 初句索引

一、『詞花和歌集』四一五首の、初句による索引である。句に付した数字は、本書における歌番号を示す。
二、表記はすべて歴史的仮名遣いによる平仮名表記とし、五十音順に配列した。
三、初句を同じくする歌がある場合は、第二句も示した。

## あ

# 人名索引

1) この索引は，『詞花和歌集』の作者と詞書に見える人物について，簡単な略歴を記し，該当する歌番号を示したものである．作者名は立体の洋数字で，詞書に見える人物名は斜体の洋数字で示した．

2) 人名の表示は，原則として本文記載の名による．ただし，本文が官職名等による表記の場合，注解に実名を注記し，その実名により本項目を立て，本文表記により適宜参照項目を立てた．例えば，本文が「贈左大臣」「贈皇后宮」の場合は

　(本項目)長実《ながざね》　(参照)贈左大臣《ぞうさだいじん》　→長実《ながざね》

　(本項目)苡子《いし》　(参照)贈皇后宮《ぞうこうごうぐう》　→苡子《いし》

とし，また女性で出仕先を冠する女房名は出仕先を冠した形で本項目を立て，出仕先を冠さない形で参照項目を立てた．例えば，本文が「一宮紀伊」の場合は

　(本項目)一宮紀伊《いちのみやのきい》　(参照)紀伊《きい》　→一宮紀伊《いちのみやのきい》

のごとくにした．

3) 人名は，現代仮名遣いの五十音順によって配列した．男性は訓読み，女性・僧侶は音読みによる．

4) 生没年のうち，生年は多くの場合，没年からの逆算による．没年に異伝がある場合，生年を記さないこともある．

5) 資料は多く「勅撰作者部類」「尊卑分脈」「公卿補任」等による．また辞書等も参考にしたが，特別の場合以外は出所を記さない．

## あ

**赤染衛門**（あかぞめえもん）　赤染時用の娘．実父は平兼盛か．鷹司殿倫子（道長北の方），上東門院彰子に仕えた．大江匡衡の妻．挙周・江侍従の母．『栄花物語』の作者に擬せられている．家集『赤染衛門集』．拾遺初出．　7, 113, 165, 246, 319, 324, 362, 402

**安芸**（あき）　→待賢門院安芸（たいけんもんいんのあき）

**明兼**（あきかね）　坂上．久安3年（1147）10月29日没．明法博士範政の男．検非違使，明法博士．五位．天永元年（1110）実行家歌合で下座に居て発言したところ，俊頼から「公達の話に口を出すな」と叱責されたという（十訓抄）．詞花初出．　243

**顕季**（あきすえ）　藤原．天喜3年（1055）生，保安4年（1123）9月6日没．69歳．美濃守隆経の男．母は藤原親国娘親子（白河天皇の乳母）．藤原実季の猶子．『詞花集』撰者顕輔の父．諸国の守を歴任．修理大夫．正三位．六条修理大夫と称された．人麿影供を創始，六条藤家隆盛の基をなした．家集『顕季集（六条修理大夫集）』．後拾遺初出．　72, 90, 212, 376／185, 283, 375

**顕輔**（あきすけ）　藤原．寛治4年（1090）生，久寿2年（1155）5月7日没．66歳．修理大夫顕季の男．母は藤原経平の娘．康和2年（1100）白河院判官代（叙爵）に始まり，鳥羽朝には中務権大輔，美作守，正四位下に至る．保安4年（1123）譲位にともない鳥羽院別当．崇徳朝の大治5年（1130）2月中宮亮（中宮は忠通娘聖子），保延3年（1137）従三位，左京大夫等を兼ねた．永治元年（1141）近衛天皇即位により皇太后宮（聖子）亮となる．久安4年（1148）正三位．久安百首の歌人．歌合の開催多く，判者をも勤めた．『詞花集』撰者．家集『顕輔集』．金葉初出．　88, 303, 339, 347, 384, 414／174, 196, 221, 236, 288, 291, 371, 381

**顕綱**（あきつな）　藤原．康和5年（1103）6月27日没．75歳．一説に嘉承2年（1107）頃没か．参議兼経の男．母は歌人弁乳母．丹後・和泉・讃岐守．正四位下．讃岐典侍長子の父．『万葉集』を書写．家集『讃岐

入道集(顕綱集)』. 後拾遺初出.　86, 92, 111, 218

**顕仲**《あきなか》　源. 康平元年(1058)生, 保延4年(1138)3月29日(4月3日)没. 81歳. 右大臣顕房の男. 母は藤原定成の娘. 待賢門院堀河・兵衛の父. 神祇伯. 従三位. 笙の名人. 歌合に多く出詠, 主催もした. 金葉初出.　401, 411／***347***

**顕仲女**《あきなかのむすめ》　源顕仲の娘には, 散位重通妾, 待賢門院堀河, 大夫典侍, 待賢門院兵衛, 上西門院兵衛がいるが, 金葉・詞花集の作者表記の書き分けにより, この娘は重通妾(尊卑分脈)とある者か. 金葉初出.　360／***401***

**顕広**《あきひろ》　藤原. 改名して俊成. 永久2年(1114)生, 元久元年(1204)11月30日没. 91歳. 権中納言俊忠の男. 母は伊予守敦家の娘. 定家の父. 権中納言顕頼の養子となる. 仁安2年(1167)本流に復し, 俊成と改名. 安元2年(1176)出家(法名釈阿). 『千載集』を撰進. 御子左家隆盛の基をなす. 歌学書『古来風体抄』, 家集『長秋詠藻』. 詞花初出.　236

**顕房**《あきふさ》　源. 長暦元年(1037)生, 寛治8年(1094)9月5日没. 58歳. 右大臣師房の男. 母は道長娘尊子. 堀河天皇の母后賢子の父. 右大臣従一位. 贈正一位. 六条右大臣と号された.　***74***

**章行女**《あきゆきのむすめ》　高階章行は太宰大弐成章の男, 阿波守. 従四位下. 藤原兼仲が通い住んでいた(後拾遺集). 後拾遺初出.　258

**朝隆**《あさたか》　藤原. 承徳元年(1097)生, 平治元年(1159)10月3日没. 63歳. 参議大蔵卿為房の男. 為隆の養子. 母は関白忠通の乳母(法橋隆尊の娘). 文章生(字藤器), 右大弁, 権中納言. 正三位. 詞花のみ.　102

**敦輔王**《あつすけのおおきみ》　寛徳元年(1044)生, 天永2年(1111)11月29日没. 68歳. 敦貞親王の男. 三条天皇皇子敦平親王の子と為す. 母は中納言定頼の娘. 神祇伯. 従三位(一説, 従四位上). 詞花のみ.　117

**有信**《ありのぶ(ありざね)》　藤原. 長暦3年(1039)生, 康和元年(1099)9月10日(一説, 7月11日)没. 61(一説, 60)歳. 式部大輔実綱の男. 東宮学士, 右中弁, 和泉守. 従四位下. 漢詩多し. 詞花初出.　404

**有仁** ありひと　源．康和5年(1103)生，久安3年(1147)2月13日没．45歳．
輔仁親王の男．母は源師忠の娘．後三条天皇の孫．白河院の養子．
元永2年(1119)源姓を賜わる．保安3年(1122)内大臣，保延2年
(1136)左大臣．従一位．花園離宮を賜わり，花園左大臣と号された．
琵琶・笛・書に優れる．故実書『春玉秘抄』『秋玉秘抄』，日記『園
記』．金葉初出．　43

**粟田右大臣** あわたのうだいじん　→道兼 みちかね

**家経** いえつね　藤原．天喜6年(1058)5月18日没．67(一説，58)歳．参議
広業の男．母は安部信行の娘．累代の儒者．文章博士，式部大輔．
正四位下．『新撰朗詠集』等に漢詩句．家集『家経集』．後拾遺初出．
75, 383, 389

**家時** いえとき　源．生没未詳．淡路守盛長の男．蔵人，上野介．正五位下．
康和4年(1102)内裏艶書合に出詠．保安2年(1121)閏5月長実家歌
合に名が見える．詞花のみ．　216

**家成** いえなり いえしげ　藤原．嘉承2年(1107)生，仁平4年(1154)5月29日没．
48歳．参議家保の男．母は藤原隆宗の娘従三位宗子．顕輔の甥．
鳥羽院近臣．度々歌合を催した．中納言正二位．詞花初出．　96,
*143／103, 199, 210, 239, 261, 285*

**郁芳門院** いくほうもんいん　→媞子内親王 ていしないしんのう

**苡子** しし　藤原．承保3年(1076)生，康和5年(1103)1月没．28歳．堀
河天皇の女御．大納言贈太政大臣実季の娘．母は藤原経平の娘．承
徳2年(1098)女御．康和5年(1103)皇子(鳥羽)を生み産褥により没．
贈従二位．贈皇太后．　*216*

**和泉式部** いずみしきぶ　越中(前)守大江雅致の娘．江式部とも．和泉守橘道貞
と結婚したが，為尊親王，次いで敦道親王と恋愛．寛弘6年(1009)
中宮彰子に出仕．のち藤原保昌に再嫁．『和泉式部日記』(自作他作
両説あり)の主人公．家集『和泉式部集』．拾遺初出．　109, 120,
158, 173, 240, 249, 250, 254, 269, 310, 311, 312, 320, 326, 333, 357

**出雲**¹ いずも　→皇嘉門院出雲 こうかもんいんのいずも

**出雲**² いずも　→前斎院出雲 さきのさいいんのいずも

**伊勢大輔**《いせのたいふ》　大中臣輔親の娘．康資王母(伯の母)の母．中宮彰子に仕えた．重代の歌人として道長・頼通時代に活躍．家集『伊勢大輔集』．後拾遺初出．　29, 162

**一条院**《いちじょういん》　諱は懐仁．第66代天皇．天元3年(980)生，寛弘8年(1011)6月22日崩．32歳．円融天皇第1皇子．母は藤原兼家の娘詮子．永観2年(984)立太子，寛和2年(986)即位，寛弘8年6月13日譲位，19日出家．後拾遺初出．　192／*29, 161*

**一条院皇后宮**《いちじょういんのこうごうぐう》　→定子《ていし》

**一条左大臣**《いちじょうのさだいじん》　→雅信《まさのぶ》

**一条摂政**《いちじょうのせっしょう》　→伊尹《これただ(これまさ)》

**一宮**《いちのみや》　→祐子内親王《ゆうしないしんのう》

**一宮紀伊**《いちのみやのきい》　平経重の娘(勅撰作者部類)とも平経方の娘(尊卑分脈)とも．母は祐子内親王家女房の小弁．藤原重経(紀伊入道素意)の妻(妹とも)．後朱雀天皇皇女祐子内親王に仕えた．家集『一宮紀伊集』．後拾遺初出．　21, 242

**出羽弁**《いでわのべん》　出羽守平季信の娘．長徳・寛弘の頃の生か．上東門院彰子の女房．のち後一条中宮威子(彰子の同母妹)に，中宮没後はその娘章子内親王に仕えた．禖子内親王物語合の作者．数多くの歌合に出詠．家集『出羽弁集』．後拾遺初出．　124, 325

**宇治前太政大臣**《うじのさきのだいじょうだいじん》　→頼通《よりみち》

**右大臣**《うだいじん》　→雅定《まささだ》

**恵慶**《えぎょう》　出自未詳．村上〜一条朝の人．播磨講師．大中臣能宣・安法法師らと交遊．中古三十六歌仙の一人．家集『恵慶集』．拾遺初出．　169, 244

**円融院**《えんゆういん》　諱は守平．第64代天皇．天徳3年(959)生，正暦2年(991)2月12日崩．33歳．村上天皇第5皇子．母は藤原師輔娘安子．安和2年(969)即位，永観2年(984)退位，寛和元年(985)出家(法名金剛法)．家集『円融院御集』．拾遺初出．　395／*385*

**小野宮右大臣**《おののみやのうだいじん》　→実資《さねすけ》

**女四宮**《おんなしのみや》　→規子内親王《きしないしんのう》

か

**甲斐** <ruby>甲斐<rt>かい</rt></ruby>　→太皇太后宮甲斐<rt>たいこうたいごうぐうのかい</rt>

**戒秀** <ruby>戒秀<rt>かいしゅう</rt></ruby>　長和4年(1015)閏6月12日没．清原元輔の男．花山院の殿上の法師．拾遺初出．　25

**加賀左衛門** <ruby>加賀左衛門<rt>かがさえもん</rt></ruby>　加賀守丹波泰親の娘．或は母が泰親の娘で，父は三河守菅原為理とも．入道一品宮脩子内親王家の女房．また女御延子の女房．数多くの歌合に名が見える．後拾遺初出．　87

**覚雅** <ruby>覚雅<rt>かくが</rt></ruby>　寛治4年(1090)生，久安2年(1146)8月17日没．57歳．右大臣源顕房の男．神祇伯顕仲の弟．権少僧都．詞花初出．　13, 207

**覚念** <ruby>覚念<rt>かくねん</rt></ruby>　寛念とする伝本もある．覚念の名は明快の兄として『大日本国法華経験記』等に超俗的伝えが見えるが，同一人かどうか判断し難い．詞花のみ．　197

**花山院** <ruby>花山院<rt>かざんいん</rt></ruby>　諱は師貞．第65代天皇．安和元年(968)生，寛弘5年(1008)2月8日崩．41歳．冷泉天皇第1皇子．母は藤原伊尹娘懐子．永観2年(984)即位，寛和2年(986)退位出家(法名入覚)．『拾遺集』の撰集に関係があったともいわれる．家集『花山院御集』があった(佚書)．後拾遺初出．　41, 57, 70, 85, 106, 276, 300, 331, 356

**兼家** <ruby>兼家<rt>かねいえ</rt></ruby>　藤原．延長7年(929)生，永祚2年(990)7月2日没．62歳．右大臣贈太政大臣師輔の男．母は藤原経邦の娘．道隆・道長等の父．摂政，関白，太政大臣．従一位．東三条殿，法興院，入道殿と号された．道綱は藤原倫寧娘との間の子．　**281**

**兼房** <ruby>兼房<rt>かねふさ</rt></ruby>　藤原．延久元年(1069)6月16日没．中納言兼隆の男，母は源扶義の娘．関白道兼の孫．右少将，中宮亮．正四位下．歌合に出詠，主催し，歌人との交流も盛ん．夢に柿本人麻呂を見てその像を描かせた(十訓抄)．　**40, 312**

**兼昌** <ruby>兼昌<rt>かねまさ</rt></ruby>　源．摂津守俊輔の男．皇后宮少進．従五位下．康和2年(1100)国信家歌合を始め多くの歌合に出詠．大治3年(1128)顕仲家歌合には入道兼昌とある．家集は散佚．金葉初出．　54, 112

**兼通** <ruby>兼通<rt>かねみち</rt></ruby>　藤原．延長3年(925)生，貞元2年(977)11月8日没．53歳．

右大臣贈太政大臣師輔の男．母は藤原経邦の娘．兼家の兄．内大臣，関白，太政大臣．従一位，贈正一位．堀河殿と号された．諡号，忠義公．　*374*

**兼盛**《かねもり》　平．正暦元年(990)12月没．兵部大輔篤行王の男(異伝多し)．天慶9年(946)王氏爵，天暦年間に平姓を賜わる．駿河守．従五位上．三十六歌仙の一人．家集『兼盛集』．後撰初出．　3, 14, 136, 151, 191, 201／***398***

**寛子**《かんし》　藤原．長元9年(1036)生，大治2年(1127)8月14日没．92歳．後冷泉天皇の后．関白頼通の娘．母は藤原頼成の娘．永承5年(1050)入内．6年2月皇后，中宮章子と並立．治暦4年(1068)中宮．延久元年(1069)特に皇太后とす．承保元年(1074)太皇太后．四条宮と称せられた．天喜4年(1056)春秋歌合，寛治3年(1089)扇合などを主催．　***132, 184***

**関白前太政大臣**《かんぱくさきのだいじょうだいじん》　→忠通《ただみち》

**紀伊**《きい》　→一宮紀伊《いちのみやのきい》

**后宮**《きさいのみや》　→聖子《せいし》

**規子内親王**《きしないしんのう》　天暦3年(949)生，寛和2年(986)5月15日没．38歳．村上天皇第4皇女．母は徽子女王．天延3年(975)斎宮卜定，永観2年(984)退下．天禄3年(972)の歌合は源順の判詞や行事記録が残り歌合史のうえで重要．　*122*

**京極前太政大臣**《きょうごくのさきのだいじょうだいじん》　→師実《もろざね》

**行尊**《ぎょうそん》　天喜3年(1055)生，長承4年(1135)2月5日没．81歳．源基平の男．12歳で園城寺平等院の明行親王に入室．園城寺長吏，天台座主，法務大僧正．平等院大僧正と号された．鳥羽天皇の護持僧．寺門中興の祖．和歌を好み歌合の判者もつとめた．家集『行尊大僧正集』．金葉初出．　260, 363／***259***

**公実**《きんざね》　藤原．天喜元年(1053)生，嘉承2年(1107)11月14日没．55歳．大納言実季の男．母は藤原経平の娘．実行の父．妻は従二位光子(堀河・鳥羽天皇の乳母)．権大納言．正二位．堀河百首の歌人．歌合を主催するなど歌壇の庇護者．家集の断簡が存する．後拾

遺初出．　23, 217, 299

**公誠**《きんざね（きんまさ）》　平．生没未詳．寛弘 8 年(1011)生存．陸奥守元平の男．周防守．従五位下．拾遺初出．　252

**公重**《きんしげ》　藤原．元永 2 年(1119)生，治承 2 年(1178)没．60 歳．権中納言通季の男．母は藤原忠教の娘．左大臣実能の養子．紀伊守，右少将．正四位下．梢少将と号された．家集『風情集』．詞花初出．　350

**今上**《きんじょう》　→近衛天皇《このえてんのう》

**公任**《きんとう》　藤原．康保 3 年(966)生，長久 2 年(1041)1 月 1 日没．76 歳．太政大臣頼忠の男．母は代明親王の娘厳子．権大納言．正二位．詩歌管絃に優れる．中古三十六歌仙の一人．編著に『和歌九品』『新撰髄脳』『拾遺抄』『和漢朗詠集』『北山抄』等がある．『本朝麗藻』等に漢詩．家集『公任卿集』．拾遺初出．　139, 168, 206, 392／***301***, ***334***

**公教**《きんのり》　藤原．康和 5 年(1103)生，永暦元年(1160)7 月 9 日没．58 歳．八条太政大臣実行の男．左大臣実能の猶子．母は顕季の娘．内大臣左大将．正二位．高倉と号された．笛に巧み．金葉初出．　61

**公行**《きんゆき》　藤原．初名公輔．長治 2 年(1105)生，久安 4 年(1148)6 月 22 日没．44 歳．太政大臣実行の男．母は顕季の娘．参議，右兵衛督．従三位．詞花初出．　10／***403***

**公行妻**《きんゆきのめ》　藤原公行の子の母としては，播磨守源顕親の娘(実長の母)と権中納言藤原忠宗の娘(行雅の母)と右京大夫藤原信輔の娘とが知られている(尊卑分脈)．顕親の娘が正室のようだが，この詞書の妻が誰かは未詳．　***403***

**公能**《きんよし》　藤原．永久 3 年(1115)生，永暦 2 年(1161)8 月 11 日没．47 歳．左大臣実能の男．母は藤原顕隆の娘．右大臣．正二位．大炊御門と号された．久安百首の歌人．管絃郢曲に巧み．詞花初出．　194

**公資**《きんより（きんすけ）》　大江．長暦 4 年(1040)11 月 7 日没(勅撰作者部類)．一説，6 月 25 日．薩摩守清言の男．遠江守，兵部権大輔．従四位下．

*270*

**国信**《くにざね》　源．天永2年(1111)1月10日没．43(一説，46)歳．右大臣顕房の男．母は藤原良任の娘．権中納言．正二位．坊城中納言と号された．堀河院の近臣．堀河百首の歌人．歌合を催す．金葉初出．262

**国基**《くにもと》　津守．治安3年(1023)生，康和4年(1102)7月7日没．80歳．基辰の男．住吉社神主．『後拾遺集』の撰者通俊に小鯵を贈って採歌を依頼したという(袋草紙)．家集『国基集』．後拾遺初出．177, 375

**元子**《げんし》　藤原．一条天皇の女御．左大臣顕光の娘．長徳2年(996)入内．従二位．天皇崩後，参議源頼定と通じ，父顕光怒りて髪を切り追放したという．頼定没(寛仁4年(1020))後に出家．　*192*

**源心**《げんしん》　天禄2年(971)生，天喜元年(1053)11月11日(一説，10月10日)没．83歳．大僧都，天台座主．西明房と号された．後拾遺初出．　277

**賢智**《けんち》　陸奥守源家俊の男か．園城寺の僧．詞花初出．　368

**玄範**《げんぱん》　醍醐寺の僧．詞花のみ．　180

**小一条院**《こいちじょういん》　敦明親王．正暦5年(994)生，永承6年(1051)1月8日崩．58歳．三条天皇第1皇子．母は左大将藤原済時娘娍子．寛仁元年(1017)8月皇太子を辞し，特に太上天皇に准じて院号を賜わる．後拾遺初出．　290

**皇嘉門院出雲**《こうかもんいんのいずも》　大内記藤原令明の娘．崇徳天皇の后である皇嘉門院聖子(関白忠通の娘)の女房．詞花のみ．　261

**皇嘉門院治部卿**《こうかもんいんのじぶきょう》　源盛子．兵部少輔源信綱の娘．従三位．崇徳天皇の后である皇嘉門院聖子(関白忠通の娘)の女房．琵琶の上手．詞花のみ．　65

**媓子**《こうし》　藤原．天暦元年(947)生，天元2年(979)6月没．33歳．円融天皇の后．関白兼通の娘．母は有明親王(或は元平親王)の娘．天延元年(973)入内．堀河院を里第とする．　*395*

**江侍従**《ごうのじじゅう》　式部大輔大江匡衡の娘．母は赤染衛門．丹波守高階業

遠の妻か. 後拾遺初出.　317

**高内侍**（こうのないし）　高階貴子. 長徳2年(996)10月没. 従二位式部大輔成忠の娘. 関白道隆の室. 儀同三司伊周・中宮定子の母. 円融朝の掌侍, 一条朝の典侍. 拾遺初出.　340

**後三条院**（ごさんじょういん）　諱は尊仁. 第71代天皇. 長元7年(1034)生, 延久5年(1073)5月7日崩. 40歳. 後朱雀天皇第2皇子. 母は陽明門院禎子. 寛徳2年(1045)立太子, 治暦4年(1068)即位, 延久4年(1072)退位.　*170*

**小式部内侍**（こしきぶのないし）　万寿2年(1025)11月没. 橘道貞の娘. 母は和泉式部. 上東門院彰子の女房. 頼仁(父は公成)の母. 教通との間に静円僧正等を生む. 後拾遺初出.　280

**後二条関白**（ごにじょうのかんぱく）　→師通（もろみち）

**近衛天皇**（このえてんのう）　諱は体仁. 第76代天皇. 保延5年(1139)生, 久寿2年(1155)7月23日崩. 17歳. 鳥羽天皇第9皇子. 母は皇后得子. 永治元年(1141)即位.　*379*(春宮), *384*(今上)

**伊家**（これいえ）　藤原. 応徳元年(1084)7月17日没. 44(一説, 37)歳. 周防守公基の男. 母は範永の娘. 五位蔵人, 民部大輔, 右中弁. 正五位下. 後拾遺初出.　60, 125, 193

**後冷泉院**（ごれいぜいいん）　諱は親仁. 第70代天皇. 万寿2年(1025)生, 治暦4年(1068)4月19日崩. 44歳. 後朱雀天皇第1皇子. 母后は贈皇太后嬉子(道長娘). 寛徳2年(1045)即位, 永承元年(1046)11月15日大嘗会.　*383, 404*

**惟成**（これしげ）　藤原. 天暦7年(953)生, 永祚元年(989)11月没. 37歳. 右少弁雅材の男. 母は藤原中正の娘. 花山朝に五位蔵人権左中弁で活躍. 天皇の退位落飾に従い出家. 和漢兼作の人. 家集『惟成弁集』. 拾遺初出.　2, 137, 195

**伊尹**（これまさ）　藤原. 延長2年(924)生, 天禄3年(972)11月1日没. 49歳. 右大臣師輔の男. 母は藤原盛子. 摂政, 太政大臣. 正二位. 贈正一位. 一条摂政と号された. 諡, 謙徳公.　*137, 396*

**伊周**（これちか）　藤原. 天延2年(974)生, 寛弘7年(1010)1月29日没. 37

歳．関白道隆の男．母は高階貴子(高内侍)．中宮定子の兄．長徳 2 年(996)内大臣より太宰権帥に左降，同 3 年 12 月帰京．その後，准大臣．正二位．儀同三司，帥前内大臣と号された．漢詩にも優れる．後拾遺初出．　308, 388／***340, 391***

**伊通**《これみち》　藤原．寛治 7 年(1093)生，長寛 3 年(1165)2 月 15 日没．73 歳．権大納言宗通の男．母は修理大夫顕季の娘．太政大臣．正二位．九条大相国，大宮太政大臣と号された．『今鏡』『古事談』等に逸話が残る．金葉初出．　343

### さ

**斎宮**《さいぐう》　未詳．道経は 1100 年前後から 1130, 40 年にかけての人．この時期の斎宮は，堀河朝の善子内親王(寛治 3 年(1089)群行)，鳥羽朝の姰子内親王(天永元年(1110)群行)，崇徳朝の守子女王(天治 2 年(1125)群行)である．近衛朝は姸子内親王(天養元年(1144)群行)．この中では守子女王(輔仁親王の娘，号伏見斎宮)が最も可能性が大きい．　***176***

**済慶**《さいけい》　寛和元年(985)生，永承 2 年(1047)7 月 4 日没．63 歳．参議藤原有国の男．興福寺の僧．権律師．金葉三奏本初出．　287

**最厳**《さいごん》　越中守藤原雅弘の男．比叡山．阿闍梨．保延元年(1135)(別伝，永治 2 年(1142))法橋．詞花のみ．　253

**相模**《さがみ》　実父未詳．中宮進源頼光の養女か．母は慶滋保章の娘．相模守大江公資の妻となったが，のち離別．相模の称は公資の官による．もと姸子(道長娘)に仕え乙侍従と称す．脩子内親王家の女房．歌合に多く出詠．家集『相模集』．後拾遺初出．　80, 255, 270, 322

**前斎院出雲**《さきのさいいんのいずも》　伝未詳．前斎院白河天皇皇女令子内親王家の女房．詞花のみ．　24

**実方**《さねかた》　藤原．長徳 4 年(998)11 月 13 日(尊卑分脈．歌仙伝では 12 月)没．侍従定時の男．左大臣師尹の孫．母は左大臣源雅信の娘．叔父左大将済時の養子．左中将から陸奥守となり任地に没す．正四位下．逸話が多い．中古三十六歌仙の一人．家集『実方集』．拾遺

初出.　188, 237, 352

**実重** さねしげ　平.　宮内大輔昌隆の男.　近衛朝の蔵人.　従五位上.　『和歌色葉』に式部大輔(大夫の誤)入道願西とある.　詞花初出.　221

**実資** さねすけ　藤原.　天徳元年(957)生,　寛徳3年(1046)1月18日没.　90歳.　参議斉敏の男.　母は藤原尹文の娘.　祖父摂政実頼の養子.　右大臣,　右大将,　皇太子傅.　従一位.　小野宮,　賢人右府と称された.　日記『小右記』.　*344*

**実宗** さねむね　藤原.　大和守定任の男.　蔵人,　能登・肥後守,　常陸介.　従四位下.　*373*

**実行** さねゆき　藤原.　承暦4年(1080)生,　応保2年(1162)7月28日没.　83歳.　権大納言公実の男.　母は藤原基貞の娘.　待賢門院の兄.　妻は顕季の娘.　太政大臣.　従一位.　八条入道相国と号された.　歌合の主催,　判者.　金葉初出.　293, 369

**実能** さねよし　藤原.　永長元年(1096)生,　保元2年(1157)9月2日没.　62歳.　大納言公実の男.　母は藤原光子(堀河天皇の乳母).　左大臣.　従一位.　徳大寺左大臣と号された.　金葉初出.　295

**三条院** さんじょういん　諱は居貞.　第67代天皇.　天延4年(976)生,　寛仁元年(1017)5月9日崩.　42歳.　冷泉天皇第2皇子.　母は兼家娘超子.　寛弘8年(1011)即位,　長和5年(1016)譲位.　後拾遺初出.　97

**三条太政大臣** さんじょうのだいじょうだいじん　→頼忠 よりただ

**重基** しげもと　藤原.　長承3年(1134)11月18日没.　近江守有佐の男.　母は右京大夫通宗の娘.　中務少輔.　従五位上.　詞花初出.　99

**重之** しげゆき　源.　長保(999〜1004)頃没.　六十余歳か.　参河守兼信の男.　伯父兼忠の養子.　相模・肥後・越前守を歴任したが,　晩年は官に恵まれず,　長徳元年(995)実方に従い陸奥に下り,　同地に没した.　初期百首歌作者の一人.　三十六歌仙の一人.　家集『重之集』.　拾遺初出.　6, 211

**四条中宮** しじょうちゅうぐう　→遵子 じゅんし

**順** したごう　源.　延喜11年(911)生,　永観元年(983)没.　73歳.　左馬助挙の男.　43歳で文章生.　能登守.　従五位上.　天暦5年(951)撰和歌所

寄人となり『後撰集』編纂・『万葉集』訓読に従う.『倭名類聚抄』の編者. 歌合の主催, 判者. 家集『順集』. 拾遺初出. 94

**治部卿**《じぶきょう》 →皇嘉門院治部卿《こうかもんいんのじぶきょう》

**寂昭**《じゃくしょう》 寂照とも(詞花集伝本も照が多い). 俗名, 大江定基. 参議左大弁斉光の男. 図書頭, 参河守. 従五位下. 寛和2年(986)出家. 長保5年(1003)入宋. 長元7年(1034)宋にて没. 参河入道, 円通大師と号された.『続本朝往生伝』等に記事がある. 後拾遺初出. 181

**俊恵**《しゅんえ》 永久元年(1113)生, 建久6年(1195)以前没. 源俊頼の男. 母は木工助敦隆の娘. 17歳で父に死別し, 出家. 東大寺の僧. 大夫公と号された. 僧坊歌林苑は歌人交流の場となる. 歌合への出詠は数多い. 家集『林葉集』. 詞花初出. 12

**遵子**《じゅんし》 藤原. 天徳元年(957)生, 寛仁元年(1017)6月没. 61歳. 円融天皇の后. 関白太政大臣頼忠の娘. 母は代明親王の娘厳子. 公任の妹. 天元元年(978)入内, 同5年中宮となる. 三条天皇即位にともない太皇太后. 四条の宮と号された.『勅撰作者部類』は四条中宮に花山天皇女御諟子をあてている. 諟子は遵子の同母妹. 天皇退位後, 中宮遵子と四条の宮に同居した. 系図等にも両者に混乱がある. 後拾遺初出. 355, 407

**俊子内親王**《しゅんしないしんのう》 天喜4年(1056)生, 天承2年(1132)閏4月5日没. 77歳. 後三条天皇皇女. 母は贈皇太后茂子. 延久元年(1069)斎宮, 叙二品. 4年退下, 出家. 樋口斎宮と号された. ***283***

**俊子内親王大進**《しゅんしないしんのうのだいしん》 伝未詳. 俊子内親王家の女房. 詞花のみ. 257

**清因**《しょういん》 清胤(僧綱補任. 詞花集伝本も胤が多い). 天慶7年(944)生, 長徳元年(995)(一説, 2年)5月8日没. 52歳. 参議大江朝綱の男. 延暦寺の僧. 権少僧都. 金葉三奏本初出. 83, 182

**承香殿女御**《しょうきょうでんのにょうご》 →元子《げんし》

**清昭**《しょうしょう(せいしょう)》 長保5年(1003)1月8日没. 式部大輔高階成忠の男. 法橋. 延暦寺. 功徳院. 詞花のみ. 359

**成尋** じょう　寛弘 8 年(1011)生，永保元年(1081)12 月 30 日没．71 歳．
藤原義賢の男．母は源俊賢の娘．実方の孫．大雲寺の僧．頼通の護
持僧．62 歳で入宋．善慧大師の号を授かる．宋の開宝寺に没す．
『観心論注』『参天台五台山記』を著す．詞花初出．　159

**浄蔵** じょう　寛平 3 年(891)生，康保元年(964)11 月 21 日没．74 歳．参
議三善清行の男．定額僧．験者．相人．『大和物語』を始め諸書に
逸話が多い．拾遺初出．　200

**白河院** しらかわ　諱は貞仁．第 72 代天皇．天喜元年(1053)生，大治 4 年
(1129)7 月 7 日崩．77 歳．後三条天皇第 1 皇子．母は藤原公成の娘
茂子．延久 4 年(1072)即位，応徳 3 年(1086)譲位．堀河・鳥羽・崇
徳朝にわたって院政を行う．歌合歌会を多く催す．勅判あり．『後
拾遺集』『金葉集』勅撰の下命者．後拾遺初出．　27／*116, 375,
377*

**新院** しん　→崇徳院 すとく

**心覚** しんかく　兵部少輔源信綱の男．従三位盛子の兄．比叡山．阿闍梨．
仁安 2 年(1167)重家歌合に名が見える．詞花初出．　224

**深覚** しんかく　天暦 9 年(955)生，長久 4 年(1043)9 月 14 日没．89 歳．右
大臣藤原師輔の男．母は康子内親王．東寺長者．禅林寺門跡．法務
大僧正．高徳の験者．　*336*

**季遠** すえとお　源．宮内丞重時の男(養子)．もと若狭国の住人，平忠盛家
の青侍．木工允．従五位下．天永 3 年(1112)生存．詞花のみ．　15

**季通** すえみち　藤原．権大納言宗通の男．母は修理大夫顕季の娘．左少将．
正四位下．保元 3 年(1158)生存．久安百首の歌人．管絃の上手．詞
花初出．　346

**周防内侍** すおうの　平仲子．長元末頃生，天仁頃没か．周防守棟仲の娘．
ないし　母は源正職の娘．後冷泉・後三条・白河・堀河天皇に仕える．掌侍．
正五位下．多くの歌合に出詠．家集『周防内侍集』．後拾遺初出．
55, 116, 330／*370*

**祐挙** すけたか　平．越前守保衡の男．駿河守．従五位下．長保 5 年(1003)
前越中守．長和 4 年(1015)生存．拾遺初出．　213

**輔尹**《すけただ》　藤原．大和守興方の男．中納言懐忠の養子．式部丞，左少弁，大和守，木工頭．従四位下．『本朝麗藻』等に漢詩．家集『輔尹集』．拾遺初出．　175, 304

**資業**《すけなり》　藤原．永延2年(988)生，延久2年(1070)8月24日没．83歳．参議有国の男．母は橘仲遠の娘(橘三位，一条天皇の乳母)．文章博士，大内記，左中弁，式部大輔．後一条天皇の侍読．従三位．日野三位と号された．頼通家歌合の序代，祐子内親王家歌合の漢文日記など執筆．『和漢兼作集』等に詩文．後拾遺初出．　329／*84*

**資通**《すけみち》　源．康平3年(1060)8月23日没．56(66)歳．近江守贈従三位済政の男．母は源頼光の娘．左大弁，太宰大弐，参議，勘解由長官．従二位．鞠・管絃の名手．後拾遺初出．　142

**相如**《すけゆき》　藤原．長徳元年(995)5月29日没．右中将相信(助信)の男．出雲守．正五位下．元輔・能宣らと交遊あり．公任の和歌の師(江談抄)．家集『相如集』．詞花初出．　233, 394

**崇徳院**《すとくいん》　諱は顕仁．第75代天皇．元永2年(1119)生，長寛2年(1164)8月26日崩．46歳．鳥羽天皇第1皇子．実父は白河院とされる．母は待賢門院璋子．保安4年(1123)即位，永治元年(1141)譲位．保元元年(1156)の争乱(保元の乱)に敗れ，讃岐に配流，配所に崩じた．治承元年(1177)崇徳院を追号された．鳥羽院に対して新院と号せられ，配流後は讃岐の院という．『詞花集』の下命者．久安百首を詠進せしめた．詞花初出．　8, 50, 126, 229, 292, 379, 403／***30, 48, 88, 157, 194, 248, 282, 286, 293, 297, 346, 351, 377, 379, 382***

**聖子**《せいし》　藤原．保安3年(1122)生，養和元年(1181)12月5日没．60歳．関白忠通の娘．母は藤原宗通の娘．大治4年(1129)崇徳天皇の女御，5年中宮．近衛天皇の養母たるにより皇太后．久安6年(1150)皇嘉門院の院号を賜わる．保元の乱後出家．　***282, 379***

**清少納言**《せいしょうなごん》　清原元輔の娘．橘則光との間に則長を生む．中宮定子に仕え，『枕草子』を著す．家集『清少納言集』．後拾遺初出．265, 316

**摂津**《せっつ》　陸奥守藤原実宗(康和5年(1103)没)の娘．斎院の津の君，

前斎院の摂津，太皇太后宮の摂津とも．令子内親王に仕え，堀河院
艶書合等多くの歌合に出詠．家集『摂津集』．金葉初出． 37

**瞻西**（せんさい・せんせい） 大治2年(1127)6月20日没．出自未詳，鎮西の人とい
う．比叡山．雲居寺上人と号された．声明・説経に巧み，雲居寺で
しばしば歌合を催す．和歌曼荼羅を描く．金葉初出． 150

**選子内親王**（せんしないしんのう） 応和4年(964)生，長元8年(1035)6月22日没．

72歳．村上天皇皇女．母は中宮安子．12歳から68歳まで賀茂斎院．

大斎院と称された．斎院では歌合も催され文芸サロンの趣があった．

斎院の人々の歌を集めた『大斎院前御集』『大斎院御集』がある．

『発心和歌集』は選子の家集とされていたが，近年それを疑問とす
る説が提起されている．拾遺初出． 410

**宗延**（そうえん） 伝本により宗延とも表記．興福寺の僧．保延2年(1136)南
京講師を辞退．天治元年(1124)永縁花林院歌合の慈光房は同一人か
とされる．藤原宗輔の男の宗延とは別人．『新勅撰集』に入集．
*306*

**増基**（ぞうき） 比叡山の僧．朱雀～一条朝頃の人．仁和寺観音院の聖源の
父(二中歴)．「いほぬし(庵主)」と号し，家集『いほぬし』がある．
中古三十六歌仙の一人．『大和物語』『後撰集』の増基法師とは別人
とする説もある．後撰初出． 51, 353, 365

**贈皇后宮**（ぞうこうごう） →苡子（いし）

**贈左大臣**（ぞうさだいじん） →長実（ながざね）

**贈左大臣母**（ぞうさだいじんのはは） →長実母（ながざねのはは）

**荘子女王**（そうしにょおう） 承平元年(931)生，寛弘5年(1008)7月16日没．78
歳．中務卿代明親王の娘．母は右大臣定方の娘．天暦4年(950)村
上天皇の女御．天皇崩じて出家．具平親王の母． *46*

**帥前内大臣**（そちのさきのないだいじん） →伊周（これちか）

た

**待賢門院安芸**（たいけんもんいんのあき） 皇太后宮少進橘俊宗の娘．待賢門院璋子に仕
えた．璋子は権大納言公実の娘，鳥羽天皇の中宮．崇徳・後白河天

皇の母后．天治元年(1124)院号を賜わる．久安元年(1145)没．また鳥羽天皇皇女統子内親王の斎院(1127〜1132)に仕え，前斎院安芸とも称された．その子については未詳．郁芳門院安芸とは同人・別人説がある．久安百首の歌人．詞花初出．　397

**待賢門院堀河**《たいけんもんいんのほりかわ》　神祇伯源顕仲の娘．初め斎院令子内親王に仕え，前斎院六条と称され(金葉集)，のち待賢門院璋子に仕えた．摂政家堀河も同一人とする説がある．家集『待賢門院堀河集』．金葉初出．　63, 314

**太皇太后宮**[1]《たいこうたいごうぐう》　→寛子《かんし》

**太皇太后宮**[2]《たいこうたいごうぐう》　→令子内親王《れいしないしんのう》

**太皇太后宮甲斐**《たいこうたいごうぐうのかい》　伝未詳．この太皇太后宮は寛子か．詞花のみ．　183, (184)

**太皇太后宮大弐**《たいこうたいごうぐうのだいに》　若狭守藤原通宗の娘か．母は大弐三位賢子の娘．藤原通俊の姪．令子内親王に仕えた．家集『二条太皇太后宮大弐集』．金葉初出．　79

**太皇太后宮肥後**《たいこうたいごうぐうのひご》　肥前守藤原定成の娘．関白師実家女房，のち令子内親王に仕えた．肥後守実宗の室．堀河百首，永久百首(女房名，常陸)の歌人．家集『肥後集』．金葉初出．　47, 373

**太政大臣**《だいじょうだいじん》　→実行《さねゆき》

**大弐三位**《だいにのさんみ》　藤原賢子．山城守宣孝の娘．母は紫式部．太宰大弐高階成章の室．後冷泉天皇の乳母．上東門院彰子に仕えた．後冷泉天皇即位により典侍・従三位．越後弁，弁乳母，藤三位とも称された．承暦2年(1078)生存．家集『大弐三位集』．後拾遺初出．　327

**隆重**《たかしげ》　藤原．左衛門佐清綱の男．隆時の異母弟．母は高階為行の娘．筑前守．従五位上．天仁2年(1109)顕季家歌合の歌人．　*321*

**隆季**《たかすえ》　藤原．大治2年(1127)生，元暦2年(1185)1月没．59歳．中納言家成の男．母は高階宗章の娘．権大納言，中宮大夫，太宰権帥．正二位．久安百首の歌人．詞花初出．　285

**挙周**《たかちか》　大江．永承元年(1046)6月没．式部大輔匡衡の男．母は赤染衛門．文章博士，式部大輔，丹波・参河等の守．正四位下．後一

**忠盛**《ただもり》　平．永長元年(1096)生，仁平3年(1153)1月15日没．58歳．讃岐守正盛の男．清盛の父．白河院・鳥羽院の北面の武士．播磨等数国の国守，刑部卿．正四位上．久安百首の歌人．家集『忠盛集』．金葉初出．　275, 297

**為実**《ためざね》　藤原．為真とも．信濃守永実の男．肥後守．五位．出家して法名生西．金葉初出．　288

**為仲**《ためなか》　橘．応徳2年(1085)10月21日没．筑前守義通の男．母は藤原挙直の娘．蔵人，陸奥守，太皇太后宮亮．正四位下．兄義清の後を継いで和歌六人党の一人．家集『為仲集』．後拾遺初出．　121, 338／***184***

**為通**《ためみち》　藤原．天永3年(1112)生，仁平4年(1154)6月13日没．43歳(一説，40, 41歳)．太政大臣伊通の男．母は藤原定実の娘．参議，中宮権大夫．正四位下．　***275***

**為基**《ためもと》　大江．参議斉光の男．母は桜嶋忠信の娘．定基(寂昭)の兄．文章博士，摂津守．永祚元年(989)病のため図書権頭に遷り，のち出家．正五位下．拾遺初出．　241／***83***

**為義**《ためよし》　橘．寛仁元年(1017)10月26日没．近江掾道文の男．文章生，但馬守．正四位下．道長の家司．『本朝麗藻』に詩あり．後拾遺初出．　298

**親隆**《ちかたか》　藤原．康和元年(1099)生，永万元年(1165)8月23日没．67歳．大蔵卿為房の男．母は関白忠通の乳母讃岐宣旨．右衛門佐重隆の養子．参議．正三位．四条宰相と号された．久安百首の歌人．金葉初出．　228

**親元**《ちかもと》　源．長暦2年(1038)生，長治2年(1105)11月7日没．68歳．帯刀・検非違使など武をもって仕えたが，生前の罪を悔い仏道に心を寄せ，嘉保3年(1096)安房守在任中も善政を施し，任を終えるとそのまま園城寺で出家したという(後拾遺往生伝・発心集)．詞花のみ．　354

**中宮**[1]《ちゅうぐう》　→聖子《せいし》

**中宮**[2]《ちゅうぐう》　→篤子内親王《とくしないしんのう》

**土御門右大臣** つちみかどの うだいじん　→師房 もろふさ

**経信** つねのぶ　源．長和5年(1016)生，永長2年(1097)閏正月6日没．82
歳．権中納言道方の男．母は源国盛の娘．俊頼の父．大納言．正二
位．太宰権帥を兼ね，任地に没す．桂大納言と号された．博学多才．
『難後拾遺』を著す．『本朝無題詩』等に詩文が多い．家集『経信
集』．後拾遺初出．　171／*19, 177, 183*

**経衡** つねひら　藤原．寛弘2年(1005)生，延久4年(1072)6月20日没．68
歳．一説に承保4年(1077)10月以降没．中宮大進公業の男．母は
藤原敦信の娘．妻は慶滋為政の娘．大学頭，大和守．正五位下．和
歌六人党の一人．家集『経衡集』．後拾遺初出．　71

**定子** ていし　藤原．貞元元年(976)生，長保2年(1000)12月16日没．25
歳．一条天皇の后．関白道隆の娘．母は高階貴子(高内侍)．永祚2
年(990)中宮，長保2年皇后．後拾遺初出．　178

**媞子内親王** ていしないしんのう　承保3年(1076)生，嘉保3年(1096)8月7日没．

21歳．白河天皇皇女．母は中宮賢子．承暦2年(1078)伊勢斎宮，
応徳元年(1084)退下．堀河天皇の准母として皇后(中宮)と尊称す．

寛治7年(1093)院号を賜わる．白河院の後援を受け歌合を催した．

*68*

**天暦・天暦の帝** てんりゃく・てんりゃくのみかど　→村上天皇 むらかみてんのう

**春宮** とうぐう　→近衛天皇 このえてんのう

**道命** どうみょう　天延2年(974)生，寛仁4年(1020)7月4日没．47歳．大
納言道綱の男．比叡山．天王寺別当，阿闍梨．美声．和泉式部に通
ったとの逸話(宇治拾遺物語)．中古三十六歌仙の一人．家集『道命
阿闍梨集』．後拾遺初出．　4, 32, 58, 128, 134, 215, 222, 231, 387

**登蓮** とうれん　家系未詳．長寛2年(1164)から治承2年(1178)の間の多く
の歌合に名あり．『無名抄』等に歌道執心の逸話．家集『登蓮集』．
詞花初出．　415

**時綱** ときつな　源．肥前守信忠の男．文章生，蔵人，勘解由次官，肥後守．

従五位上．寛治2年(1088)事件に連座して安房に配流．後拾遺初出．

9

**篤子内親王**《とくしないしんのう》　康平3年(1060)生，永久2年(1114)10月1日没．55歳．後三条天皇皇女．祖母陽明門院禎子の養女．延久5年(1073)賀茂斎院．寛治5年(1091)堀河天皇の女御．7年中宮(関白師実を以て仮父とす)．長治元年(1104)堀河院に退出し，のち出家．堀河中宮と称された．鳥羽天皇の継母．　***299***

**俊忠**《としただ》　藤原．本の名，親家．延久5年(1073)生，保安4年(1123)7月9日没．51歳．大納言忠家の男．母は藤原敦家の娘．俊成の父．権中納言，太宰権帥．従三位．家集『俊忠集』．金葉初出．　232／***218***

**俊綱**《としつな》　橘．長元元年(1028)生，寛治8年(1094)7月14日没．67歳．実父は関白頼通．母は従二位祇子．讃岐守橘俊遠の養子．のち藤原氏に復したと伝えられる．修理大夫．正四位上．伏見の修理大夫と号された．作庭に優れる．　***28, 39, 91, 171, 367***

**俊成**《としなり》　橘．讃岐守俊遠の男．俊綱の弟．越中守．従五位下．詞花のみ．　49

**俊成**《としなり》　→顕広《あきひろ》

**俊雅母**《としまさのはは》　参河守源頼綱の娘．生没未詳．俊雅は大納言源能俊の男，参議左大弁，長治2年(1105)生，久安5年(1149)没．45歳．詞花のみ．　328

**俊頼**《としより》　源．天喜3年(1055)頃生，大治4年(1129)(一説，3年)没．75歳．大納言経信の男．母は土佐守源貞亮の娘．一時期橘俊綱の養子．俊恵の父．少将，左京権大夫，木工頭．従四位上．天永2年(1111)辞官．堀河朝歌壇に活躍．堀河百首・永久百首の歌人．歌合の判者を数多くつとめた．白河院の院宣により『金葉集』を撰進．歌学書『俊頼髄脳』，家集『散木奇歌集』．金葉初出．　26, 38, 42, 52, 62, 135, 174, 273, 274, 348, 349／***183***

**具平親王**《ともひらしんのう》　応和4年(964)生，寛弘6年(1009)7月28日没．46歳．村上天皇第7皇子．母は代明親王の娘荘子女王．中務卿．後中書王と称せられた．博識多芸．『本朝麗藻』等に詩文が残る．拾遺初出．　301

な

**内大臣** (ないだいいじん)　→実能 (さねよし)

**長国** (ながくに)　中原．天喜２年(1054)12 月没．大隅守重頼の男．文章生，
　外記，肥前守．正四位下(一説，五位)．漢詩文が諸書に残る．後拾
　遺初出．　305

**仲実** (なかざね)　藤原．天喜５年(1057)生，永久６年(1118)3 月 26 日没．62
　歳．越前守能成の男．母は源則成の娘．参河・備中・紀伊・越前守，
　中宮亮，宮内大輔．正四位下．堀河百首の歌人．歌合の出詠多し．
　康和２年(1100)仲実女子根合を主催し，判者となる．編著に『綺語
　抄』『古今集目録』『類林抄』(佚書)がある．金葉初出．　263

**永実** (ながざね)　藤原．太皇太后宮大進清家の男．母は橘季通の娘．堀河朝
　蔵人，永久２年(1114)従五位上．信濃守．金葉初出．　214／**288**

**長実** (ながざね)　藤原．承保２年(1075)生，長承２年(1133)8 月 19 日没．59
　歳．修理大夫顕季の男．母は藤原経平の娘．鳥羽皇后美福門院得子
　の父．権中納言．正三位．贈左大臣正一位．歌合の主催，出詠多し．
　金葉初出．　284／**15, 72**

**長実母** (ながざねのはは)　太宰大弐従三位藤原経平の娘．顕季の室．長実(贈左大
　臣)の項参照．金葉初出．　33

**中務** (なかつかさ)　式部卿(もと中務卿)敦慶親王の娘．母は古今集歌人の伊勢．
　村上〜円融朝に重代の歌人として活躍．三十六歌仙の一人．家集
　『中務集』．後撰初出．　166

**長房** (ながふさ)　藤原．本の名，師光．長元３年(1030)生，康和元年(1099)9
　月９日没．70(一説，71)歳．権大納言経輔の男．母は藤原資業の娘．
　参議，大蔵卿，太宰大弐．正三位．後拾遺初出．　53

**仲正** (なかまさ)　源．仲政とも．参河守頼綱の男．母は中納言局(小一条院の
　女房)．源三位頼政の父．兵庫頭，下野守．従五位上．長治元年
　(1104)から保延２年(1136)の間の多くの歌合に名が見える．為忠百
　首の歌人．家集『蓬屋集』があった(佚書)．金葉初出．　335

**長能** (ながよし)(ながとう)　藤原．伊勢守倫寧の男．母は源認の娘．『蜻蛉日記』作

者の弟．蔵人，上総介，伊賀守．従五位上．中古三十六歌仙の一人．能因の歌の師(袋草紙)．家集『長能集』．拾遺初出．　45, 152

**なびく**《なびく》　伝未詳．「なびき」とする伝本もある．詞花のみ．　186

**成助**《なりすけ(しげすけ)》　賀茂．長元7年(1034)生．永保2年(1082)没．49歳．賀茂別雷社神主成真(成実)の男．大池神主と号された．外従五位下．家集断簡あり．後拾遺初出．198

**成仲**《なりなか》　祝部．康和元年(1099)生，建久2年(1191)10月13日没．93歳．日吉社祢宜成実の男．日吉社祢宜．正(従)四位上．歌林苑の会衆．承安・養和の尚歯会七叟の一人．歌合出詠多し．家集『成仲集』．詞花初出．　93

**登平**《なりひら(みちひら)》　源．肥後守為親の男．土佐守．従五位下．寛仁元年(1017)生存．金葉三奏本初出(藤原とするのは誤り)．　31

**成通**《なりみち》　藤原．本の名，宗房．承徳元年(1097)生，没年未詳．永暦元年(1160)生存．権大納言宗通の男．母は藤原顕季の娘．大納言．正二位．平治元年(1159)出家(64歳)，法名栖蓮．竜笛・郢曲・蹴鞠の名人．家集『成通集』．金葉初出．　196, 377

**二条関白**《にじょうのかんぱく》　→教通《のりみち》

**入道前太政大臣**《にゅうどうのさきのだいじょうだいじん》　→道長《みちなが》

**入道摂政**《にゅうどうのせっしょう》　→兼家《かねいえ》

**仁祐**《にんゆう》　若狭守藤原通宗の男(勅撰作者部類)．或は通宗の孫．従五位下家実の男(尊卑分脈)．比叡山．律師．詞花のみ．　259

**能因**《のういん》　俗名，橘永愷．永延2年(988)生．没年未詳．永承5年(1050)生存．長門守元愷の子(一説，肥後守為愷の子)．文章生(号肥後進士)．青年期に出家して法名融因，のち能因．古曽部入道と称された．長能を歌の師とする．中古三十六歌仙の一人．編著『能因歌枕』『玄々集』，家集『能因法師集』．後拾遺初出．　59, 164, 205, 334

**義忠**《のりただ(よしただ)》　藤原．長久2年(1041)11月1日(一説，10月11日)没．58歳．大和守勘解由次官為文の男．東宮学士，権左中弁．正四位下．吉野川に舟遊中転覆死．侍読たるにより参議従三位を追贈．

『本朝続文粋』等に漢詩文が残る．歌合を主催，判者となる．後拾遺初出．　154

**範綱** のりつな　藤原．本の名，永綱．従五位下永雅の男．母は藤原成季の娘．右馬助．従五位上．入道して法名西遊．長承 3 年(1134)から治承 2 年(1178)の間の歌合に名が見える．詞花初出．　239

**教長** のりなが　藤原．天仁 2 年(1109)生，没年未詳．大納言忠教の男．母は源俊明の娘．参議正三位．保元の乱により出家(法名観蓮)，常陸に配流，応保 2 年(1162)帰京．能筆．編著『拾遺古今』(佚書)，『才葉抄』『古今集註』．家集『貧道集(教長集)』．詞花初出．　30, 351

**範永** のりなが　藤原．尾張守中清の男．母は藤原永頼の娘．道綱母の孫．長和 5 年(1016)蔵人，阿波・摂津等の守．延久 2 年(1070)頃出家．津入道と号された．和歌六人党の一人．家集『範永集』．小式部内侍との間に子があった(尊卑分脈)．後拾遺初出．　40, 227

**教通** のりみち　藤原．長徳 2 年(996)生，承保 2 年(1075) 9 月 25 日没．80 歳．道長の男．母は倫子．治暦 4 年(1068)関白，延久 2 年(1070)太政大臣．従一位．大二条関白・大二条殿と号された．　*280*

**則光** のりみつ　橘．駿河守敏政の男．陸奥守．従四位上．清少納言との間に男子則長がいる．　*175*

**教良母** のりよしのはは　賀茂神主成継の娘．教良(本の名，有教)は大納言藤原忠教の男．教長の弟．日向守．従五位上．詞花のみ．　358

## は

**禖子内親王** ばいしないしんのう　長暦 3 年(1039)生，嘉保 3 年(1096) 9 月 13 日没．58 歳．後朱雀天皇皇女．母は敦康親王の娘中宮嫄子．永承元年(1046)賀茂斎院，康平元年(1058)退下．従一位．六条斎院と号された．二十余度の歌合を開催．詞花初出．　114

**花園左大臣** はなぞののさだいじん　→有仁 ありひと

**肥後** ひご　→太皇太后宮肥後 たいこうたいごうぐうのひご

**広業** ひろなり　藤原．貞元元年(976)生，万寿 5 年(1028) 4 月 13 日没．53 歳．参議有国の男．母は藤原義友の娘．文章得業生(字藤琳)，東宮

学士，文章博士，式部大輔，参議，勘解由長官．従三位．一条・三条・後朱雀天皇の侍読．藤相公と号された．　*172*

**堀河**《ほりかわ》　→待賢門院堀河《たいけんもんいんのほりかわ》

**堀河院**《ほりかわいん》　諱は善仁．第73代天皇．承暦3年(1079)生，嘉承2年(1107)7月19日崩．29歳．白河天皇第2皇子．母は中宮賢子．応徳3年(1086)即位．堀河院艶書合，堀河百首など文芸に熱心．　*1, 47, 66, 115, 153, 190, 212, 216, 273, 299, 341, 378*

**堀河右大臣**《ほりかわのうだいじん》　→頼宗《よりむね》

**堀河関白**《ほりかわのかんぱく》　→兼通《かねみち》

**堀河中宮**《ほりかわのちゅうぐう》　→媓子《こうし》

## ま

**雅定**《まささだ》　源．嘉保元年(1094)生，応保2年(1162)5月27日没．69歳．太政大臣雅実の男．顕季の娘を妻とする．右大臣正二位．久寿元年(1154)出家．中院右大臣・中院入道右大臣と号された．管絃の上手．金葉初出．　95, 245／*67*

**正言**《まさとき》　大江．大隅守仲宣の男．一時弓削姓，後に大江姓に復す．以言・嘉言の兄．大学允．従五位下．寛仁5年(1021)生存．後拾遺初出．　391

**雅信**《まさのぶ》　源．延喜20年(920)生，正暦4年(993)7月29日没．74歳．式部卿敦実親王の男．宇多天皇の孫．母は左大臣時平の娘．承平6年(936)賜姓．左大臣．従一位．贈正一位．娘倫子は道長の室．音楽に優れる．一条左大臣，鷹司左大臣と号された．　*163*

**匡衡**《まさひら》　大江．天暦6年(952)生，寛弘9年(1012)7月16日没．61歳．式部大輔重光の男．母は一条摂政家の女房参河．赤染衛門を妻とする．累代の儒者．文章博士，東宮学士，式部大輔．正四位下．一条・三条天皇の侍読．漢詩文が『江吏部集』他に多く残る．中古三十六歌仙の一人．家集『匡衡集』．　*402*

**政平**《まさひら》　賀茂．神主成平の男．片岡社祢宜．従四位上．仁安元年(1166)から承安2年(1172)の間の歌合に多く出詠．詞花初出．

345

**匡房** まさ 大江. 長久 2 年(1041)生, 天永 2 年(1111)11 月 5 日没. 71
ふさ
歳. 大学頭成衡の男. 母は橘孝親の娘. 権中納言, 太宰権帥. 正二
位. 後三条・白河・堀河天皇の侍読. 江帥と号された. 多くの詩文
が残る. 和歌においても堀河百首歌題の選定, 万葉集の加点などに
活躍した. 編著『江家次第』『江談抄』『続本朝往生伝』など. 家集
『江帥集』. 後拾遺初出.   1, 22, 66, 123, 132, 153, 156, 190, 278, 307,
342, 370, 378 / *373*

**正通** まさ 橘. 少納言実利の男. 文章生(字橘能), 蔵人, 宮内丞. 正
みち
四位下. 源順に師事した. 詩文が多く残る. 詞花のみ.   122

**雅光** まさみつ 源. 寛治 3 年(1089)生, 大治 2 年(1127)10 月 3 日没.
(まさてる)
39 歳. 中納言雅兼(顕房の男)の男(尊卑分脈). 『今鏡』は右大臣顕
房の男, 『勅撰作者部類』は右大臣雅定(顕房の孫)の男とする. 治
部大輔. 従五位上. 忠通主催の歌合に多く出詠. 金葉初出.   127,
220

**道兼** みち 藤原. 応和元年(961)生, 長徳元年(995)5 月 8 日没. 35 歳.
かね
関白兼家の男. 母は藤原中正の娘. 正暦 5 年(994)右大臣. 長徳元
年 4 月 27 日関白. 正二位. 贈太政大臣正一位. 粟田殿, 二条殿と
号された. また世に七日関白と称された.   *394*

**道貞** みち 橘. 長和 5 年(1016)4 月 16 日没. 下総守仲任の男, 陸奥守.
さだ
正四位下. 和泉式部の夫. 小式部内侍の父.   *173*

**道綱** みち 藤原. 天暦 9 年(955)生, 寛仁 4 年(1020)10 月 16 日没. 66
つな
歳. 兼家の男. 母は藤原倫寧の娘. 大納言, 東宮傅. 正二位. 金葉
三奏本初出.   208

**道綱母** みちつな 藤原倫寧の娘. 天暦 8 年(954)兼家の妾妻となる. 中古
のはは
三十六歌仙の一人. 『蜻蛉日記』の作者. 家集『傅大納言殿母上集』.
拾遺初出.   281, 323

**道経** みち 藤原. 本の名, 家隆. 丹波守顕綱の男. 和泉守. 従五位上.
つね
俊成の祖母の弟. 長治元年(1104)から保延元年(1135)の間の歌合に
数多く出詠. 金葉初出.   176, 234

**通俊**《みちとし》　藤原．永承 2 年(1047)生，承徳 3 年(1099)8 月 16 日没．53 歳．太宰大弐経平の男．母は高階成順の娘．権中納言．従二位．白河天皇の側近．白河天皇の命により『後拾遺集』を撰進．後拾遺初出．　68, 268／***267***

**道長**《みちなが》　藤原．康保 3 年(966)生，万寿 4 年(1027)12 月 4 日没．62 歳．関白兼家の男．母は藤原中正の娘．摂政，太政大臣．従一位．法成寺殿，御堂関白と号された．日記『御堂関白記』，家集『御堂関白御集』．拾遺初出．　161／***77, 154***

**道済**《みちなり》　源．寛仁 3 年(1019)没．能登守方国の男．文章生，式部大丞，筑前守．正五位下．中古三十六歌仙の一人．歌学書『道済十体』，家集『道済集』．拾遺初出．　16, 77, 107, 219, 296, 337

**道信**《みちのぶ》　藤原．天禄 3 年(972)生，正暦 5 年(994)没．23 歳．太政大臣為光の男．母は摂政伊尹の娘．関白兼家の猶子．左中将．従四位上．いみじき和歌の上手(大鏡)．中古三十六歌仙の一人．家集『道信集』．拾遺初出．　223

**道雅**《みちまさ》　藤原．正暦 3 年(992)生，天喜 2 年(1054)7 月 20 日没．63 歳．伊周の男．母は源重光の娘．左京大夫．従三位．粗暴の行為が多く伝わる．荒三位と号された．前斎宮当子内親王と通ず．中古三十六歌仙の一人．後拾遺初出．　149

**通宗**《みちむね》　藤原．応徳元年(1084)4 月 12 日没．大弐経平の男．母は少納言家業の娘(実母は高階成順の娘)．通俊(後拾遺集の撰者)の兄．右衛門佐，若狭等の国守．正四位下．　***69***

**明快**《みょうかい》　寛和元年(985)〜3 年頃生，延久 2 年(1070)3 月 18 日没．文章生藤原俊宗の男．延暦寺．法印大僧正．梨本僧正と号された．後拾遺初出．　98

**民部内侍**《みんぶのないし》　伝未詳．金葉三奏本初出．　172

**致経**《むねつね》　平．治承 3 年(1179)8 月 1 日没．42 歳(尊卑分脈)．治承は永承 3 年(1048)の誤か．中宮大夫致頼(寛弘 8 年(1011)没)の男．左衛門大尉．六位．世に大箭の左衛門尉と称された．詞花のみ．336

**村上天皇**《むらかみてんのう》　諱は成明．第62代天皇．延長4年(926)生，康保4年(967)5月25日崩(於清涼殿)．42歳．醍醐天皇第14皇子．母は皇后穏子．上総太守，太宰帥を経て，天慶7年(944)立太子，9年即位．後世にその治世を天暦の治と称讃された．　***151, 399***

**明子**《めいし》　源．康保2年(965)生，永承4年(1049)7月22日没．85歳．西宮左大臣源高明の娘．道長の妾妻．頼宗等の母．高松殿に住んだ．金葉三奏本初出．　309

**以言**《もちとき(よしとき)》　大江．天暦9年(955)生．寛弘7年(1010)7月24日没．56歳．大隅守仲宣の男．一時弓削姓を名乗り，後に大江姓に帰る．文章博士，式部大輔．従四位下．『本朝文粋』『本朝麗藻』他に詩文が多く残る．詞花のみ．　366

**元真**《もとざね》　藤原．甲斐守清邦の男．承平5年(935)加賀掾，康保3年(966)丹波介．従五位下．三十六歌仙の一人．家集『元真集』．後拾遺初出．　35

**元輔**《もとすけ》　清原．延喜8年(908)生，永祚2年(990)6月没．83歳．下総守春光の男，深養父の孫(子とも)．清少納言の父．肥後守．従五位上．天暦5年(951)和歌所寄人(梨壺の五人の一人)となり『後撰集』を編纂．三十六歌仙の一人．家集『元輔集』．拾遺初出．　167, 235, 256, 344, 398, 399

**元任**《もとうとう》　橘．永愷(能因法師)の男．文章生，少内記．寛徳3年(1046)従五位下．後拾遺初出．　84

**基俊**《もととし》　藤原．康平3年(1060)生，永治2年(1142)没．83歳．右大臣俊家の男．母は高階順業の娘．従五位上左衛門佐．保延4年(1138)出家，金吾入道と号された．白河期文壇の重鎮．歌合判者・『新撰朗詠集』編纂など和漢に通じた．『本朝無題詩』等に詩が残る．家集『基俊集』．金葉初出．　264

**盛経**《もりつね》　藤原．紀伊守成経の男．伯父公経の養子．従五位上．一説に季正の男の従五位下上総介盛経か．詞花のみ．　11

**盛房**《もりふさ》　藤原．越後守定成の男．文章生，蔵人，肥後守．従五位下．寛治8年(1094)生存．　***313***

**師賢**《もろかた》 源．長元8年(1035)生，永保元年(1081)7月2日没．47歳．参議兵部卿資通の男．母は源頼光の娘．蔵人頭，左中弁．正四位下．和琴の上手．後拾遺初出．　28, 39

**師実**《もろざね》 藤原．長久3年(1042)生，康和3年(1101)2月13日没．60歳．関白頼通の男．母は贈従二位藤原祇子．関白，太政大臣．従一位．京極前太政大臣，後宇治関白と号された．家集『京極大殿集』．後拾遺初出．　19／***18, 101, 307***

**師房**《もろふさ》 源．本の名，資定．寛弘5年(1008)生，承保4年(1077)2月17日没．70歳．後中書王具平親王の男．関白頼通室隆姫の兄．頼通の猶子．道長の娘尊子を妻とする．寛仁4年(1020)源姓を賜わる．従一位．土御門右大臣と号された．薨去の日に太政大臣．歌合の主催等和歌界を後援．　***64***

**師通**《もろみち》 藤原．康平5年(1062)生，承徳3年(1099)6月28(29)日没．38歳．関白師実の男．母は右大臣源師房娘従一位麗子．関白内大臣．従一位．後二条殿・後二条関白と号された．日記『後二条師通記』．　***335***

**師頼**《もろより》 源．治暦4年(1068)生．保延5年(1139)12月4日没．72歳．左大臣俊房の男．母は源実基の娘．大納言，大宮大夫．正二位．小野宮大納言と号された．堀河百首の歌人．『万葉集』次点者の一人．説話集に逸話あり．金葉初出．　282, 341

## や

**康資王母**《やすすけのおおきみのはは》 伯の母とも．筑前守高階成順の娘．母は伊勢大輔．大中臣家相伝の歌人．延信王との間に康資王(神祇伯)を生む．のち常陸守藤原基房の室．後冷泉皇后寛子に仕え，四条宮の筑前と呼ばれた．中古三十六歌仙の一人．家集『康資王母集』．後拾遺初出．　18, 20／***19***

**保昌**《やすまさ》 藤原．天徳2年(958)生，長元9年(1036)没．79歳．右京大夫致忠の男．母は源元明の娘．丹後・肥前等の守．正四位下．武略に長ず．　***240, 312***

**祐子内親王**（ゆうしない しんのう）　長暦 2 年(1038)生，長治 2 年(1105)11 月 8 日没．68 歳．後朱雀天皇第 3 皇女．母は中宮藤原嫄子．禖子内親王の同母姉．三品．高倉殿の宮と称された．延久 4 年(1072)出家．頼通の庇護を受けしばしば歌合を主催した．　***124***

**有禅**（ゆうぜん）　権僧正永縁の男．法橋．詞花のみ．　179

**行宗**（ゆきむね）　源．康平 7 年(1064)生，康治 2 年(1143)12 月 24 日没．80 歳．参議基平の男．母は藤原良頼の娘．行尊の弟．大蔵卿．越前権守．従三位．家集『行宗集(源大府卿集)』．金葉初出．　286

**永縁**（ようえん えいえん）　永承 3 年(1048)生，天治 2 年(1125)4 月 5 日没．78 歳．大蔵大輔藤原永相の男．康平 4 年(1061)出家，興福寺別当，権僧正．奈良花林院に住す．初音の僧正と称された．堀河百首の歌人．花林院で歌合主催．金葉初出．　185

**永源**（ようげん えいげん）　藤原永相の男，永縁の兄．東大寺の僧(尊卑分脈)．肥後守藤原敦舒の男(勅撰作者部類)．観世音寺別当．山人と称された(後拾遺集勘物)．後拾遺初出．　119

**義国妻**（よしくに にonまし）　式部大輔大江有元の娘(勅撰作者部類)．義国は源義家の男．従五位下加賀介に至るも，勅勘により足利に籠居，久寿 2 年(1155)没．義国の妻妾には他に上野介敦基娘・信濃守有房娘がいる．義国妻の娘については不明．詞花のみ．　380

**義孝**（よし たか）　藤原．天暦 8 年(954)生，天延 2 年(974)9 月 16 日没．21 歳．摂政伊尹の男．母は代明親王の娘恵子女王．行成の父．右少将．疱瘡により死す．家集『義孝集』．中古三十六歌仙の一人．拾遺初出．396

**好忠**（よし ただ）　曽祢．生没未詳．延長初頃生，長保末頃没か．円融〜一条朝の人．丹後掾たるにより曽丹後，曽丹と称された．百首歌の創始者の一人．中古三十六歌仙の一人．家集『曽丹集(好忠集)』．拾遺初出．　5, 76, 78, 81, 82, 110, 118, 129, 133, 140, 141, 147, 160, 230, 247, 318, 385

**嘉言**（よしとき よしごと）　大江．寛弘 7 年(1010)没．50 歳前後か．大隅守仲宣の男．以言の弟．一時弓削姓，後に大江姓に帰る．文章生，対馬守に

至り，任地に没す．中古三十六歌仙の一人．家集『嘉言集』．拾遺初出．　104, 108, 144, 155, 302

**能宣**《よしのぶ》　大中臣．延喜21年(921)生，正暦2年(991)8月没．71歳．神祇大副頼基の男．輔親の父．神祇大副，祭主．正四位下．天暦5年(951)和歌所寄人(梨壺の五人の一人)となり『後撰集』を編纂．三十六歌仙の一人．家集『能宣集』．拾遺初出．　36, 44, 89, 138, 163, 225, 289, 374

**能元**《よしもと》　橘．散位忠元の男．能因の曽孫．楽所預．従五位下．高橋太と号された．金葉初出．　131

**頼家**《よりいえ》　源．生没未詳．没年は承保2年(1075)以降か．中宮進頼光の男．母は平惟仲の娘．筑前守，越中守．従四位下．関白頼通家の家司．和歌六人党の一人．長元8年(1035)から天喜2年(1054)の間の歌合に名が見える．後拾遺初出．　64, 272

**頼忠**《よりただ》　藤原．延長2年(924)生，永延3年(989)6月26日没．66歳．摂政太政大臣実頼の男(或は実父は大納言保忠とも)．母は藤原時平の娘．右大弁，左大将，関白，左大臣，太政大臣．従一位．贈正一位．三条殿と号された．諡号，廉義公．　***94, 166, 392***

**頼綱**《よりつな》　源．万寿2年(1025)生か，嘉保3年(1096)3月出家(師通記)，永長2年(1097)閏1月没(中右記)．永長2年7月12日出家，時に73歳(尊卑分脈)．内蔵頭頼国の男．母は藤原中清の娘．仲正(政)の父．頼政の祖父．参河守．従四位下．多田参河守と号された．後拾遺初出．　101

**頼任**《よりとう》　藤原．長元3年(1030)7月没．大和守時明の男．母は右兵衛督忠君の娘．右中弁，丹波・美濃守．従四位上．　***390***

**頼政**《よりまさ》　源．長治元年(1104)生，治承4年(1180)5月26日自害．77歳．兵庫頭仲正(政)の男．母は藤原友実の娘．右京大夫．従三位．源三位と称された．数多くの歌合に出詠，主催した．治承4年以仁王を奉じて挙兵．家集『頼政集』．詞花初出．　17

**頼通**《よりみち》　藤原．正暦3年(992)生，延久6年(1074)2月2日没．83歳．道長の長男．母は源雅信の娘倫子．摂政，関白，太政大臣．従一位．

宇治殿と号された. 歌合を主催, 後援した. 類聚歌合十巻本の集成,
諸家集の収集などに努めた. 後拾遺初出.　386／*130, 164, 279,*
*329*

**頼宗** <sub>よりむね</sub> 藤原. 正暦 4 年(993)生, 康平 8 年(1065)2 月 3 日没. 73 歳.
道長の男. 母は源高明の娘明子. 右大臣. 従一位. 堀河右大臣と号
された. 家集『入道右大臣集』. 後拾遺初出.　130, 279, 393

**頼保** <sub>よりやす</sub> 藤原. 参議家保の男(播磨守顕季, 或は中納言家成の男とす
る説あり). 中宮大進. 正五位下. 九郎大進と号された. のち出家.
久安 5 年(1149)家成歌合, 嘉応 2 年(1170)実国歌合等に名が見える.
詞花のみ.　199

　　　　　　ら

**隆恵** <sub>りゅうえ</sub> 藤原隆忠の男(比叡山. 阿闍梨, 顕季の甥)か. 詞花のみ.
189

**隆縁** <sub>りゅうえん</sub> 比叡山の僧. 伯耆守藤原隆忠の男. 母は若狭守通宗の娘.
顕季の甥. 伯耆公と号された. 長承・久安年間の顕輔家・家成家歌
合に名が見える. 詞花のみ.　103, 209, 210

**隆源** <sub>りゅうげん</sub> 若狭守藤原通宗の男. 園城寺. 阿闍梨大法師. 若狭阿闍梨
と号された. 堀河百首の歌人. 著書『隆源口伝』『隆源陳状』. 金葉
初出.　115

**良暹** <sub>りょうぜん</sub> 父は未詳(一説, 源道済), 母は実方家女童白菊. 比叡
山. 祇園別当. 康平 7 年(1064)頃の没で, 67 歳かと推定されてい
る. 長暦 2 年(1038)から永承 6 年(1051)の間の歌合に名が見える.
私撰集『良暹打聞』(佚書)があったらしい. 後拾遺初出.　69, 91,
100, 294, 361, 367

**琳賢** <sub>りんけん</sub> 伊勢守橘義済の男. 比叡山. 横川の僧. 大原に僧房があっ
た. 飾り車の風流, 造園に巧み. 天仁 2 年(1109)から長承 3 年
(1134)の間の歌合に名が見える. 金葉初出.　306

**倫子** <sub>りんし</sub> 源. 康保元年(964)生, 天喜元年(1053)6 月 11 日没. 90 歳.
左大臣源雅信の娘. 母は藤原穆子. 道長の正室. 頼通・彰子等の母.

准三后．従一位．鷹司殿は倫子居住の邸第の名．　*7*

**麗景殿女御**《れいけいでんのにょうご》　→荘子女王《そうしにょおう》

**令子内親王**《れいしないしんのう》　白河天皇皇女．承暦 2 年(1078)生，天養元年(1144)4 月 21 日没．67 歳．母は中宮賢子．寛治 3 年(1089)賀茂斎院，承徳 3 年(1099)退下．嘉承 2 年(1107)宗仁親王(鳥羽天皇)の准母となる．鳥羽天皇即位により皇后．長承 3 年(1134)太皇太后．大治 5 年(1130)出家．二条大宮・二条太皇太后宮と号された．　*37*

**冷泉院**《れいぜいいん》　諱は憲平．第 63 代天皇．天暦 4 年(950)生，寛弘 8 年(1011)10 月 24 日崩．62 歳．村上天皇第 2 皇子．母后は中宮安子．天暦 4 年(950)7 月立太子，康保 4 年(967)即位，安和 2 年(969)譲位．家集『冷泉院御集』．詞花初出．　332／***6, 211, 331***

**蓮寂**《れんじゃく》　和泉守藤原道経の男(勅撰作者部類)．讃岐守顕綱の男，俗名道経(和歌色葉)．詞花のみ．　371

**六条右大臣**《ろくじょうのうだいじん》　→顕房《あきふさ》

詞花和歌集《しかわかしゅう》

2020年12月15日　第1刷発行

校注者　工藤重矩《くどうしげのり》

発行者　岡本　厚

発行所　株式会社 岩波書店
〒101-8002 東京都千代田区一ツ橋 2-5-5
案内 03-5210-4000　営業部 03-5210-4111
文庫編集部 03-5210-4051
https://www.iwanami.co.jp/

印刷・理想社　カバー・精興社　製本・中永製本

ISBN 978-4-00-300319-0　　Printed in Japan

# 読書子に寄す

——岩波文庫発刊に際して——

岩波茂雄

真理は万人によって求められることを自ら欲し、芸術は万人によって愛されることを自ら望む。かつては民を愚昧ならしめるために学芸が最も狭き堂宇に閉鎖されたことがあった。今や知識と美とを特権階級の独占より奪い返すことはつねに進取的なる民衆の切実なる要求である。岩波文庫はこの要求に応じそれに励まされて生まれた。それは生命ある不朽の書を少数者の書斎と研究室とより解放して街頭にくまなく立たしめ民衆に伍せしめるであろう。近時大量生産予約出版の流行を見る。その広告宣伝の狂態はしばらくおくも、後代にのこすと誇称する全集がその編集に万全の用意をなしたるか。千古の典籍の翻訳企図に敬虔の態度を欠かざりしか。さらに分売を許さず読者を繋縛して数十冊を強うるがごとき、はたしてその揚言する学芸解放のゆえんなりや。吾人は天下の名士の声に和してこれを推挙するに躊躇するものである。このときにあたって、岩波書店は自己の責務のいよいよ重大なるを思い、従来の方針の徹底を期するため、すでに十数年以前より志して来た計画を慎重審議この際断然実行することにした。吾人は範をかのレクラム文庫にとり、古今東西にわたって文芸・哲学・社会科学・自然科学等種類のいかんを問わず、いやしくも万人の必読すべき真に古典的価値ある書をきわめて簡易なる形式において逐次刊行し、あらゆる人間に須要なる生活向上の資料、生活批判の原理を提供せんと欲する。この文庫は予約出版の方法を排したるがゆえに、読者は自己の欲する時に自己の欲する書物を各個に自由に選択することができる。携帯に便にして価格の低きを最主とするがゆえに、外観を顧みざるも内容に至っては厳選最も力を尽くし、従来の岩波出版物の特色をますます発揮せしめようとする。この計画たるや世間の一時の投機的なるものと異なり、永遠の事業として吾人は微力を傾倒し、あらゆる犠牲を忍んで今後永久に継続発展せしめ、もって文庫の使命を遺憾なく果たさしめることを期する。芸術を愛し知識を求むる士の自ら進んでこの挙に参加し、希望と忠言とを寄せられることは吾人の熱望するところである。その性質上経済的には最も困難多きこの事業にあえて当たらんとする吾人の志を諒として、その達成のため世の読書子とのうるわしき共同を期待する。

昭和二年七月

## 《日本文学（古典）》［黄］

**（第一段）**

- 古事記　倉野憲司校注
- 日本書紀　全五冊　坂本太郎・家永三郎・井上光貞・大野晋校注
- 万葉集　全五冊　佐竹昭広・山田英雄・工藤力男・大谷雅夫・山崎福之校注
- 原文万葉集　全五冊　佐竹昭広・山田英雄・工藤力男・大谷雅夫・山崎福之校注
- 竹取物語　阪倉篤義校訂
- 伊勢物語　大津有一校注
- 玉造小町子壮衰書――小野小町物語　杤尾武校注
- 古今和歌集　佐伯梅友校注
- 土左日記　鈴木知太郎校注
- 蜻蛉日記　今西祐一郎校注
- 紫式部日記　秋山虔校注
- 源氏物語　全九冊（既刊七冊）　山岸徳平・藤井貞和・今西祐一郎他校注
- 枕草子　池田亀鑑校訂
- 更級日記　西下経一校訂
- 今昔物語集　全五冊　池上洵一編
- 栄花物語　全三冊　三条西家本　三条西公正校訂

**（第二段）**

- 堤中納言物語　大槻修校注
- 西行全歌集　久保田淳・吉野朋美校注
- 梅沢本　古本説話集　川口久雄校注
- 後拾遺和歌集　久保田淳・平田喜信校注
- 古語拾遺　斎部広成撰　西宮一民校注
- 王朝漢詩選　小島憲之編
- 王朝物語秀歌選　全二冊　樋口芳麻呂校注
- 倭漢朗詠集　山田孝雄校訂
- 落窪物語　藤井貞和校注
- 新訂　方丈記　市古貞次校注
- 新訂　新古今和歌集　佐佐木信綱校訂
- 金槐和歌集　斎藤茂吉校注
- 新訂　徒然草　西尾実・安良岡康作校注
- 平家物語　全四冊　山下宏明校注
- 神皇正統記　岩佐正校注
- 義経記　島津久基校訂
- 御伽草子　全二冊　市古貞次校注

**（第三段）**

- 王朝秀歌選　樋口芳麻呂校注
- 定家八代抄――続王朝秀歌選　全二冊　樋口芳麻呂・後藤重郎校注
- 中世なぞなぞ集　鈴木棠三編
- わらんべ草　笹野堅校訂
- 千載和歌集　久保田淳校注
- 謡曲選　能の本を読む　野上豊一郎編
- 東関紀行・海道記　玉井幸助校訂
- おもろさうし　外間守善校注
- 太平記　全六冊　兵藤裕己校注
- 好色五人女　井原西鶴　東明雅校注
- 武道伝来記　井原西鶴　前田金五郎・横山重校訂
- 西鶴文反古　井原西鶴　片岡良一校訂
- 芭蕉紀行文集　付 嵯峨日記　中村俊定校注
- 芭蕉　おくのほそ道　付 曽良旅日記・奥細道菅菰抄　萩原恭男校注
- 芭蕉俳句集　中村俊定校注
- 芭蕉連句集　中村俊定校注
- 芭蕉書簡集　萩原恭男校注

- 芭蕉文集 — 潁原退蔵編註
- 芭蕉俳文集 全二冊 — 堀切実編注
- 芭蕉自筆 奥の細道 — 上野洋三・櫻井武次郎校注
- 蕪村俳句集 付 春風馬堤曲 他二篇 — 尾形仂校注
- 蕪村書簡集 — 大谷篤蔵・藤田真一校注
- 蕪村七部集 — 伊藤松宇校訂
- 蕪村文集 — 藤田真一編注
- 国性爺合戦・鑓の権三重帷子 — 近松門左衛門／和田万吉校訂
- 折たく柴の記 — 新井白石／松村明校注
- 東海道四谷怪談 — 鶴屋南北／河竹繁俊校訂
- 鶉衣 全二冊 — 横井也有／堀切実校注
- 近世畸人伝 — 伴蒿蹊／森銑三校註
- うひ山ふみ・鈴屋答問録 — 本居宣長／村岡典嗣校訂
- 排蘆小船・石上私淑言 —宣長「物のあはれ」歌論 — 本居宣長／子安宣邦校注
- 雨月物語 — 上田秋成／長島弘明校注
- 宇下人言・修行録 — 松平定信／松平定光校訂
- 訳註 良寛詩集 — 大島花束／原田勘平訳註

- 新訂 一茶俳句集 — 丸山一彦校注
- 一茶 父の終焉日記・おらが春 他一篇 — 矢羽勝幸校注
- 増補 俳諧歳時記栞草 全二冊 — 曲亭馬琴編／藍亭青藍補／堀切実校注
- 近世物之本江戸作者部類 — 曲亭馬琴／徳田武校注
- 北越雪譜 — 鈴木牧之編撰／京山人百樹刪定／岡田武松校訂
- 東海道中膝栗毛 全二冊 — 十返舎一九／麻生磯次校注
- 浮世床 — 式亭三馬／和田万吉校訂
- 梅暦 全二冊 — 為永春水／古川久校訂
- 日本民謡集 — 町田嘉章・浅野建二編
- 誹諧 武玉川 全四冊 — 山澤英雄校訂
- 芭蕉臨終記 花屋日記 付 芭蕉翁終焉記・前後日記・行状記 — 小宮豊隆校訂
- 醒睡笑 全二冊 — 安楽庵策伝／鈴木棠三校注
- 砂払 —江戸小百科 全二冊 — 山中共古／中野三敏校訂
- 与話情浮名横櫛 切られ与三 — 瀬川如皐／河竹繁俊校訂
- 江戸怪談集 全三冊 — 高田衛編・校注
- 色道諸分 難波鉦 —遊女評判記 — 酉水庵無底居士／中野三敏校注
- 弁天小僧・鳩の平右衛門 — 黙阿弥／河竹繁俊校訂

- 実録先代萩 — 黙阿弥／河竹繁俊校訂
- 橘曙覧全歌集 — 水島直文・橋本政宣編注
- 嬉遊笑覧 全五冊 — 喜多村筠庭／長谷川強・江本裕・渡辺守邦・岡雅彦・花田富二夫・石川了校訂
- 万治絵入本 伊曾保物語 — 武藤禎夫校注
- 鬼貫句選・独ごと — 復本一郎校注
- 井月句集 — 復本一郎編
- 江戸端唄集 — 倉田喜弘編
- 花見車・元禄百人一句 — 雲英末雄・佐藤勝明校注

## 《日本思想》〔青〕

- 風姿花伝 (花伝書) — 世阿弥／野上豊一郎・西尾実校訂
- 五輪書 — 宮本武蔵／渡辺一郎校注
- 政談 — 荻生徂徠／辻達也校注
- 葉隠 全三冊 — 山本常朝／和辻哲郎・古川哲史校訂
- 童子問 — 伊藤仁斎／清水茂校注
- 養生訓・和俗童子訓 — 貝原益軒／石川謙校訂
- 貝原益軒 大和俗訓 — 石川謙校訂
- 町人嚢・百姓嚢・長崎夜話草 — 西川如見／飯島忠夫・西川忠幸校訂

- 日本水土考・水土解弁・増補華夷通商考　西川如見／飯島忠夫・西川忠幸 校訂
- 蘭学事始　杉田玄白／緒方富雄 校註
- 吉田松陰書簡集　広瀬豊 編
- 島津斉彬言行録　牧野伸顕 序
- 塵劫記　吉田光由／大矢真一 校注
- 兵法家伝書 付 新陰流兵法目録事　柳生宗矩／渡辺一郎 校注
- 南方録　西山松之助 校注
- 長崎版 どちりな きりしたん　海老沢有道 校註
- 仙境異聞・勝五郎再生記聞　平田篤胤／子安宣邦 校注
- 茶湯一会集・閑夜茶話　井伊直弼／戸田勝久 校注
- 新訂 海舟座談　巌本善治 編／勝部真長 校注
- 西郷南洲遺訓 附 手抄言志録及遺文　山田済斎 編
- 文明論之概略　福沢諭吉／松沢弘陽 校注
- 新訂 福翁自伝　富田正文 校訂
- 学問のすゝめ　福沢諭吉
- 福沢諭吉家族論集　中村敏子 編
- 日本道徳論　西村茂樹／吉田熊次 校

- 新島襄の手紙　同志社 編
- 新島襄 教育宗教論集　同志社 編
- 近時政論考　陸羯南
- 日本の下層社会　横山源之助
- 中江兆民 三酔人経綸問答　桑原武夫・島田虔次 訳・校注
- 中江兆民評論集　松永昌三 編
- 憲法義解　伊藤博文／宮沢俊義 校註
- 日本開化小史　田口卯吉／嘉治隆一 校訂
- 新訂 蹇蹇録 ―日清戦争外交秘録　陸奥宗光／中塚明 校注
- 茶の本　岡倉覚三／村岡博 訳
- 新撰讃美歌　植村正久・奥野昌綱・松山高吉 編
- 武士道　新渡戸稲造／矢内原忠雄 訳
- 余はいかにしてキリスト信徒となりしか　内村鑑三／鈴木範久 訳
- 代表的日本人　内村鑑三／鈴木範久 訳
- 後世への最大遺物・デンマルク国の話　内村鑑三
- 求安録　内村鑑三
- 宗教座談　内村鑑三

- ヨブ記講演　内村鑑三
- 足利尊氏　山路愛山
- 徳川家康 全二冊　山路愛山
- 豊臣秀吉 全二冊　山路愛山
- 妾の半生涯　福田英子
- 善の研究　西田幾多郎
- 思索と体験　西田幾多郎
- 続思索と体験・『続思索と体験』以後　西田幾多郎
- 西田幾多郎哲学論集 I ―場所・私と汝 他六篇　上田閑照 編
- 西田幾多郎哲学論集 II ―論理と生命 他四篇　上田閑照 編
- 西田幾多郎哲学論集 III ―自覚について 他四篇　上田閑照 編
- 西田幾多郎随筆集　上田閑照 編
- 西田幾多郎歌集　上田薫 編
- 帝国主義　幸徳秋水／山泉進 校注
- 麺麭の略取　クロポトキン／幸徳秋水 訳
- 基督抹殺論　幸徳秋水
- 日本の労働運動　片山潜

吉野作造評論集　岡義武編
貧乏物語　河上肇　大内兵衛解題
河上肇評論集　杉原四郎編
西欧紀行 祖国を顧みて　河上肇
中国文明論集　宮崎市定　礪波護編
中国史 全二冊　宮崎市定
大杉栄評論集　飛鳥井雅道編
女工哀史　細井和喜蔵
奴隷 ―小説・女工哀史1　細井和喜蔵
工場 ―小説・女工哀史2　細井和喜蔵
初版 日本資本主義発達史 全二冊　野呂栄太郎
寒村自伝 全二冊　荒畑寒村
谷中村滅亡史　荒畑寒村
遠野物語・山の人生　柳田国男
青年と学問　柳田国男
木綿以前の事　柳田国男
こども風土記・母の手毬歌　柳田国男

不幸なる芸術・笑の本願　柳田国男
海上の道　柳田国男
婚姻の話　柳田国男
都市と農村　柳田国男
十二支考 全二冊　南方熊楠
特命全権大使 米欧回覧実記 全五冊　久米邦武編　田中彰校注
明治維新史研究　羽仁五郎
古寺巡礼　和辻哲郎
風土 ―人間学的考察　和辻哲郎
イタリア古寺巡礼　和辻哲郎
和辻哲郎随筆集　坂部恵編
倫理学 全四冊　和辻哲郎
人間の学としての倫理学　和辻哲郎
日本倫理思想史 全四冊　和辻哲郎
時と永遠 他八篇　波多野精一
宗教哲学序論・宗教哲学　波多野精一
「いき」の構造 他二篇　九鬼周造

九鬼周造随筆集　菅野昭正編
偶然性の問題　九鬼周造
時間論 他二篇　九鬼周造　小浜善信編
人間と実存　九鬼周造
復讐と法律　穂積陳重
パスカルにおける人間の研究　三木清
古代国語の音韻に就いて 他二篇　橋本進吉
漱石詩注　吉川幸次郎
吉田松陰　徳富蘇峰
林達夫評論集　中川久定編
新版 きけわだつみのこえ ―日本戦没学生の手記　日本戦没学生記念会編
新版 第二集 きけわだつみのこえ ―日本戦没学生の手記　日本戦没学生記念会編
君たちはどう生きるか　吉野源三郎
地震・憲兵・火事・巡査　山崎今朝弥　森長英三郎編
懐旧九十年　石黒忠悳
武家の女性　山川菊栄
わが住む村　山川菊栄

ファン・リンス著/横田正顕訳

# 民主体制の崩壊
## —危機・崩壊・再均衡—

デモクラシーはある日突然、死に至るのではない。危機を昂進させる政治過程を経て崩壊する。その分析枠組を提示した比較政治学の古典的研究。

〔白三四-一〕 **本体一〇一〇円**

下村湖人作

# 次郎物語（五）

朝倉先生のあとを追って上京した次郎は先生が主宰する「友愛塾」の助手となり、自己を磨く充実した日々を送る。不朽の教養小説最終巻。〔解説＝原彬久〕（全五冊）

〔緑二二五-五〕 **本体九五〇円**

幸田露伴作

# 渋沢栄一伝

偉人の顕彰ではなく、激動の時代が造り出した一人の青年が成長していくドラマを、史実を踏まえて文豪が描き出す。露伴史伝文学の雄編。〔解説＝山田俊治〕

〔緑一二-一八〕 **本体八一〇円**

―――― 今月の重版再開

ジョージ・オーウェル著/都築忠七訳

# カタロニア讃歌

〔赤二六二-三〕 **本体九二〇円**

ヴァルター・ベンヤミン著/野村修編訳

# ボードレール 他五篇
## —ベンヤミンの仕事2—

〔赤四六三-二〕 **本体九二〇円**

定価は表示価格に消費税が加算されます　2020.11

岩波文庫の最新刊

工藤重矩校注
# 詞花和歌集

崇徳院の院宣により、仁平元年(一一五一)、藤原顕輔が編纂した六番目の勅撰集。伝統を踏まえつつ、新時代の歌風が起こった和歌の変容期の姿をよく示している。

〔黄三一-一〕 本体八四〇円

國方栄二訳
エピクテトス
# 人生談義(上)

ローマ帝国に生きた奴隷出身の哲人エピクテトス。精神の自由を求め、何ものにも動じない強い生き方が、弟子の筆録から浮かび上がる。上巻は『語録』前半を収録。(全二冊) 〔青六〇八-一〕 本体一一三〇円

ヴァルター・ベンヤミン著/今村仁司、三島憲一他訳
# パサージュ論(一)

一九世紀パリに現れたパサージュをはじめとする物質文化に目を凝らし、人間の欲望や夢、ユートピアへの可能性を考察したベンヤミンの畢生の労作。(全五冊)

〔赤四六三-三〕 本体一二〇〇円

……今月の重版再開……

M・I・フィンリー著/下田立行訳
## オデュッセウスの世界

本体一〇一〇円 〔青四六四-一〕

R・S・ブラック著/内山勝利訳
## プラトン入門

本体九七〇円 〔青六七八-一〕